れ執事Vtuberと
ィブポンコツ令嬢Vtuberの
在な配信生活

犬童灰舎
Illust. 駒木日々

TOブックス

イラスト 駒木日々　デザイン ムシカゴグラフィクス たにごめかぶと

CONT

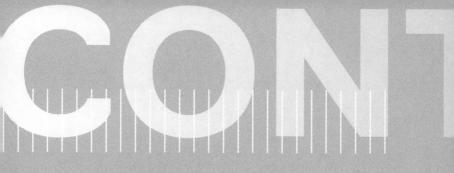

Vtuber事務所Re:BIRTH UNION所属 正時廻叉

彼女の日課は世界最大級の動画配信サイト『TryTube《トライチューブ》』であらゆる動画を見る事だった。一日の大半を自室のパソコンの前で過ごす彼女にとって、TryTubeこそが唯一外界との繋がりだ。尤《もっと》も彼女から何かを発信することはなく、ただ動画や生配信の情報を一方的に受信するだけの繋がりだった。

つい、数日前までは。

「ご主人候補の皆様、おかえりなさいませ。本日は如何《いかが》お過ごしでしたか？」

ディスプレーには生配信の画面、そこにはアニメキャラのような男性が居た。
彼の声と同時に口元が動く。最近、俄《にわか》に注目を集めているバーチャルTryTuber、通称「Vtuber」だ。
イラストのような2Dとゲームキャラのような3Dまで、老若男女はもちろん種族すら自由な彼らは新たな文化の萌芽としてジワリジワリとインターネットにおいて存在感を増しつつある。
彼女が見ているのは、一ヶ月前にデビューしたまだ新人の域を出ないVtuberだった。執事服と、オペラ座の怪人のようなマスクで顔の右半分を隠したミステリアスな男性。

ベンチャー系映像制作企業『リザードテイル』が運営するグループ『Re:BIRTH UNION《リバースユニオン》』……通称、リバユニの第二期デビュー組の一人、謎の執事系Vtuber『正時廻叉《しょうじかいさ》』だった。

リバユニ自体はグループとしてもまだ若く、彼を含めて五名しか在籍していない小さなグループだ。彼女はそのグループが設立される前にデビューしたバーチャルシンガー『ステラ・フリークス』のファンだった。

そんなステラが自ら立ち上げを企画したグループこそがRe:BIRTH UNIONであり、ステラの熱心なファンであった彼女もまたリバユニの箱推しのファンになっていた。三ヶ月前には一期生が二名デビュー、どちらもステラ同様音楽を活動の主軸に置いていた。そして一ヶ月前にデビューしたのが廻叉を含めた、これもまた二名の二期生である。

何かとハイテンションであったり、ゲームで興奮して絶叫したりする女性が多いという認識が持たれていたVtuber業界で、正時廻叉はまだ数少ない男性Vtuberであり、なおかつ無感情だった。初配信の数十分間で全くの無感情を貫き、なおかつ流暢なトークを続けて数百名ほどの視聴者の度肝を抜いた。

一部で話題になりはしたが、リバユニ自体が若い『箱』であり、ステラと一期生の活動から箱自体が楽曲中心と見られていた事から、トークと朗読を中心とする正時廻叉のチャンネル登録者数はおよそ三千、平均同時接続者数は百名前後という、企業勢としてはやや少ない人数であった。

とはいえ、彼女は廻叉の無感情なトークと、普段とは真逆の感情を全開にした朗読という独自性が琴線に触れたのか、廻叉の配信のファンにもなっていた。その中でも特に彼女が気に入っていたのが週に一回のペースで行われる「お悩み相談配信」だった。

「それでは、最初のお便りです。『廻叉キュン、こんばんわ☆　アタシは廻叉キュンのガチ恋勢です☆　どうしたら廻叉キュンをアタシだけの執事に出来ますか？』……三十八歳公務員男性の方からです」

思わず噴き出しそうになったのを彼女は必死にこらえた。視聴者からの悩み相談、という形で視聴者からのメールを読むのだが、その内容にまで朗読同様の感情の乗せ方をするため、一部の視聴者が悪ノリで怪文書やネタメールを送って来るのだ。

「お答えします。年齢と職業相応の落ち着きを身に付けてからまたお越しください。はい、以上です。次に行きましょう」

そして廻叉もまた律義に無感情でツッコミを入れて、さっさと次のメールへと行く。普段ならもっと心から楽しんで笑えるのだが、今日の彼女はそれ以上に気が気でない状態だった。

何故なら、家族にすら打ち明けていない本気の悩みを廻叉へと送ってしまったのだ。

採用されるかは分からない、いっそネタメールに埋もれて採用されない方がいいかもしれない。

少なからず好意を持って視聴しているVtuberに、自分の悩みをくだらないものとしてバッサリ切られてしまったら、と考えると背筋が寒くなる思いだった。ただ、廻叉も本気の相談には本気で答えてくれる事を知っているので、採用されてほしい気持ちも同時に持ち合わせていた。彼女はそんな二律背反を抱えたまま、画面の向こうで廻叉が淡々とネタ系メールを処理していくのを聴いていた。

「さて、次は……十八歳の女性の方からですね。……御主人候補の皆様、ハシャギ過ぎです」

ドクリ、と心臓が跳ねた。

若い女性からのメールに沸き上がるコメント欄の加速と同じくらい、自身の心音が加速しているのが分かる。

「では読みます。『私は今、不登校です。学校に居る人達、先生やクラスメートと馴染めません。イジメではないけど、どこか白眼視されてるような気がして、どうしても教室に居る事が苦痛です。家族は無理をしなくていい、と言ってくれますが気にしないなんて無理です。私の居場所が、見つからないです』……との事です」

呼吸が上手く出来ているかどうかも、彼女には自覚できなかった。

それは、確かに彼女自身がなけなしの勇気を振り絞って投稿したメールだった。

画面上の廻叉から思わず目を逸らしてしまい、コメント欄が目に入る。

《重っ》
《見たら分かるマジなヤツやん……》
《おいおい、昔の俺か？》
《ＪＫリスナー登場に興奮してごめんな……》

内容の深刻さにどう触れていいかわからない、という反応だった。尤も、本気のお悩みメールが来た時は往々にしてこういう反応となるのでそこは彼女にとってはどうでもいい事だった。それ以上に、廻叉が何を言うのか――気になるのはそれだけだった。

「ふむ……貴女の正確な状況がわからないので一般論と持論にこそなってしまいますが、御家族の理解を得た上で学校に通わない事を選択したのであれば、それは必要以上に引け目を感じない方がよろしいかと。強いて言うのであれば、申し訳なさを謝罪するよりも感謝として伝える事をおすすめします。家族に謝るのも謝られるのも、どちらもそれなりに気が重いものです。ならば、感謝という形にする事でお互いに安心する方がいくらか生活しやすいのでは、と思います」

ヘッドフォン越しに流れる廻叉の言葉は、今この瞬間だけは自分だけに宛てられたものだ。淡々と、流暢に語られる言葉には相変わらず感情が乗っていなかったが、だからこそ彼女の心にも引っかかりなく受け入れる事が出来た。知らぬ間に涙目になっている目元を拭いながら、無言で何度も頷く。

「居場所がない、というのは貴女に限らず様々な人が抱える問題でしょうね。私自身、かつて仕えていた主人を失い――居場所を求め、彷徨《さまよ》った果てに辿り着いたのが、このRe:BIRTH UNIONです。まぁ私の場合は何かと特殊なケースであるので参考にするのはおススメしませんが」

コメント欄は《エモい》と《わかる》が中々の速さで流れていた。時折、持論を長文で書き込んでいく者もいたが、彼女の眼には入らない。彼女は真っ直ぐに廻叉だけを見据えている。

「執事、という一つの家に仕えるべき身である私がいうのも如何なものかと存じますが、居場所なんていくつあったっていいのです。定住しようと考えず、自分の居心地のいい場所をいくつもつくっておけば、自分の人生に幅を持たせられる上に、いざという時のセーフハウスの役割にもなるでしょう」

　これは廻叉の持論だろうか。そんな簡単に居場所なんて見付かるとは思えないが、と彼女の表情が僅かに曇った。

「居場所、と言ってもそれは物理的な場所ではないです。貴女の中に、好きなもの好きな事をたくさんつくりなさい。貴女の心の中を占めていた学校というスペースを除去したのならば、その空き地に貴女の好きな建物をたくさん建てなさい。音楽でも書籍でも料理でもゲームでもなんでもいいんです。ああ、でも勉強は――テナントの一室分くらいは造っておきましょう。学校の人間関係はともかく、勉強する習慣は間違いなく必要だと私は考えていますので、そこは甘やかしません」

　今度こそ、彼女は涙が堪え切れなくなった。まさかここまで肯定してもらえるとも、具体的に道筋を示してくれるとも思わなかった。

　自分は、まだやり直せるのだろうか。

　自分の中に新しい居場所をつくれるだろうか。

「とはいえ、Vtuberの――それもド新人の言う事です。話半分のそのまた半分くらいに聞いておいていただければ結構。最終的に、考えるのも決めるのも貴女なのですから。いいですね？　……では次のメールに行きましょう」

　その後の配信は彼女は正確には覚えていない。自分のメールが読まれた事と、それに対するレスポンスがあった事、好感を持って配信を追っていたVtuberから親身な言葉を貰えた事は彼女にと

っては大きな衝撃だった。

彼女は現状の自分を嫌っている。当たり前を当たり前に出来なかった、普通を普通に出来なかった事が酷くコンプレックスになっている。

自分自身の無価値を狂信している彼女にとって、本来ならばこのような悩みや弱みは自分自身の心の壁に塗装して、より分厚くするための材料でしかない。

それでも、自分が本当におかしいのかどうかを確かめたくなってしまった。機械的な、無感情な執事ならば先入観も上辺の励ましもなく私の心の壁とその奥の闇を見てくれるのではないだろうか、と。


少なくとも廻叉の言葉は世間一般からすれば、実際に一般論と持論のカクテルだ。ただ、彼自身はドロップアウトをネガティブなものとして捉えていない事が、無感情ながらも伝わって来た。

彼女は、ほんの少しだけ前向きになれたのだ。

相変わらず自分の事は大嫌いだし、褒め言葉や励ましもまだ素直に受け取れない。ただ、それでも彼の言葉を信じてみたいと——そう思った。

数十分後、配信が終了するのを見届けると彼女は愛用のゲーミングチェアから立ちあがり、自室のドアから外へと出た。時刻は現在午後十時前後。恐らく両親はまだリビングに居るだろう。兄はアルバイトで家に居ないかもしれないが。部屋に閉じこもってから、もしかしたら初めて——これからの事を家族と話そうと思えた。

※※※

「それでは、本日の配信はこれにて終了となります。最後に告知となりますが、有名無実でお馴染みのRe:BIRTH UNION公式チャンネルにて近日中に公式生放送が御座います。詳細は追って各種SNS等にアップされる予定です。参加者はリバユニ全員、何故か新人の私がメインMCです。曰く、他に進行を任せられる人がいないらしく、スタッフがMCをやるよりは所属タレントにやらせた方がいいと。なんて事務所だ」

青年は淡々と告知を画面の向こうのリスナーへと告げた。ほんの少しだけ感情を乗せた溜息と共に。

「とはいえ、任されたからには責任を持って務めさせていただきます。では、改めまして――おやすみなさいませ、御主人候補の皆様方――」

画面がED《エンディング》用の一枚絵に切り替わる。数十秒ほどBGMを流した後に、配信用ソフトの配信停止ボタンをクリックする。別のディスプレーで表示させていたブラウザー上でも配信が終了した事を示していた。機材周りのスイッチもあらかたオフにすると、青年は椅子の背もたれに体重を預けて大きく息を吐いた。

「ああ、疲れるけど面白い……早く、これで飯が食えるようになれるといいなぁ」

意図的な無感情から、普段通りの自分へとシフトする。

彼にとってライブ配信は舞台だ。

〝正時廻叉〟という謎の執事による、一人舞台だ。

そして配信が終われば、彼はまるでスイッチを切り替えるかのように、一人の人間に戻ってくる。ごく普通に喜怒哀楽を表に出す、どこにでも居るような青年に。

電脳世界で役者をしている――と認識している青年、境正辰《さかいまさとき》はいつも通り、配信の余韻に浸るかのように微笑んでいた。

この日の配信を切っ掛けに、彼自身のVtuberとしての立ち位置、そして現実世界での人生が大きく変わり始める事を彼は未だ知らない。

※※※

Vtuberファンの間でRe:BIRTH UNIONの評価がどうなっているかと言えば、好意的なものが三割、否定的なものが二割といった割合となっている。残りの五割の反応は「そんな箱あるの？」だ。

好意的な意見としては「楽曲のレベルが高い」「というか、新人含めて全体的に場馴れしてる感があって安心感がある」「ステラの３Ｄ使ったＭＶを全員が使えるようになったら間違いなく化ける」「なんやかんやゲーム実況とかも普通にやってくれる」……といった具合だ。

否定的な意見としては「素人感が無くてつまらない」「ステラ・フリークスの人気におんぶにだっこの腰巾着集団」「新人が秒で身バレするような所、将来的に絶対危ない」……という意見となっている。

新人の身バレに関しては初配信で披露した自作の２Ｄモデルおよびイラストのタッチとギャグイ

ラストのセンスから、視聴していたリスナーにデビュー前の活動時のペンネームを看破され、デビュー配信の真っ最中にスタッフとの協議の結果、それを認めるという怒涛の展開があった。この一件はあらゆるまとめサイトでニュースとなり、Re:BIRTH UNION初の炎上沙汰となった。

この騒動の渦中の人にして身バレした人物こそRe:BIRTH UNION二期生、人魚のメイドVtuber『魚住《うおずみ》キンメ』であった。

なお、当の本人が「以前の私による現在進行形の仕事が一切ない為、旧PN《ペンネーム》での活動を半恒久的に停止致します。早い話が、前世の私は死んでます。今の私はVtuber魚住キンメです」とSNS上で宣言した事により一応の鎮火を見た。しかし旧名義にて既婚者・子持ちの女性である事も公表していたため再燃した。これもまた当の本人があっさりと認めた上に「自分の子供を抱く魚住キンメ」のイラストを公開した事で鎮火した。その結果、人妻子持ち人魚メイドVtuberという属性過多でまた話題になり、SNSのリプライ欄にて生まれた『マママーメイドメイド』なるフレーズがパワーワードとしてバズるなど、同期の正時廻叉を大きく上回るチャンネル登録者数を獲得し、見事なスタートダッシュを決めていた。

「いや、あれに関しては運が良かっただけだかんね。ぶっちゃけ、次燃えたら消し飛ぶレベル」

「それでも炎上を文字通り燃料に出来たのはキンメさんの度量あってこそでしょう。俺には真似できませんよ……っていうか、界隈全体で見ても同じ事出来る人って本当に少数派だと思いますよ」

通話ソフトで会話をしているのは、Re:BIRTH UNION二期生の同期組である正時廻叉と魚住キンメの二人だった。廻叉は完全にオフモードであり、キンメもまた配信で行うハイテンションさが全くないプライベートモードだった。なお通話の部屋名は「公式生放送企画会議部屋」となっている。キンメと廻叉の他に一名のスタッフのアカウントも入ってはいるが、現在離席中となっている。どうやらオフィスで別件の業務を行っているようだ。

ちなみにであるが、現在の時刻は深夜0時半頃である。こんな時間までオフィスで仕事をしつつ会議まで参加する気満々のスタッフには頭が下がる思いを二人して持っていた。とはいえ、以前に面接で運営企業であるリザードテイルのオフィスに訪れた際に、妙にギラついた目と獰猛な笑みで仕事に励むスタッフたちを見ており、ある種のワーカホリックしか居ない事も二人はよく知っていた。

リザードテイル、という名が表す通り、彼らは映像や芸能の業界において蜥蜴《とかげ》の尻尾のように切られたり、自ら千切れて来た者達による集団だ。そんな彼らだからこそ、全く新しいVtuberという業界で自分達の城を、居場所をつくろうと必死であった。

「生まれ変われ、自分」をテーマにしているのは、何も所属タレントに限らないという証左ではあったが、それにしたって頑張り過ぎではないかという気持ちはある。ただ、そういう所だからこそ楽しく活動出来ているところもあるので強く言える立場ではない。

「しかし公式生放送とは思い切った事しましたね。公式チャンネル、殆《ほとん》ど稼働してないのに」

「上がってるの、ほぼステラさんの新曲告知だもんねぇ。あと一期生、二期生のデビュー告知」

「とはいえ、俺らが活動出来るのもステラさんのお蔭ですし。むしろ公式がステラさんの告知しなかったら俺が怒りますよ。割とマジで」

「安心して、ステラさん蔑ろにしたらリバユニ全員怒るっつーかキレるから。というかリザテ全員ステラ信者みたいなとこあるじゃん、良い意味で」

「信者が良い意味で使われる事、あんまり無いですよ？」

「他人から言われるのは悪い意味で、自分で言うのは自虐か狂信者だからいいの」

「良い意味ではないなあ、どっちにしても」

取り留めのない雑談は続く。今日は全員が参加する打ち合わせの予定となっている。まだ企画内容の台本等が届いていない為、それまでは雑談かあるいは各々の作業を続けるべきではあるのだが、二人は既に配信を終えた直後である。話題も尽きかけた時に、通話部屋に通知音が響いた。

「はー……しんどい」

「第一声からそれですか龍真《りゅうしん》さん」

挨拶より先に疲労感をあらわにする男性の声に、廻叉は苦笑いを浮かべる。アイコンには赤髪の、見るからにＢ－ＢＯＹという男性の姿。

Re:BIRTH UNION一期生『三日月《みかづき》龍真a.k.a.Luna-Dora《るなどら》』、見た目通りのラッパー系Vtuberだ。

「いや、来週に新曲上げるんだけどさぁ。どうも一味足りない気がして仕方ねぇんだよ。……執事ー、コラボしねえ？」

「いや、荷が重いです。ラップ素人に頼らないでください」

「相変わらず配信内外問わずやさぐれてんなぁ。いいよ、今度ラップ教えっから。つか、そういうコラボしようぜ。キンメ姉さんも」

「姉さんやめてー。あたし後輩よ、後輩。それに普通に歌うのだってパスしたい」

「既婚で子持ちなんだから人生の先輩っしょ、俺なんて若造よ？　なぁ執事」

「同世代だからそこは同意しますけどね」

「すんな馬鹿、旦那に説教させるぞ」

「すいませんでした」「勘弁してください」

男二人の全面降伏と同時に通知音が鳴る。アイコンはギターを抱えた黒髪に白のエクステを着けた、一見青年にも見える女性だった。尤も、その声は女性そのものであったが。

彼女はRe:BIRTH UNION一期生、ギタリスト系Vtuber丑倉白羽《うしくらしろは》。龍真と共に、リバユニ＝音楽系というイメージをつくり上げた功労者の一人でもあり、龍真曰く「俺より人生フリースタイルしてる女」である。

「こんばんは。丑倉でーす」

「ギタ練配信お疲れ様です、丑倉さん」

「よーっす、やさぐれ執事くん」

「なんで一期生の皆さん、俺の事やさぐれてるって言うんです？」

「わかる」

「ついに同期からも同意されたかぁ」

「お、同期と同意で韻を踏んだな？　ラップしてもらおう」

「龍真さんこないだ個人勢の方とサイファーしてたでしょ。それで満足しなさいよ」

「うるせぇー俺は後輩とコラボしてぇんだよ、後輩とー」

「するんですよ、これから。公式生配信で」

「そうやって淡々とツッコミ入れつつも、怒りよりも疲れや呆れが多く滲むあたりがやさぐれてるって思えるんだよ、正時くん。どうだね、丑倉のこの名推理」

「推理っつーか個人の感想ですよね、それ」

人は三人集まれば派閥が生まれる、というがRe:BIRTH UNIONに関してはその例に当てはまらない。ある程度成熟した年齢の人間が多い（しかも一名は既婚者で子持ち）であり、再起・再出発を志すだけの理由がある事もそれぞれ知っている事から、極めて良好な、お互いのスタンスを尊重し合う関係が出来上がっていた。なので、こうした打ち合わせがあれば会話は弾む。時折弾み過ぎて摩擦係数を失う事もあるが、それもまた彼らの雑談の持ち味でもあった。尤も、各々の特色・特性が違い過ぎる為か、二人までのコラボはあっても全員でのコラボはない。むしろ、その初の全員コラボが今回の企画であったりもする。

それはさておき、彼らが良好な関係を築けている最大の理由はまた別にある。

「いやー、すんませんすんません！　ちょっと色々バタバタしてましてね！　ようやく一段落付いたんで、遅い時間ですけど打ち合わせ始めましょうか！　あ、ＰＤＦ送ったんでそれぞれダウンロードしといてくださいね！　それ、今度の公式配信の企画書の叩き台になってますんで！」

弾んでいた雑談の間が空いた一瞬、その間隙を縫うように別の男のマシンガントークが割り込まれた。元々入室していたスタッフのアイコン、その離席中のマークが外れているのに他の四名が気付いたのはそのタイミングだった。

「佐伯《さえき》さん、お疲れ様です」

「おっつー」

「ういーっす」

「佐伯さん、深夜に騒いで大丈夫?」

「廻叉くんお疲れ! ありがとうね、司会役快諾してくれて! キンメさんもお疲れ様! こんな時間まで待たせてごめんね! 龍真くんうぃーす! 新曲楽しみにしてるよ! 白羽さんもお疲れ様! 大丈夫、オフィスもう俺しか居ない! むしろ騒いでないと怖いまである!」


映像制作会社リザードテイル社員、およびRe:BIRTH UNION統括マネージャー佐伯久丸《ひさまる》は、ひたすらに喋り倒せる男だった。それもそのはず、彼は元ゲーム実況系の配信者である。友人の誘いでリザードテイルへと入社し、TryTubeにおける配信のノウハウを他社員やリバユニメンバーに叩き込んだのは、他ならぬこの男であった。少々、否、かなり騒々しい男ではあるが、そこは元配信者という事もありギリギリで「賑やかな男」という印象のラインに残る声量で喋るという器用な真似をしている。

「というわけでね! もうPDF開いてもらったと思うんだけど、今回はリバユニ全メンバーで改めてこの箱を知ってもらおうという企画になっております。やっぱり、ウチの一番の知名度を持っているのはリバユニ発足以前から活動していて、なおかつ唯一の十万人登録者達成してるステラ・フリークスその人であって、正直リバユニ自体の知名度や登録者数は大甘に見積もって中堅所。それも個人勢としての基準で、だ。勢いのある同業他社さんの事務所や箱に比べたら、客観的に見ても弱小だよね。……悔しいけどさ」

四人は資料に目を通しながら、仕事モードになった佐伯の言葉を黙って聞いていた。まだデビューして二ヶ月足らずの二期生二人はともかく、一期生ですらようやく一万人の登録者に手が届きそうな位置まで来ているというところだ。正直、企業運営の事務所としては――弱い。この場に居る全員が忸怩たる思いを感じながらも、それでいいと納得している者は、ここには一人も存在していない。

「という訳で、今回の企画の大きな柱は二つ。一つは、君らがさっきまでやっていた途切れないクロストークを配信で披露することでそれぞれのファンにリバユニのメンバーを知ってもらう事。もちろん、Vtuberとしての立ち位置でやってもらうから、さっきみたいなのとまったく同じ、とはいかないだろうけどね」

企画書内には『リバユニフルメンバークロストークバトル！　音楽系だと思った？　意外とみんな喋り好きなんですスペシャル』と題されている。タイトルのセンスはさておき、自分達を知ってもらうにはシンプルなトークが一番いいだろう。ゲーム配信という手ももちろんあるが、Vtuberや配信者ではなくゲームタイトルだけに興味を持っている人間も多い為、どこまでファン獲得に繋がるか読めないという点から、今回は見送られた。

「で、もう一つの柱が――三期生募集オーディションのお知らせだ。君らがリバユニの魅力を最大限に伝えた直後に、この告知を持ってくる予定だ。上手く行けば、前回以上の応募が見込めるかもしれない。新しい才能、雌伏《しふく》の時を過ごしていた才能に巡りあう大チャンスだ」

ＰＤＦのページをスクロールすると、『Re:BIRTH UNION三期生、オーディション開始！』の文字が躍っていた。画面を見つめていた廻叉は、ここで疑問点が湧いたのか口を挟む。

「佐伯さん、オーディション自体は悪くないですけど――こういうのが一番注目を集めるのって、合格者発表、デビュー予告ですよね。それまで、どうやって話題を引っ張るか、とかってあるんですか？　それに、オーディションは俺ら四人の知名度アップとはあまり関係がない気が――」

「あるに決まっているじゃないか。むしろ、これを私が思い付いたからこそ――私は佐伯氏を通して、君達四人に招集を掛けたのだから」

廻叉の声に割り込んだのは、やや低めの、凛とした女性の声だった。

気が付けば通話部屋には、また一つ別のアイコンが入室していた。

そして、それを見たリバユニメンバー四人が総じて息を呑む。

深い藍色の髪に金色の眼をした女性のアイコン。

前述した、リバユニメンバー四人の結束が固い理由。

それは、一人のカリスマの存在にこそあった。

彼ら、彼女らは――多かれ少なかれ、彼女に憧れたからこそRe:BIRTH UNIONという場所を選んだのだから。

映像制作会社リザードテイル最初の所属者にして、最高傑作。

バーチャルシンガーにして、登録者十万人超えのVtuber。
そしてRe:BIRTH UNION 0期生。
「こんばんは、みんな。ステラ・フリークスだよ」
Re:BIRTH UNIONの女王が、深夜のWeb会議に——予告もなく現れた。

※※※

ステラ・フリークスのデビューは衝撃的であった。

Vtuberというムーブメントが注目を集め始めた黎明期、3DモデルとCGを駆使した一本のMVがTryTubeにアップロードされた。その動画は、Vtuberのファン層を飛び越えてあらゆる層に突き刺さった。MVの完成度の高さも理由の一つではある。映像制作会社リザードテイルの全戦力を投入したと言っても過言ではないほどの、手間と労力を以て創り上げられた映像は観た者を魅了するのに十分だった。

だが、それだけでは活動二ヶ月、動画・配信総数八本で十万人のチャンネル登録者数を生み出すコンテンツには成り得ない。

ステラ・フリークスは天性の歌手であり、魔性の歌手であったのだ。

デビュー作品となったMVは、派手なエフェクトを多用したわけではない。3Dモデルの精巧な動きに注力した事もあり、ほぼステラ・フリークスが僅かな光源の中で自然と、彼女の思うままに動き、思うままに歌うだけの映像だった。だが、その一挙手一投足が「本当に3Dの体を持った新しい生命体なのではないか」と思わせる魔力を持っていた。不敵で意味深な笑みは、考察班と呼ばれるファン層の語彙力を根こそぎ奪い取った。

そしてMVのラストカット。

『月に座り、地球に脚を乗せて楽しそうに笑うステラ・フリークス』の姿は、強烈な印象を残した。早い話が、ステラ・フリークスという存在はVtuberであり、バーチャルシンガーであり、カリスマなのだ。そして、そんなカリスマが会議に予告も無く乱入してきた場合、その後輩たちはどんな反応をすると思われるだろうか？

「ひゃあああああああああ⁉」

B‐BOYらしさが消し飛んだ三日月龍真が甲高い悲鳴を上げた。

「あっ、だめ、むり………………」

クールな女性ギタリスト像を投げ捨てた丑倉白羽の首の絞まったような声が飛んだ。

「ありがとうございます！　お疲れ様です！　ありがとうございます！」

感情が無いはずの執事に感情が生まれ、正時廻叉は挨拶を御礼の言葉で挟むという奇行に出た。

「ステラ様娘の次に愛してる、当然だけど旦那より愛してる」

人妻子持ち人魚メイドの言葉から家庭崩壊の音がした。だが、魚住キンメの声に迷いはなかった。端的に言えば、深夜にもかかわらず大混乱の極みにあった。

時計は深夜一時を指していた。ステラ乱入で流れの止まってしまったWeb会議はそれぞれの限界化の鎮静待ちという無駄な時間を経て、ようやく再開した。

「ふふふ、愛すべき後輩諸君が今日も愉快で私は嬉しいよ」

「恐縮です……あの、SNSでメッセージとかは頂いてましたけど、こうした通話の場では初めまして。二期生の正時廻叉です」

「ああ、そういえばこうして話すのはみんな初めてだったね。いつも皆の配信や動画を見てるから、初めましてな気がしなくてね。ちょっとしたお茶目が許されるくらいの距離感で接したくなってしまうんだ」

「そのちょっとしたお茶目で白羽さんは死にかけてますし、キンメさんの家族関係にヒビが入りましたが」

「とても面白かったので、私個人としては……ヨシ、だね」

「どこぞの工事現場マスコットみたいに言っても駄目ですよ？」

最初に平静さを取り戻したのは音楽を主体に活動しておらず、ステラへの感情が「表現者としての最大の敬意」に留まっている廻叉だった。音楽活動をしている一期生の二人はステラの表現者としてだけでなく、ミュージシャンとしての隔絶した才能をより間近に感じている為、未だに舞い上がり気味である。もう一人の二期生、魚住キンメは——人妻子持ちの身でありながら——ステラガチ恋強火勢であった。故に落ち着くなど出来るはずもなく、唯一会話が出来る状態にまで戻れたのが廻叉だった。

なお、佐伯をはじめとするスタッフ一同はステラと引き合わせるとこうなる事を予想した上で、MC役を廻叉へと投げたとされている。

閑話休題。

Re:BIRTH UNIONという事務所が設立された経緯にも、ステラ・フリークスの意向が大きく反映されている。当初の想定を超えるステラの成功でリザードテイルという企業自体の業績に余裕が出来た事も関係しているが、やはり最終的には彼女自身が「同じ志を持つ仲間が欲しい」という意思を示した事でRe:BIRTH UNIONは結成された。

「つまり、今回の公式配信もステラさん主導の企画と考えても？」

「その通り。本当は私だけが出て、三期生募集の告知をするだけだったんだけど……それじゃあ、つまらない。それに、いい加減ユニット内でのコラボも積極的にやっていった方が私たちの方向性を示すという点でも有意義だと感じたんだ。まぁ、龍くんは同じラッパー系の人たちと色々やってたみたいだけど」

「きょ、きょーしゅくです……」

「龍真さん、声。甲高い通り越してギリギリ聞こえる高周波みたいになってます」

「ふふ、年齢的には君の方が上なんだからもっと堂々としてくれてもいいんだけどね。まぁいいや。皆がそれくらい私の事を愛してくれている証拠だと思えば、こんなに嬉しい事もないよ」

「う、丑倉も愛してます！　ステラさんの歌が無ければ、丑倉はここに居ませんから！」

「ありがとう、白ちゃん。私も、白ちゃんを愛してるよ。もちろん、龍くんも、廻くんも、キンメちゃんもだ」

四者四様の発狂が収まるのに、五分を要した。

「……とまぁ、こんな感じで君達がこんな反応をしてくれるのを見たり、配信やSNSで私への敬意や愛情を語ってくれているのを見ると、それをもっと大勢の人に見せたいと思ったんだ。私からの、君達への敬意と愛情もね。だから、今回私は君達を盛大に巻き込むことにした。クロストークは、私を交えて行う。その時に、君たちは配信上での君達のスタンスのまま、今この瞬間のように振る舞ってくれればいい」

飾らないフリートーク、という方向性は既に失われた。四人の後輩たちは神妙な声で返事をする。統括マネージャーの佐伯は、敢《あ》えて口を挟まない。そして、ステラ・フリークスは楽しそうに、こう付け加えた。

「私は、その敬愛を向けられるのは当然だというふうに振る舞う。尊大な女王のように。その上で、君達に敬愛を向ける。――わかりやすく言うと、だ。公式配信という場を借りて、『Re:BIRTH UNIONの上下関係は、ステラ・フリークスが頂点で君たちはその下』だという形を見せ付ける」

誰かの息を呑む声が聞こえた。企業運営のVtuberの事務所や個人勢の寄り合いユニットは多々あれど、そのどれもが基本的には「肩を並べた仲間」という路線ばかりだ。上下関係はあったとしても、デビュー日に基づく先輩後輩といった関係であり、当人の年齢や性格によっては有耶無耶《うやむや》になる事も多かった。だからこそ、少なくないVtuberファンが界隈を評する際に「優しい世界」と言う事も多い。

一方で、ステラ・フリークスの提案した関係性は確かに唯一無二ではあるが、むしろ「思い付いてもやらない」タイプの案だった。間違いなく賛否両論入り乱れるだろう。舵取りを誤れば、キンメの身バレ騒動を遥かに上回る炎上に繋がる可能性だってある。しかし、誰からも異論が挟まる事はない。

「これは賭けだ。私も女王然として振る舞えるかは怪しい。人によっては登録者数マウントと受け取る人も居るだろう。だが、今日の君達の反応を見て確信した。――君達、私の事好きすぎて対等に接しようって気が最初からないよね？」

無言の肯定が場を包んだ。

「ああ、君達を責めてる訳じゃないんだ。なら、君達が存分に私を崇められるような関係性をつくり上げてしまえばいい。それに、君達がこの Re:BIRTH UNION に参加した理由は私だけが理由ではないのも知っている。私も、君達も、スタッフの大半も――大きな挫折を味わっている。それでも、もう一度生まれ変わるようなつもりでこの業界に飛び込んだ。そして、私が一歩先にこの世界に入った先駆者として、君達を従える。君達は私に巣くう寄生虫なんかじゃない、私が私の意思で手に入れた私の武器だと大々的に宣言するんだ」

ステラの演説は続く。最初はその発想の突飛さに戸惑っていたが、考えれば考えるほど「面白そうだ」という気持ちが湧き出て来た。

「俺は賛成だ。俺みたいなガラの悪いのが、ステラさんに傅《かしず》く姿ってのは――刺さる奴には超ブッ刺さるだろ？」

「うん、なんなら私が見たい。それに、私や廻叉ちゃんは執事とメイドだからそこまで不自然じゃないしね」

「丑倉はむしろ本望。本気でステラさんと対等な友達みたいに喋ろうと思ったら十年かかる」

「なんか丑倉さんだけ理由がアレな気はしますが、俺としても賛成です。ただ……」

「新しい御主人は私じゃなくていいよ、廻くん。可能性は広い方がいいし、御主人候補のみんなにも悪いしね」

「それは助かります。ストーリー仕立ての動画も始めたので、その辺りファジーにしてくれると本当に有難いんですよ……」

廻叉が安堵の声を上げると同時に、パン、と手を叩く音がした。今まで黙って事のなりゆきを見守っていた佐伯が堰を切ったかのように語り出す。

「それじゃあ、トーク企画の大筋はこれでいこう！　なーに、ステラだってパワハラ無茶振りで困らせようって気はないんだから炎上するにしたってボヤ程度さ！　むしろ君達が視聴者にアリだと思わせればいい！　言い方として適切かどうかは分からないが、各個人ではなく、Re:BIRTH UNIONとしてのロールプレイだ！」

ロールプレイ、役割を演じる事。一般的にはRPGなどで知られている。Vtuberにも天使や悪魔、妖怪、動物等あらゆる種族が居る。ある程度は本人の意向にもよるが、往々にして自身の提示したプロフィールと矛盾の無いように振る舞うのが主流となっている。稀に矛盾に両手足を生やしたような不可思議生命体と化すVtuberも居る。同業他社の看板Vtuberがそうだったりするが、本筋とは無関係であるため話を戻す。

即ち、ステラは自分と後輩達との登録者数や知名度での格差を埋めるよりも、活かす方向にしたのだ。自分自身の好感度が落ちる可能性も呑み込んだ上で、女王のように振る舞う。一期生、二期生はその臣下であり、絶対的な敬意を向ける。さながら、Re:BIRTH UNIONはステラ・フリークスという女王の庭だ。全く新しい試みではあるがハマれば唯一無二の箱となる事は間違いないだろう。

「それじゃあ、当日はそういう感じにしよう。また後日正式な台本もスタッフから送られてくるだろうから、各々チェックとシミュレーションは欠かさずに」

「どうせならそれまでの配信で、当日への伏線みたいなのをバラまくのもいいかもね。ステラ様好きアピールを挟んだり」

「いいな、それ。媚売ってるみてーに思われるだろうけど、公式配信で媚じゃなくてガチだって分かる寸法か」

「うっふっふ……なんか悪巧みしてるみたいで丑倉楽しくなってきましたよ」

一度決まってしまえば、元々自分への夢とステラへの憧れで一枚岩になれるリバユニらしく当日に向けての様々な案が活発に飛び交う。一方で、本番で進行役を任されている廻叉は一つの疑問を口にした。

「ところで三期生オーディションの件は普通に告知するだけですか？」

「色々詰めてる段階だから、これも後日資料を渡すよ！　というか、今作ってるよ！」

「佐伯さん本当にお疲れ様です……」

道理で佐伯が喋る度にタイプ音が交じるはずだ、と廻叉は嘆息する。何にしても、公式配信での大枠の流れは決まったのだ。後は各々が当日に備えるだけでいい。この日のWeb会議はその後、数時間の雑談の末に解散となった。

数日後、企画書の最終稿がそれぞれのメンバーに送られた。

その内容を見て、四人はまたしても度肝を抜かれる事になる。

それは、三期生オーディションについての部分に、当たり前かのように書き添えられていた。

『動画・書類選考及び、Web通話での第一次面接は弊社スタッフ並びにRe:BIRTH UNION一期生（三日月龍真a.k.a.Luna-Dora、丑倉白羽）、二期生（正時廻叉、魚住キンメ）によって行います』

『最終面接は弊社代表取締役社長一宮《いちのみや》羚児《れいじ》・Re:BIRTH UNION統括マネージャー佐伯久丸・Re:BIRTH UNION 0期生ステラ・フリークスによって行います』


後に正時廻叉は語る。

ステラ・フリークスという個人ではなく、Re:BIRTH UNIONという箱が界隈に大きく認知されたのはこのオーディション企画を発表した時だった、と。

四者四様の布石

TryTubeにおけるRe:BIRTH UNIONメンバーの配信の同接者数は、平均すると数百人前後に落ち着いている。業界の最大手級の企業勢ともなればその十倍以上の人数を集める事もあるが、当の本人達はそれほど同接者数に拘《こだわ》ってはいない。龍真、白羽は楽曲がメインコンテンツであるし、廻叉は朗読、キンメはイラスト講座といった形で「アーカイブで繰り返し見てもらう前提の配信」を行っている。

しかし、Vtuber界隈の中心的なファン層はやはりゲーム実況であったりコラボであったりといった、『配信者が楽しんでいる所を見て楽しむ』事を好む傾向にある。また、新たにVtuberを知る切っ掛けとして人気ゲームタイトルに惹かれてやってくる、という面もある。

「おや、これはこれは……皆様は反応しないようにお願いします」

金曜日の深夜、正時廻叉は特にテーマの無い雑談配信を行っていた。同接者数は他の配信者も活発に動く時間帯という事もあり、九十人前後で推移していた。普段は気にしない、というよりもまず現れる事の方が珍しい悪意あるコメントが付いたのだ。

《同接八十人の底辺企業勢の配信はここですか？ｗｗｗｗｗ》

「ここですが何か問題でも？　まぁ目的とする点の差でしょう。極論、我々は自己表現・自己実現の為にここに居ます。その過程を衆人環視の状況で行う事に、我々の成長はあるのですから。恐らく他のメンバーに言っても、同じような言葉が返ってくるはずです」

まるで感情を見せないのが正時廻叉という執事Vtuberの特徴だが、実際に煽りのコメントを目にしてもその声色は一切変わりがない。

「そもそも八十人であろうが、仮に八人であろうが人前で何かを行うという事は、難しいものです。例えば私がやっている朗読ですが……皆さんは学校で『本読み』の経験はありますか？　その時、クラスメート数十名から視線を集め、自分の声に集中される状況を経験されたことは？　おおよそ、椅子から立ってその場で話す事が多いようですが、もし仮に黒板の前で、より視線の集中する状況であったら？」

冷静に、淡々と問いかける。当の煽りコメントを発したアカウントは同様の発言をコピペで繰り返しているが、その他のリスナーは自分の小学生時代を思い返して苦い顔をした。

《いや、無理》
《やめろ思い出させるなぐあああああ》
《これは鬼畜執事》
《変に感情入れて読むと笑われたりするんだよなぁ……》

「皆様それぞれ何かしらのトラウマをお持ちのようですが続けます。同接という数字でしか表れない物の向こうに、その人数分の耳目《じもく》があるのです。それはたとえ一人であろうと一万人であろうと、動画や配信という形で表現を行う以上忘れてはならない事だと、私は考えています。一般論であり、理想論かもしれませんが……実現したい目的がある以上、理想論を実践しようとする姿勢を示すことが誠意ではないでしょうか？」

いつの間にか、煽っていたアカウントは居なくなっていた。居るのかもしれないが、他のリスナーによる議論や意見交換の波に押し流されたのかもしれない。

「とはいえ、同接者数・再生数・チャンネル登録者数はVtuberに限らずTryTubeを拠点に活動する者にとっては大きなステータスです。欲しくない訳がない」

《おい急にぶっちゃけたぞこの能面執事》

《草》

「我々の事務所、ステラ・フリークス様の一枚看板と言われても納得せざるを得ないですからね。私の活動方針でどこまで追い縋《すが》れるかは未知の領域ですが、追い付こうという意思は持っています。どうぞご期待ください」

《よく言った！》
《やだ、カッコイイ》
《で、追い付くための方法は？》
「それはもう……配信とか動画とか頑張る、としか」

《草》
《いや、草》
《雑ぅ!!》
《ノープランじゃねぇか！》

「皆様、お忘れかもしれませんが私はデビューしてようやく二ヶ月ですよ？　まぁプラン自体は練っているのでお楽しみに。ああそうでした、今月末の公式配信ですがリバユニメンバー全員出演です。実は配信で絡むのは皆様初めてなので、これでも楽しみにしているのです。それ以上に、私がMCとして回せるかも不安ではあるのですが。詳細は概要欄のリザードテイルオフィシャルチャンネルからご確認下さい」
　この配信の数日前には公式配信の詳報動画がアップロードされていた。龍真・白羽の一期生、廻叉・キンメの二期生のキービジュアルと共に配信内容を大まかに説明し、重大発表をにおわせた――

割とよくあるＣＭ動画だった。
最後の数秒間に、意味深に微笑むステラ・フリークスの３Ｄモデルのワンカットが挟まれた事で様々な予想や憶測も飛んでいたが。

《あれ超楽しみ。ステラ出るの？》
《なんであの人の笑顔、あんなに怖いの？》
《ステラが悪の組織の女ボスみたいで草生えたわ。廻叉達が幹部四天王みたいなノリで》
《可愛いし綺麗だしカッコいいんだけど、どっか怖いんだよね、ステラさん》
《そりゃ歌の上手いコズミックホラーだからな、ステラは》
「仮にも私の大先輩で事務所の金看板であるステラ様に対して皆様総じて無茶苦茶言ってますね。お会いする機会があったら報告しておきます」
《やめろ、いや、やめてくださいお願いします》
《ステラをクトゥルフ扱いした奴らはＳＡＮ値チェックです》
《ああ！　窓に！　窓に！》
《手遅れが一人いるなぁ》
《クトゥルフ曲の歌ってみた動画上げるステラさんサイドにも問題がある》

「あのクトゥルフ楽曲に関しては私も分かりません。メインコンテンツである歌動画の一角を何故あの曲にしたのか。しかもステラ様の唯一のカバーがアレというのも風評に拍車が掛かっている気が……」

《執事、貴方憑かれているのよ》
《最悪の誤字で草》
《執事、無感情なのに疲れが滲み出るの好き。もっと疲れて》
《鬼か貴様》

「コメント欄の御主人候補の皆様はいつも楽しそうで何よりですよ」

その日の配信も普段通りの雑談配信であり、普段よりもコメントとの掛け合いが多く取られていたこともあり高評価数は前回の雑談配信を大きく上回る数が表示されていた。チャンネル登録者数の上昇率も、普段よりも多かった。

故に、リスナーたちは見過ごした。

公式配信の話題が出た後、同期や先輩の名ではなく——ステラ・フリークスの名前のみを出した事を。

そもそもステラ・フリークスに対して正時廻叉の口から言及があったこと自体、これが初めてであった事を。
そして、彼女をステラ様という大仰な敬称を付けて呼び続けていた事を。

正時廻叉が配信上で打った布石は、非常にわかりにくいものだった。言われなければ気付かない、そもそも布石にすらならない程度の要素だ。しかし、これは公式配信の詳報が出て最初の配信だった。

本番まではおよそ二週間ほどの猶予がある。それまでに多ければ十回以上は配信を行えるだろう。その間に、布石を更に打つ手段を、廻叉は既に立てていた。

同期・先輩とステラとで明確に異なる敬称、ネタや冗談でのコメントにも「報告する」と律義に伝える態度、話題の中で彼女への敬意を明確に表す――正時廻叉の布石は、土台から少しずつ積み上げ、気付いた時にはまるで最初からそうであったかのようになっている。

後に、とあるVtuber特集記事で一人のライターがこのように記している。
「正時廻叉の物語動画の始まりは、このなんでもない雑談配信だったのかもしれない」と。

※※※

魚住キンメはデビュー時にいきなりVtuberになる以前の活動、俗にいう前世が特定されたことで注目を集めてしまったという経緯がある。無論、全てのVtuberがそれ以前の活動をひた隠しにしている訳ではないが、企業所属者かつデビュー配信中にバレた、というケースは非常に少ない。
これに関しては本人の把握していた自身の知名度と、実際の知名度に乖離があった事が原因だった。
とはいえ、デビュー配信の際にコメントでそれを指摘する者と前世暴きはマナー違反だと責める者とで荒れ気味になったのをキンメが察知すると、即座にスタッフへと連絡を取り、その場で対応した事で小火騒ぎ程度の炎上で収まった。

「敢えてこういう言い方をします。私はペンネームを魚住キンメに、そして自画像をこの姿にしました。今後、イラストレーターとしての御依頼はRe:BIRTH UNIONの魚住キンメにお願いしますねー」

人の口に戸は立てられぬとは言うが、ならば開けっ放しにしてしまえというキンメの豪放磊落《ごうほうらいらく》な人間性が出た一幕だったと言える。その後も、以前の名義で明かしていた配偶者と娘の存在も肯定し、旦那についてノロケる配信、娘自慢配信を行うなど、界隈全体を見渡しても極めて珍しいタイプの配信をする事でチャンネル登録者数を伸ばすなどのスタートダッシュに見事成功して見せた。

一方で、メイド姿の人魚という可愛らしい姿と人妻子持ちというギャップは割と賛否両論あるが、そこは仕方ない点でもある。ようやく黎明期を脱し、発展期に入ったVtuber業界ではあるが、女性Vtuberはアイドルかそれに準ずるような活動方針を取る事も多かった。男女を問わず大人数をデビューさせることで業界の最上位層に上り詰めたVtuber事務所『オーバーズ』ですら、異性同士でのコラボに踏み切るのに時間がかかったほどだ。なお、その事務所の看板である『自称生徒会長の女子高生Vtuber・七星《ななほし》アリア』が「カレー作るので事務所のみんなにアドバイスを求める配信」を行い、当時の所属者の過半数である十八人と無理矢理通話を繋ぐという荒業を披露。なし崩し的に男女間コラボを実現させた。ファンからは男女コラボではなく「一人ｖｓ十八人の大介護配信」だの「暗黒物質生成を必死に止めるために団結するオーバーズの絆」だの、「七星アリアのメシマズが盛大にバレただけの配信」だの言われてしまっていたが。

閑話休題。

正時廻叉による雑談配信の翌日の二十一時頃、魚住キンメの配信が始まった。

「ざっぱーん！　水の中からこんにちは、人妻子持ち人魚メイドVtuber、魚住キンメの登場だよー！　さーて今日は早描きリクエストやるよー！　コメントで目に付いたところからガンガン描いていくけど、線画のみだしデフォルメ上等になるのは仕様です！」

イラストレーターである自身の強みを活かした魚住キンメの名物企画だ。コメント欄にはさっそく待望の声やリクエストが飛んでいる。この日に描かれたイラストは保存され、後日SNS等にアップロードされる為、その場限りで楽しむだけの配信になっていない事も人気の秘密だった。

《同期の執事描いてー》

《他社さんのVtuberでもおk？》

「おーけい、おーけい。そんじゃさっそく描いていこうか」

配信画面上にはイラストレーションソフトの画面と、自身の2Dモデルだけというシンプルな構成だ。Re:BIRTH UNIONのメンバーはライブ配信という点では素人しか居ない。凝った配信画面を作るノウハウが無いのもあるが、そこに頓着していないという点が大きい。先日の廻叉の配信でも言及があったが、Re:BIRTH UNIONは自己表現・自己実現の為に集まったVtuberの事務所だ。実際には配信画面の見やすさや華やかさも数字に繋がる部分ではあるが、そこに意識を向けるには全員が全員Vtuberとしてのキャリアが浅すぎた。尤も、界隈自体もまだ黎明期をようやく脱した若い界隈であるため、凝った配信画面のメリットに気付いた者の方が少ない。逆に言えば、気付いた者はそれを前面に押し出して話題に繋げる事に成功している。

「んー、それじゃあ今度の公式配信に向けてあたしの仲間たちを描いていこうか！　それじゃあまずは同期の廻叉君から。っていうか、ウチの事務所で一番デフォルメしやすい気がする。あと、ファントムマスクしてるから片目だけ描けばいいの助かる。あたし、目ぇ描くの一番苦手なんだよね」

《草》

《プロにあるまじき発言で草》

《でも、目って難しいよな》

《ちょっと違うだけで別人になるから目は難しい》

《そもそも人の形が描けない》

《画伯ニキおるな》

元々キンメは絵を描く時も常に喋り続ける、というよりも独り言が多かった。故に、お絵かき配信でも間が空くことなく喋り続けて居られる。逆に手を止めると口も止まってしまうタイプだ。

「苦手意識はあっても、ちゃんと描かないとモデルの人に申し訳ないしね。そこはまぁプロとしてちゃんとやるべき事だよ。まぁプロって言えるほど仕事無かったけど」

《世知辛ぇなぁ》

《存分にVの世界で稼いでもろて》

「もう稼いでるよー。収益化は流石にまだだけど、サムネイルイラストの有償依頼とか身内から来るからね。事務所の方針で社割は無しだけど、先輩二人の歌動画用に何度か描いてるよ。君ら、概要欄までちゃんと見なきゃダメだよー、ちゃんとあたしの名前とチャンネルのURL毎回張ってくれてるんだから」

この発言に意外だ、という反応が多かった。概要欄までチェックしていない者も居れば、単純に三日月龍真・丑倉白羽の歌動画を見ていない者も居た。あとは、普段はギャグ系のイラストやデフォルメイラストを良くSNSに上げている為、魚住キンメの「ガチ絵」を知らない者も少なからず存在していた。

「……ん、よし。という訳で、あたしの同期の正時廻叉くん完成ー。意外と時間かからなかったなぁ」

二頭身ほどの、線画のみで描かれたデフォルメされた正時廻叉のイラストを画面に大映しにする。いつも通りの無表情さではありながら、眉根に寄せられた皺が口に出せない不満を抱えている雰囲気を醸し出している。

《おおー！》
《これはコメント欄の下ネタを見た時の執事》
《可愛い》
《持って帰りたい》
《このイラストでグッズにしてほしい》
「配信中、大体こんな感じの顔してるイメージ。イケメンなんだけど表情に感情乗らない子だから、たぶんガチで描こうと思うと色々難しいよね。笑顔見たいけど、笑う廻叉くんは解釈違いって言われたら頷いてしまうもん。あと、ファントムマスクの下どうなってるんだろうね。下手にイメージだけでここ描いて、後で実は全然違ったりするとああー！　ってなっちゃう」
《めっちゃ語るやん》
《マスクの下、気になるわー》
《ファンアートだとオッドアイとか火傷の痕とかいろんな解釈があるな》
《人体模型みたいに皮膚がなかったらどうしよう》
《急なホラーやめーや》
廻叉の顔、右半分を隠すファントムマスクはデビュー当初から一部で考察の種になっている。なお、今のところ本人からの言及は一切無い為、謎のままだ。有力な証言としては廻叉の姿をデザインしたイラストレーターがSNS上で「廻叉くんの顔に関して知ってるのは私と、廻叉くん本人だけです。いつか、ちゃんと見せられる日が来ると思います」という短い文章があるのみだった。
「それじゃあ、次はあたしのお得意様の白羽先輩描いていくよー。いいよねー、男装の麗人感。男物のスーツが似合う女性は世界の宝だよ。そこにギターまで足されたらもうたまらんね。乳でかいし」

《旦那さん、また奥様がセクハラしてるぞ》
《娘さんに聞かせられない発言すんなw》
《でも白羽の白羽は丑倉だからなぁ……》
《わかる》
《わかるな》
《つーか、あれって有名なバンドの衣装リスペクトなんだっけ》
《あー、Stupid《ステューピッド》 Cupid《キューピッド》だっけ。親父が好きなバンドだわ》

　二十年ほど前に全盛期を迎えていたロックバンドに対し、親父が——という発言はキンメだけでなく多くのリスナーにも無慈悲にダメージを与えていた。

「……くっ、親父が好きなバンド発言にここまでダメージを食らうとはな……とにかく、完成！　うんうん、我ながら可愛らしくもカッコよく描けた。それじゃあ次は龍真先輩！　うちの事務所で一番ガラ悪いのに、一番繊細な人だよね、下手すると。赤のツンツン髪にピアスもいっぱい着けてるし、もう見るからにラッパーな感じなのに、歌詞とかすごくロマンティックだったりネガティブだったりするしねぇ」

《わかる。曲聴いて、俺の知ってるＨｉｐＨｏｐのイメージと違ってて驚いた》
《あいつポエトリー系だからな、韻もしっかり踏むけど》
《はえー、そうなんか》
《雑談配信チラッと見たけど、心配性なんだろうなってのが伝わって来た》
《ギャップ萌えでセルアウト狙いとかあざといな、Luna-Dora あざとい》
《セルアウトになるのかそれは》

白羽を描いたあたりから、Re:BIRTH UNION の他の Vtuber のファンもじわじわと増えていた。それぞれの情報がファン同士による交流で共有されていく。それを見て、絵を描く手は止めないままキンメはほくそ笑んだ。実際に、今日は同期と先輩である三人を描く予定だったのだ。この早描きリクエスト配信はこれが三回目だが、それまでも同じ事務所内のメンバーのリクエストは飛んできていた。今までは許可が無かったり、そもそも通話自体もしていなかった事から遠慮してきたが、

公式配信という切っ掛けもあり、三人を描くいい機会であると判断したのだ。

「という訳で完成！　うん、なんか大分可愛い寄りになっちゃったけど……実際、龍真先輩可愛いからね。仕方ないね。ここに、前に描いたアタシを持ってきて……うん、Re:BIRTH UNION完成！」

《かわいい！》
《88888888》
《統一感なくて草》
《だがそれがいい》
《あれ？　ステラは？》

四人を並べた所で来るだろうと思っていたコメントが流れてきたと同時に、キンメは今度こそしてやったり、という表情を浮かべた。

「ステラ様はねー、あたしの大の憧れだからね。実は、今……ガチ絵で描いてます。だから、今日は描きません！　完成したら、みんなにお披露目するから首を長くして待ってなさい！　公式配信の後くらいには完成すると思うから！　もちろん、廻叉くん龍真先輩、白羽先輩のガチ絵も描いていくよー。それじゃあ今日のところはここまでにしようか！　デフォルメリバユニは色塗ってSNSに上げるからお楽しみに！　それでは水に帰ります！　おやすみー！　ぶくぶくぶく……」

コメント欄が期待の声に沸く。キンメの打った布石は、事務所のメンバーを描くことで「キンメの配信しか見ない層」に自分の仲間の宣伝をする事、メンバーを描いている事を知った「キンメの配信を見ていない層」を呼び込む事、そして「ステラのイラストの発表がある事」を視聴者に伝える事だ。その時期を公式配信の日程に合わせる事で、公式配信への期待度も上げていく。魚住キンメのイラストだけでなく『人に期待を抱かせる』才能が僅かに見えた配信だった。

その甲斐あってか、魚住キンメはこの日、同接者数・高評価数の自己ベストを達成した。

※※※

そのコラボ配信の告知があったのは、キンメによる早描きリクエスト配信のあった翌朝の事だった。

『同期の白羽と曲を作る事になったので、打ち合わせ配信する。今夜二十時』

『龍真くんに「一緒に曲やろうぜ」って言ってきた。龍真くんのチャンネルで今夜二十時に打ち合わせします。見に来てね。みんなの意見も聞いたり聞き流したり聞こえないフリしたりします』

SNSで唐突に告知されたそれは、二人が想定した以上に拡散された。未だにV同士の男女関係に対して肯定よりも否定が多い現状で一対一、その上で合作の曲を作るという挑戦的な行動であり、大きな波紋を呼んだ。

この時期には既に『杞憂民』『ユニコーン』と揶揄されるようなリスナーも多方面に生まれており、オファーする側もされる側も極めて慎重に対応している所が殆どであった。数少ない例外は老若男女問わずVtuberの人数が多過ぎる『オーバーズ』くらいである。

また、龍真の外見が典型的B‐BOYであり「遊んでそう」と思われた事も想定以上の波紋となった要因だった。音楽活動がメインとなっている事で、人となりを知る機会が少ない部外者ほど、このコラボを不安視し、或いは最初から悪意を持って拡散する者も居た。

一方で、当の二人のファンは全く別の不安を覚えていた。二人の音楽への理想とこだわりが極めて強い事を知っているリスナーは「音楽性の違いから大喧嘩になるのではないか」と考えたのだ。

期せずして、あらゆる方面からあらゆる意味での緊張感を持たれたまま、その配信は始まった。

「さて、とりあえず俺の作ってたトラックに貰ったギター音源合わせてみた訳だが、なんかこう合ってねぇな」

「まぁお互い好き勝手作ってたのを雑に掛け合わせてみただけだからね。丑倉的には龍真君の前向きな歌詞も見てみたいからこの音渡したんだけど」

「まず方向性だな。どっちに合わせるよ？」

「丑倉が誘ったからね。龍真くんのポエトリーの世界観に合わせてみようと思う。シューゲイザーっぽい歪んだ感じで、どっちかというと丑倉のギターがアクセントになるレベルでいいかも」

「それだとコラボっつーより、俺の曲に協力してもらった感じになっちまわね？　ギターソロと……フックで歌ってもらえるか？　裏でギター流すだけじゃ白羽のリスナーに申し訳が立たねぇ」

「歌うのはいいけど、フックってなに？」

「サビ」

「把握」

様々な不安は払拭された。男女コラボという事で浮ついた空気になる事を不安（あるいは悪意のある期待）を持っていた新規のリスナー達はコメントで口も挟めずにいた。

配信画面上には龍真によるDTMソフトの画面、両端にワイプ風の四角い枠に両者のバストアップの立ち絵（しかも専用ソフトで動かしていない静止画）を並べただけという簡素かつ素人目には何をやっているか全くわからない状態。当の二人はこれが配信である事を知ってか知らずか、コメント欄も置き去りに楽曲制作の為に必要な会話しかしていない。幸いにも、Vtuberとしての自身の性格や口調までは投げ捨てる事は無かったが、限りなく素の二人に近い状態である事は確かだった。

「シューゲイザーって俺も詳しくねぇけど、なんかサンプルあるか？　TryTubeのアドレスでもいい」

「とりあえず有名どころだとこれとか？　丑倉たちが生まれてくる前に結成されてるバンドだけど」

「助かる。別の端末にイヤホン挿して聴くわ。ＰＣで聴いて配信に音乗ったらマズいからな」

「おけおけ、んじゃイメージに合いそうなトラックこっちに投げてくれる？　それに合わせて丑倉がざっくり合わせるわー。聴いてる間にこっちも準備する」

《さっきから音楽の話しかしてねぇ……》

《思ってた男女コラボと違う》

《音楽ガチ勢怖い》
《俺ら、マジでスタジオの外から見学してる人の気分》
《シューゲイザーならこれもおススメ→http://trytube.com/watch/xxxxxx》
《初めて聴くジャンルだけど、これ好き》
コメント欄も専門的知識が無い為か、蚊帳《かや》の外である事を自覚したようなコメントが並んでいた。所々で龍真と白羽の会話の中に出てきたフレーズやジャンル名などを解説したり、或いは布教をする者も居た。野次馬根性で来た者も多数いたせいか同接者数は開始時点で千人を超えていたが、開始数十分で残っているのは六百人ほどとなっていた。
無論、その配信を離れた全員が全員野次馬、或いは出歯亀ではなく、敢えて情報を入れないで完成した楽曲を聴きたいというファンも居た。逆に、残っている中にもどうにか言葉尻を捉えて、何かしらの火種を探す者も潜んでいた。
「二人でやるなら、二人でなければ意味がないリリックにしてぇな……」
「セッションだし、誘ったのは丑倉の方だもんね。丑倉は歌詞書けないけど、どんな感じにするの？」
「……例えば、最初は夢に破れた者同士、対処が無理になった者同士、初顔合わせは互いに警戒、悪態吐かないだけマシな状態」
「……ちょっと黙るね」
龍真が一人語りのように韻を連ねていく。三日月龍真という男は、かつてフリースタイルでのサイファーやMCバトルにも参加していた。所謂《いわゆる》「現場のMC」だった。しかし、たった今語った通り夢に破れ、対処が無理になってしまった経験を持つ。白羽も同様に、バンドでギタリストを続けられなくなったが故に、現在Vtuberの世界に身を置いている。それぞれ、配信で深く語った事は無い。お互いの、現実世界での出来事を持ち込むことは個人情報の漏洩にも繋がるし、これ以上過去を振り返っている暇はないという判断を二人が下したからだ。

『生まれ変われ、自分』

そのフレーズと、ステラ・フリークスの音楽的才能に魅せられた二人は、夢を砕かれ、それでも新天地を求めVtuberという、仮想の世界に飛び込んだ。故に、

「あったのは夢を捨てられない苦しみ、涙出ないようにただ睨みつけた宇宙に、俺達は見付けた、輝ける星。目が眩んだまま、瞑《つぶ》れずに目を奪われた。耳を奪われたまま、塞げずに聴いてた。狼狽《うろた》えたまま、ただ『美しい』と思った。自惚れていた自分にその日気が付いた。俺達は星に手を伸ばす愚か者、現実《リアル》・仮想《バーチャル》の壁を壊す音はどこ？　見つからないのなら見つけに行こう、と。星は俺達の上で輝く、煌々《こうこう》と」

思い付くままに吐き出したリリック。自然と、白羽による歪みのあるギターの音色が足されていた。闇雲に歪ますのではなく、どこか宇宙を感じさせるような、無機質で暗い音色だったが、龍真のラップを活かすような音になっていた。星が何を意味しているかは、龍真自身も、白羽も、そしてリスナー達にも分かっていた。いつの間にか、同接者数は最初の半分以下にまでなっていた。この後も、数時間ほど真剣に音楽に向き合う二人のミュージシャンによる配信は続いた。

完成した楽曲が披露されたのは、公式配信の前日の事だった。

丑倉白羽はその告知の際のＳＮＳに、このように記した。

『丑倉白羽と三日月龍真a.k.a.Luna-Doraの決意表明。是非、聴いてほしい。タイトルは【Stargazer《スターゲイザー》】です』

その曲は一晩で二万再生を超える、スマッシュヒットとなった。

【Re:BIRTH UNION】緊急招集SPECIAL【公式配信】

【二十一時、配信開始】

「皆様、こんばんは。Re:BIRTH UNIONの正時廻叉です。本日は、公式配信・緊急招集スペシャルにお集まりいただき、誠にありがとうございます。僭越ながら、私が司会進行を務めさせていただきます。至らぬ点は多々あるとは存じますが、ご容赦のほどよろしくお願いいたします」

《始まった》
《きたー！》
《喋ると光る執事》
《なんか公式っぽいシステム使ってる！》

《緊急招集ってまた不穏な》
《この人、良い声だし棒読みじゃないのに全然感情が無いな》
《それが正時廻叉やで》
《たまに呆れが声に乗るから、それが見たくて今日も下ネタコメントを送るのだ》
《廻叉ファン拗らせ過ぎてない……？》
《でも朗読とかやると感情全開だぞ》
《何それ気になる》

「それでは緊急招集、という事でRe:BIRTH UNIONのメンバーを呼び込んでいきましょう。まずは、私の先輩である三日月龍真a.k.a.Luna-Doraさんです、どうぞ」
「Hey yo!! MC Luna-Dola in da House Baby!!　俺が三日月龍真a.k.a.Luna-Dora、今日は楽しんでいこうぜ？」

《るなどらー!!》
《Hey yo!!》
《heyyo!!》
《へいよー!!》
《陽キャだ》

《ヤンキーだ……》
《心配するな、奴もまた陰の者》
《VIRTUAL-MC《バーチャルエムシー》 FENIXX《フェニックス》 CHANNEL《チャンネル》：韻踏める陰キャだから》
《ダルマリアッチ@Vtuber：サイファーで自分の老後の心配するラップした時は流石に引いた》
「おいこら、聞こえてるっつーか見えてるぞコメント。っつーかお前ら自分とこで配信やれよ。個人勢のラッパーVtuber自由過ぎんだろ」
《ダルマリアッチ@Vtuber：ちゃんと先輩出来てるか見に来た》
《VIRTUAL-MC FENIXX CHANNEL：そもそも会話できるか心配で……大丈夫？　ビート流す？》
「よーし、ＢＥＥＦ仕掛けられてんな？　てめーら公式配信でＤＩＳとは良い度胸だ。リスナーのみんな、こいつら良いラップやる個人勢なんでよければ今度見に行ってやって。チャンネル登録は曲聴いて判断してくれ」
「陰とか言われる割に顔が広いですね、龍真さんは。宣伝するのは優しいですが登録を促すところまでしないのは厳しいというかなんというか」
「そんな売れ方したってこいつら喜ばねぇからな」

《優しい》
《今度見に行ってみようかな》
《前サイファー一緒にやった人か！》
《ダルマリアッチ@Vtuber：いや、売れりゃなんでも嬉しい》
《VIRTUAL-MC FENIXX CHANNEL：企業勢の一言が登録者数三桁の個人勢を救う事だってあるんだぜ？》
《曲を聴いてくれっていう龍真の優しみ》
《その優しみ、速攻で台無しにされてんぞ》
《草》
《草》
《貪欲で草》

「そうだよな、お前らそういう奴らだったな……！」

「さて、龍真さんの気配りが裏目に出た所で次のメンバーをお呼びします。同じく私の先輩である丑倉白羽さんです。どうぞ」

「はーい、みんなこんばんはー？　今日もちゃんとFコードの練習してるー？　ギタリストVtuber、丑倉白羽でーす」

《ぐふっ》
《こんばんはー！》
《白羽ー！》
《かわいぃ！》
《でかい》
《インテリアギター勢を初手で殴りに行くスタイル》
《殴られてる奴反応速くて草》

「白羽さんは相当な練習の鬼ですからね。何なんですか、週に三回のギター練習配信って」

「え？　だって上手くなりたいじゃん」

「俺らみたいな素人からすると白羽も十分上手いって感じるけどなぁ」

「えー……だってまだシンフォニックメタルの速弾き出来ないし」

「これは想像ですが現状のプロのギタリストでも出来る人限られてると思いますが」

「お前メタル嗜好だったんか……？」

《どこを目指してるんだ》
《そりゃ北欧のヤベー奴らっしょ》

《同期が一番引いてるの草しか生えない》
《この箱、変人しかいないのか？》
《何を今更》
《少数精鋭の奇人集団ぞ》
《なお、それぞれの専門分野はガチで凄い模様》
《初見なので情報助かる》
《初見に与える情報量じゃない気がする》
《V業界だいたい情報過多だからすぐ慣れる》
《だな、俺も慣れた》

「白羽さんの音楽性についてはまた後程に語っていただくとします。では、私の同期である魚住キンメさんにご登場いただきましょう、どうぞ」

「ざっぱーん！　水の中からこんにちは、人妻子持ち人魚メイドVtuber、魚住キンメの登場だよー！　今日は先輩方や廻叉くんとも初めてのコラボだから楽しみ！　よっろしくー!!」

「元気いいなぁ」

「可愛いねぇ」

「人妻子持ちのテンションではありませんね」

《ざっぱーん！》
《キンメちゃーん！》
《キンメー！　旦那さんを僕にください！》
《同期が辛辣で草》
《彼女が巷《ちまた》で噂のママママーメイドメイド魚住》
《声に出して読みたい日本語∨ママママーメイドメイド》
《英語なんだよなぁ》
《ほんまや英語や》
《気付けよ》
《既婚者公言って珍しいね》
《デビュー配信即身バレは事件通り越してもはや伝説》
《あれめっちゃ面白かった》

「廻叉くん容赦ないね⁉　先輩方は優しいのにー！」

「じゃあ先輩方と一緒に私も貴女を甘やかしたら、キンメさんはどうしますか？」

「付け上がる☆」

「だからです」

「すごく納得した☆」

「ぶははははは‼　お前らおもろい！」

「息ピッタリだねぇ」

《草》
《草》
《仕込みのようなトークだぁ……》
《龍真大爆笑してて草》
《旦那的に嫁がこの言われようで大丈夫なのか》

「あ、廻叉くんとウチの旦那、通話で話した事あるよ」

「え、そうなん⁉」

「デビュー配信で身バレした後、流石に打ち合わせが必要になってねー。そこであたしとスタッフと廻叉くんとで話しして、そこで旦那と娘の事をどうするかって相談してて。最終的に名前や顔を出さないなら、って条件でOK貰ったの。その時に一緒に挨拶したって感じかな」

「その際に『妻を甘やかさないようにお願いします』と言付けを受けております」

「え⁉　アタシそれ知らないよ⁉」

「キンメさんが飲み物を取りに離席した際に言われました。ちなみに、その後連絡先も交換しまして『そろそろバラしていいよ』と言われましたので、この場を借りて事後報告を」

「……ちょっと旦那シメてくる」

「後にしよ？　ね？　今は先に配信上で廻叉くんをシメよう」

「きひっ、ひひひ……おいやめろ白羽。公式配信を戦場にすんな……」

《草ァ!!》
《旦那と執事仲良しなの草》
《おい、この執事とメイド濃いぞ》
《心配するなリバユニみんな濃度と粘度高めだ》
《全員トーク慣れし過ぎだろ》
《デビュー二ヶ月そこそこでこの喋りが出来るのすごいわ》
《倍率まぁまぁ高いオーディション通った二人だからなあ》
《この四人がまだそこまで伸びてないのマジ勿体ない》
《今日バズれ》

「まぁそれはさておき、本日は緊急招集スペシャルという事で私どもが集められたわけですが。私に至っては集められた上に司会を急に任されたわけですが」

「悪いな廻叉、俺はMCだけどMCできねぇんだ」

「龍真くん、一人雑談ですらタイムキープ出来ないもんね。あ、丑倉も出来ないからよろしくね」

「あたしはマスコット枠だから☆」
「盟友たる同期に、そして尊敬する先輩方にこのような言い方は大変心苦しいのですがいい加減にしろよお前ら」
《草》
《執事キレッキレやな》
《無感情に言われると怖い通り越して笑えて来るわｗ》
《執事頑張れ》
《お前だけが頼りだ執事》
《ＭＣがＭＣ放棄していいんか》
《白羽もシレっと押し付ける気満々なんだよなぁ》
《でも白羽に任せると正論パンチが飛んでくるから……》
《マスコット……？》
《おい人妻》
《さっきから草しかコメントしてない、おもろい》
「ともかく、時間は有限です。先に進めます。改めて緊急『招集』と銘打たれた通り、我々は誰かに招集されたから、今こうして集まって配信をしているのですが、誰が招集したと思いますか？」

「呼び出すっつったらスタッフくらいだろ？　最初に連絡くれたの久丸さんだし」

「うん、丑倉も最初に連絡貰ったのは佐伯さん」

「……ん？　廻叉くんの口ぶりだとスタッフの人とか、そういう当たり前の答えじゃないよね？」

《そういえば集合じゃなくて招集だわ》
《ひさまる？》
《佐伯ってスタッフさんか》
《運営会社の社員らしい》
《スタッフブログでたまに名前が出る人》
《というかリザテで社長以上に名前出てる人よな》
《企業勢だしスタッフの名前くらい配信で出るわな》

「まぁ大体はキンメさんのお察しの通りです。Re:BIRTH UNION 統括マネージャー・佐伯久丸氏は確かに本日のコラボの企画書を我々に送った方です。しかし、その企画書は佐伯氏による作成ではありません。彼は受け取った台本の内容をチェックして、私たちに送っただけです」

「……え？　佐伯さんをそんな雑用で使ったの⁉」

「っつーか久丸さん統括マネだから割と上から数えた方が早い人だよな、ウチの事務所とか運営で……そんな人にそんなお願い出来るの、俺一人しか思い浮かばねぇわ……‼」

「――丑倉も、察した。そっか、うん、わかった……！　確かにあの人なら頼めるし、佐伯さんも引き受ける……！」

「……っ!!　あああああ！！！」

「お気付きになられたようで何より」

《!?》
《え、何？》
《ちょ、ま》
《うせやろ？》
《ステラ、クルー？》
《ステラだ!!》
《銀盾持ちだー!?》
《ちょっとまて、これステラ・フリークスとRe:BIRTH UNIONの初絡み見れちゃう？》
《どこまで台本なんだ？　どこからガチだ？》
《!?》
《暗転した!?》
《え、何、放送事故？》

『そう、君達を招集したのは私だよ。三日月龍真、丑倉白羽、正時廻叉、魚住キンメ……私の愛しい後輩達』

《おおおおおおお!?》
《この声は?!》
《ヒェッ》
《あああああああああああ》
《マジか！　マジでか!!》
《画面が宇宙になってる！》
《四人ワイプになってて草》
《ひゃあああああステラ様あああああ》
《2Dステラだー！！？》
《かわいい》
《美しい……ハッ!?》
《2Dでも相変わらずミステリアス美人だぁ……》
《こわい》
《ゆらゆらしててかわいい》
《超絶歌上手宇宙的恐怖顕現》

《このセリフが似合う時点でもう選ばれし者》

「ここまでお待たせして申し訳ありません、ステラ様」

『いいよ、廻くん。ここからはある程度は私が主導で話そうと思う。構わないかな？』

「ええ、勿論。貴女の思うままに振る舞ってください。ここは貴女の庭だ」

『ふふ、存外落ち着いているね。流石は廻くんだ。私は執事を付けるつもりはないけれど、いつか現れる君の御主人はきっと果報者だ』

「お褒めに与り恐悦至極」

《もうアニメやん》
《執事がここまで畏まってるの初めて見た》
《尊い……》
《なんか過呼吸みたいな音聞こえるんだけど》
《廻くん呼びなのか》
《意外にも気さく》
《俺も聞こえた。同時にキンメのワイプがキラッキラしとる》
《草》
《【悲報】人妻、限界化》

《一期生二人が黙り込んじまってる》

『ああそうだ、龍くんに白ちゃん。二人の歌動画、見たよ。【Stargazer】、良い曲だ。龍くんのラップはいつも以上に熱が入っていたし、白ちゃんの初めて聴くタイプのギターや歌声もとても素敵だった。SNSでこの曲をつい宣伝してしまったけど、迷惑だったかな？』

「ひゃ、ひゃいいい……う、丑倉光栄ですっ……」

「SNSで俺らの事広めてもらえてマジで嬉しいっす……！　でも、次は自力であれくらい数字回して見せますんで……!!」

『ふふ、期待してる』

《この二人にも渾名呼び》

《スターゲイザーマジで良かった全人類二千兆回聴け》

《丑倉限界化しとるな》

《かわいい》

《龍真が熱いなぁ》

《ポエトリーやってるけど根はバイブスの人よな》

《ダルマリアッチ@Vtuber：よかったなあルナドラ》

《VIRTULE-MC FENIXX CHANNLE：バズるマイメン見てると嬉しいけど次は俺だって気持

ちになる》

《自力で回してもおかしくない実力はあると思うんだがな》

《個人勢頑張れ応援してるぞ》

《龍真とステラどっちが年上なん？》

《ステラは不明、龍真はプロフでは二十五だったり配信では二十七って言ったり、二十って言ったりでブレッブレ》

『さて、キンメちゃん。私の絵を、かなり力を入れて描いてくれてるらしいじゃないか。アーカイブ、見せてもらったよ？　完成を心待ちにしているから、出来たら是非送ってほしい』

「送ります!!　雨が降ろうが風が吹こうが！！！」

『あっはっは、キンメちゃんの気合が伝わって来るよ。うん、本当に楽しみだ』

《キンメだけはキンメちゃんなのか》

《草》

《腹から声出してんなあｗ》

《そりゃキンちゃんだとなんかアレだし……》

《リバユニ総限界化で草》

《みんなステラ大好きかよ》

《執事は？》
《御主人候補には高血圧になるくらい塩対応な執事があそこまで傅いてる時点である意味限界化してると思われる。あと声色にわずかに喜悦が交じってる。このような声色はこれまでの執事の発言では見られなかった現象であり非常に興味深いし、俺にもあれくらいの愛ある対応を取ってほしい》
《執事有識者ニキ助かる。あとキモい》
《微量の感情を読み取れる強火執事担怖い》
《感情ソムリエかよ》
《報告書からナチュラルに怪文書にシフトしていって草》

『さて、今日君達を招集したのは外でもない。君達、Re:BIRTH UNIONをより多くの人々に知ってもらうにはどうするか？　という事だ。君達は才能と、目的意識に溢れた素晴らしい人材だと思っている。そして、私自身が求めた人材だ。リバユニの構想自体は、私の発案だからね。君達はスタッフから聞いているかもしれないが、視聴者諸君は初耳かもね。そう、私はRe:BIRTH UNIONの0期生だ。自分の箱を、より広めたい。そういう気持ちから、君達を集め――私のやりたい事に、少しだけ付き合ってもらいたいと、そう思った。簡単に言うと、君達四人と、それぞれコラボをする」

《リバユニ0期⁉》

《運営会社が同じなだけで別物かと思ってた》
《この四人、ステラに選ばれたのか……》
《おいV好きWebライターこれ絶対記事にしろお願いします》
《やりたい事ってなんだ》
《コラボキター！！！》
《うおおおおおお》
《ステラのコラボとかマジ貴重》
《銀盾が登録者数引上げかよ、だっせぇ。寄生虫集団リバユニ》
《これは楽しみだ》
《マジで何やるのか想像付かない》
《なんか変なん居るな》
《触れるな》
《こいつ四人の配信でもそれぞれ煽りに来てモデレーターにブロックされたアレな奴やぞ》
《※このアカウントは管理者により非表示設定されています》
《草》
《公式チャンネルで暴れて何故許されると思ったのか》
《ステラのやりたい事ってなんだろう》

『まぁ、私は歌しか歌えない、歌うこと以外に能のない女だ。なので、君達と一緒に歌いたいんだ。私は龍くんみたいにラップや作詞で己の内面世界と向き合った表現ができない。私は白ちゃんみたいにギターを自由自在に操って演奏したり作曲や編曲したりする事が出来ない。私は廻くんのように感情を完全にコントロールして、聴く人の心を震わせるように物語を語る事は出来ない。私はキンメちゃんのように絵を描いて、自分の想像をアートとして残すことが出来ない。私は歌う事しか出来ない。私は歌しかない。だから――』

『――きっと、私を超えていく君達と、一緒に歌いたいんだ』

※※※

少女は、その配信を見ながら昔読んだ天体に関する本の記述を思い出した。寿命を迎えた星は光を失い、縮んでいき、大爆発を起こし――質量の大きい星は、最後にはブラックホールになるという。

ステラ・フリークスは、Re:BIRTH UNIONの四人を「自分を超えていく者」と呼んだ。彼女は天に輝く星のような存在だと、少女は思っている。真っ暗闇の中で、ふと見上げた空に煌々と輝く星。強く、美しく、孤独な星だった。一部で天才と呼ばれ、リザードテイル運営のVtuberでは一枚看板として企業を支え、数多のリスナーを魅了し続けてなお、彼女は一人だった。Re:BIRTH UNIONは彼女が求めた存在の集合。彼女と共に輝くために選ばれた四人。

初めてのコラボを告知された時に、少女はどんな星座になるんだろう、と思いを馳せて――詩人を気取ったような自分の思考に、冷笑を浮かべた。そして、彼女の意識は画面上で行われる配信へと戻っていく。

※※※

《歌コラボだー！！！》
《うおおおおおおお!!》
《執事とメイドのお歌助かる》
《期待が、期待が重いよステラ……》
《こんな自己評価低い子だったんか、ステラって》
《これ、一期生喜び過ぎて配信中に死ぬまであるな》
《尊死不可避》
《歌だけの女が十万人登録はいかねぇよ》

「歌、ですか……」
「え、いや、そんな荷が重いですよぉ……！」

《執事困ってるな》

《執事が口ごもってる珍しい》
《キンメもだな。歌ってみた動画すらないもんな、二期生》
《しかもいきなり事務所の看板とコラボとか胃が痛いにも程がある》

「待ってた、待ってたんだよこの時を……!!」
「丑倉は……いや、丑倉と龍真くんはステラさんに憧れてここに来たんだから、こんな大チャンス逃すはずがない……!」

《一期生はそりゃ張り切るよな》
《むしろここで張り切らないなら音楽系Vやってねぇだろ》
《ここのコラボ楽曲はマジ楽しみ。オリジナルでもカバーでも楽しみ》

『ふふ、なんとも予想通りの反応だ。確かに、廻くんとキンメちゃんは歌の動画はやってないからそうなるだろうね。私を含めた先輩が音楽を主体にした活動だけど、君達二人は演劇・朗読とイラストが主体だ。そんな君達が、私と歌う事に不安を感じるのも分かるんだよ。足を引っ張らないか、とか。自分の歌声なんかでステラと一緒に歌って大丈夫なのか、とかね。ふふ、私はちゃんと客観視出来てるのさ」

《ドヤステラ》
《たまにドヤるよな、ステラ》
《そこがカワイイ》
《でも実際そうだよなぁ。素人がプロとデュエットとか、ハードル高いなんてもんじゃない》
「それを分かっていて尚、私達と歌いたい、と。そう、ステラ様は仰るのですね？」
『そうさ。これは私のワガママだ。君達が私の事が大好きだと知っているから、きっと頼みを聞いてくれると信じてのワガママ』
「そりゃステラ様は好きだけどぉ……！　大好きだけどぉ……!!　娘の次に愛してるけどぉ……!!　でも、一緒に歌うのは無理ぃ……!!　あたしの歌なんて本当に素人のカラオケレベルだもん……！　嬉しいけど、あたしが手を出しちゃダメな領分だもん……!!」
《執事、ちょっと諦め入ったな》
《察しが良いから、ステラが折れないとお気付きになられましたか》
《おいたわしや執事上……》
《執事は本来下に付くべきでは》
《愛されてる自覚があるとはまた凄い自信だ》
《まぁこの反応見て気付かないのは鈍感系主人公だけだろ》

《おい、人妻。旦那の序列言ってみろ》
《だが真に迫ってるな……正直、気持ちわかる》
《娘を一位に置く理性がキンメにもまだ存在していた》
「……歌う事は吝《やぶさ》かではありませんが、ステラ様との歌唱力に差があり過ぎて聞き苦しい作品になりかねない、という懸念があります。しかし、貴女の歌への拘りから考えるに——生半可なクオリティーの作品を出す気はないでしょう？」
『ふふ、ふふふふふ、あははははは！　廻くんは凄いなぁ！　もしかしたら私より私を理解してるんじゃないかな？　ますます君を執事として雇うのではなく、対等な同志にしたいと思った！　キンメちゃんもだよ？　そんな泣きそうになるくらい、私の歌を好きでいてくれている。それを邪魔したくない。だから苦しいんだよね？』
「ふぇ、あ、うん……本当にその通りで……でも、一緒に歌いたいって言ってくれたのは凄く嬉しくて……」
『そうか、嬉しいか……大丈夫、大丈夫なんだよキンメちゃんに廻くん。この私が保証する。何故なら……』

《あかん、ステラに何かのスイッチ入った》
《狂喜しとる……》

《な、なぜなら……？》

『君達が私と一緒に歌っても負けないレベルにまで、私が主導で歌のレッスンをするんだよ。私が生まれてから、今日までに学んできた歌の事を、君達に伝授する。厳しいレッスンになるだろうけど、君達なら出来ると確信しているよ』

《うわああああああああああガチだあああああああ》

《ステラと一緒に歌えるほど上手くない↓わかる　だからステラが一緒に歌えるレベルまで鍛える↓わからない》

《はああああああ⁉》

《何がステラをそこまで駆り立てるんだ》

《重い……期待が……っ‼》

《善意のパワハラで草》

《圧ゥ‼　めっちゃ売れてる先輩の圧ゥ！！！》

《とんでもねぇな……》

「……キンメさん、ここまで言われて、引けますか？　私は、無理だ」

「……ここまでしてくれるなら、応えたい」

《キンメ涙声やんけ》
《なかないで》
《いや、泣くだろ》
《憧れの相手が本気で手を尽くしてくれて、その理由が自分と一緒に歌いたいから、だぞ。そりゃ泣くわ》
《執事腹括ったか》
《もう応援することしか出来ん》

『……ありがとう。もしかしたら、本気で嫌がられるかもってちょっと思ってた』

「いえ、むしろ光栄なことです。ここまでステラ様が私共を高く評価されている、というのは本当に予想外でしたが」

「頑張る、頑張るよ……!!」

『そして、龍くんと白ちゃん。君らは、まさか自信が無いなんて言わないよね？』

「当然。いつでも行けるぜステラ様」

「むしろ廻叉くんたちとのやり取り聞いてて、燃えて来たよ」

『うんうん、二人ならそう来ると思ったよ。だから君達二人には条件を付けようと思う』

《ドヤったりビビったり忙しいな》
《ステラ、リバユニ勢への愛が重い》
《そりゃ事務所で唯一十万人登録の歌手が、登録一万人未満の新人にここまで入れ込むなんて誰も思わん》
《嘘、執事とメイドまだ四桁なん⁉》
《執事に至っては五千すらまだだ》
《Ｏｈ……》
《一期生の気合の入り方がヤバイ》
《条件……？》

『龍くんはラップ禁止、白ちゃんはギター禁止ね？』

「ふぉあああ⁉　ちょ、マジかステラ様⁉」

「アイデンティティーの喪失ー！！！」

《ご覧ください、これが『圧』でございます》
《憧れの存在という立場を全力で活かしてやがる……》
《じゃあくなうたのおねえさん》

『君たちが私の事を好きでいてくれているように、私も君たちが大好きなんだ。大好きな人の新しい一面が見てみたいって思うの、ダメかな?』

「ぐっ……!! それは、それはズリぃよステラ様よぉ……!! ときめいちまうだろうよ……!!」

「しゅき……すてらさま、しゅき……ぅしくら、がんばるぅ……」

《チョロい》

《草》

《ダメだコイツら早くなんとかしないと》

《ダルマリアッチ@Vtuber:バーチャルラップバトル企画で死ぬほど擦られるだろうな、今のルナドラの姿》

《2Dモデルで小首傾げるステラの姿が可愛すぎてヤバイ》

《魔性や……魔性の女やでぇ……!》

《VIRTULE-MC FENIXX CHANNEL:あきまへん……ステラはん、それはあきまへんてぇ……!!》

《二期生よ、これが一期先輩の姿だ》

《コテコテの関西人がコメントに並んでて草》

《片方個人勢のラッパーじゃねぇか》

《カオスだなぁ》

『まぁ何はともあれ、私は君たちが大好きで、君たちと一緒に歌うためには手段を選ばないということさ。これは先輩だからとか、登録者数が多いからだとか、そんな理由じゃない。私だ。ステラ・フリークスという一人の人間の、人間性そのものの問題だ。私はね、歌と君たちの為ならどんな労力も苦じゃないんだ』

「……正直に申し上げますと、そこまで私達の事を買っていただける理由がわかりかねます」

『それは、今言うべき事じゃないな。そうだなぁ……何かの節目にでも、話すとしようか。さて、一期生とキンメちゃんが色々と限界みたいだし、配信時間もそろそろ一時間だ。まだ、告知することがあるだろう？』

「そうでしたね。……今更ながら、私が司会を任された理由がよく分かりました」

《重い、重いよステラ……》
《なんかストーリー始まってるな？》
《いや本当に執事司会で助かった。チャンネル登録してくる》
《まだ告知あるの⁉》
《歌コラボだけでもお釣りが出るほどヤバイ告知だったんだが》
「はい、ではこちらは画像にて発表させていただきます。では、こちらをご覧ください」

【Re:BIRTH UNION三期生オーディション開催!!】

《ああああああああああああああ！！！》

《三期生！！！》

《これは重大発表》

《かなり速いペースだな》

「という訳で、我々の新しい仲間を募集する次第になりました。テーマは変わらず『生まれ変われ、自分』、夢や目的を持っている事が最大にして最低条件です。その他、詳細は公式ホームページをご覧ください」

『そして、今回は前回同様の動画・書類選考の後に二回の面接がある。一次面接、オンライン通話での面接官はRe:BIRTH UNION運営スタッフと、Re:BIRTH UNIONメンバーだ。ただし最終決定権はスタッフにあるので、合否に関する問い合わせや苦情を四人にぶつけるのはやめるようにしてもらえると助かる』

《所属タレントが面接官?!》

《これは新しい》

《実際、同僚になるのがどんな人かは見ておきたいわな》
《最終決定はスタッフってのも上手いな。絶対落ちた奴が逆恨みで凸るの目に見えてる》
「我々に皆様の合格や不合格を左右する力はありませんが、我々の心に触れる何かを残された方、この人とならば一緒にやっていきたいと思わせてくれた方には、我々もスタッフへと推薦させていただきます。さて、最後の面接ですが……こちらは弊社社長並びに統括マネージャーとの実地面接になります。また、弊社所属タレントであるステラ・フリークスも面接官として、3Dアバターとタブレットを通して参加いたします」
《最終面接怖っ!!》
《社長&有能マネ&ステラ、地獄かな?》
《むしろそれを乗り越えたリバユニメンバーがすげぇわ》
『Re:BIRTH UNION は私が企画段階から関わって来た事務所だ。故に私が最後の面接官になるのは妥当だろう? とはいえ、私が長のような形……例えば、学校ならば校長、といったような肩書ではなく、0期生と名乗っているのは――私が〝同志〟を求めているからに他ならない。先ほどまでハシャいでいた龍くん、白ちゃんやキンメちゃん、廻くんは私に敬愛を向けてくれていると同時に、いつか追い付くという意思を感じる。そして、そうなるだけの可能性を私は感じている。だから彼らはRe:BIRTH UNIONなんだ』
「私からも敢えて言うならば……『生まれ変われ、自分』という言葉の意味を、どうか考えてみてください。ただのキャッチフレーズではないのです。この言葉は――Re:BIRTH UNIONに関わる全ての人の決意表明です」
《すげぇな……本気でリバユニだからこその人材探してる感》
《オーバーズみたいにいろんな人が居るのもいいけど、こういう一貫したコンセプトがあるのも良いな》
《ただしハードルはクッソ高い模様》
《こんなシリアスなオーディション告知ある？》
《生まれ変われ、自分の意味……》
「さて、それではお時間となりましたので……龍真さん、白羽さん、キンメさん。そろそろ戻ってください、正気に」
「失礼だなぁおい!?」
「うしくらはしょうきだよ」
「ごめん、もう〝ちょい〟待って……」
『あははは！　もうさっきの言葉の説得力が消し飛びそうだね！』

《シリアスさんご帰宅です、拍手でお送りください》
《ほんま草》
《こいつら……w》
《シリアスさんは帰ったのに丑倉のＳＡＮ値が帰ってこない》

「とにかく、お時間ですので締めます。お相手は、Re:BIRTH UNION 二期生、正時廻叉と」

「同じく二期生、魚住キンメと！」

「Re:BIRTH UNION 一期生、丑倉白羽と1」

「一期生、三日月龍真 a.k.a.Luna-Dora と！」

『Re:BIRTH UNION 0期生。ステラ・フリークスでした』

『それじゃあみんな、良い夜を』

※※※

生まれ変われ、自分。今の自分が大嫌いな少女にとって、その言葉は他の視聴者の誰よりも深く刺さっていた。配信が終了すると同時に、部屋を飛び出した。階段を下りれば、リビングがある。テレビの音が聞こえる。父と母がそこにいるはずだ。数ヶ月前まで、怖くて開けられなかった扉を、嘘のように簡単に開けることが出来た。

「お父さん、お母さん……どうしても、挑戦したい事があるの。私の貯金を、使わせてほしい」

学校生活に馴染めず、長い間自宅学習――少女は引きこもり生活ではあったが、兄とその恋人が家庭教師を買って出て居た――を続けていた娘が、何の兆候もなくこのような事を言い出した事に、少女の両親は面喰らった。

最近になり、自室だけでなく居間で食卓を囲むようになったりと、少しずつ自分だけの世界に閉じこもる事から脱却しつつあるのは、喜ばしい傾向だと思っていたが。何かに挑戦したいと言い出すまでになっているとは露ほども思っておらず、ただただ困惑していた。そんな両親を真っ直ぐに見つめたまま、少女は言った。

「……私、生まれ変わりたいの」

後にRe:BIRTH UNION三期生のメンバーとなる少女、三摺木《みするぎ》弓奈《ゆみな》の目は、強い決意に満ちていた。

Re:BIRTH UNIONへの言及まとめ

《【ステラ・フリークス】リザードテイル系総合スレ part11【Re:BIRTH UNION】より》

1：再生回数7743 ID:********
株式会社リザードテイル所属バーチャルシンガー、ステラ・フリークスと同企業によるVtuber事務所Re:BIRTH UNIONについて語るスレ
ルール他は>>2以降を参照

187：再生回数7743 ID:********
今度リバユニ初の全員コラボらしい。ステラがSNSで宣伝してた

188：再生回数7743 ID:********
割と後輩の宣伝するよな、ステラ

189：再生回数7743 ID:********
Stargazerは凄い。何が凄いって作詞・作曲・編曲とかほぼ一期生の二人で完結してる。編曲にはステラの曲にも携わってる人が協力してたけど

再生回数一週間で五万は快挙だが、もう一桁伸びてもおかしくないレベル

190：再生回数7743 ID:*******

ステラに後輩が居る事すら初めて知ったわ

リバユニ愛に自信ニキ達、メンバーについて詳しく教えろください

191：再生回数7743 ID:*******

俺もそんなに詳しくないけど、一期生がラッパーとギタリスト、二期生が執事とメイドってのは知ってる

192：再生回数7743 ID:*******

>>191

一期生デビューした時は音楽事務所みたいになるのかと思ったら二期生が急に界隈に寄せた感なお実態は寄せるどころかより尖ってた模様

193：再生回数7743 ID:*******

割と箱推しの俺が簡単に紹介

三日月龍真：見た目ＤＱＮだし、口調とかは荒っぽいけど根が心配性で繊細なのがバレバレ。ポエトリー系ラッパーで個人勢のラッパー系Ｖのサイファー企画とかに気軽に参加してたりする。一度ゲーム配信をやったが下手過ぎて逆に面白かったレベル。その後に参加した個人勢のＭＣバトル企画でおもっくそイジられる。

丑倉白羽：男物のスーツだけど女性ギタリスト。どことは言わんがデカい。過去配信の六割くらいがギター練習兼雑談配信という練習魔。素朴な疑問でリスナーの心を抉る。例「Fコード難しいけど、なんで出来るようになるまで練習しないの？」。ギターの腕前はかなりのもの。難しいギターソロを弾くのが好きらしい。

正時廻叉：RPガチ勢。執事の格好をしたオペラ座の怪人。とにかく声に感情を乗せないまま、棒読みにならない話術は必見。朗読配信の時はスイッチが切り替わったみたいに感情を溢れんばかりに込めるのでギャップが凄い。お悩み相談には必ず一件はガチの闇深案件が飛んでくるという呪いが掛かっている。

魚住キンメ：初配信でイラストのクセで身バレした人魚のメイドさん。その初配信中にスタッフと連絡を取り、前世がイラストレーターの蟻ノ巣アントと公表した豪胆な人妻（前世垢で結婚・出産の報告あり）。お絵描き配信はプロの技、特にデフォルメキャラの特徴の取り方とかが参考になると絵描き勢に好評。

ステラとの関係は不明。お互いに敬意を払ってるのはSNSとかでのやり取り見ると伝わって来る。白羽に至っては敬意払い過ぎて大体毎回限界化している。

194：再生回数7743 ID:*******
　サンキュー箱推しニキ
195：再生回数7743 ID:*******
　リバユニ勢、全員ステラ愛が重いんだよな
196：再生回数7743 ID:*******
　公式配信の告知にステラの３Ｄが少しだけ映ったけど、出るんかね
197：再生回数7743 ID:*******
　実際見てみない事にはわからん

301：再生回数7743 ID:*******
　公式配信、やばかったな
302：再生回数7743 ID:*******
　公式配信まとめ
・執事、司会者として有能っぷりを見せ付ける
・他三名、司会できないと自白
・ステラの２Ｄモデル初お披露目
・リバユニ勢、無事限界化（執事もちょっと限界化してたと御主人候補が証言）

・ステラ、リバユニ0期生であると自称
・ステラと各メンバーとサシで歌コラボ動画決定
・それに伴い一期生はラップ・ギター禁止の縛りプレイ、二期生はボーカルレッスンブートキャンプが決定
・三期生募集オーディション開始
・面接でリバユニメンバーとステラがそれぞれ面接官に

303：再生回数7743 ID:*******
サンキュー302ニキ

304：再生回数7743 ID:*******
ステラの後輩への愛と期待が重すぎる

305：再生回数7743 ID:*******
この配信を見た上で三期生オーディション受けるとか相当な覚悟が必要なのでは

306：再生回数7743 ID:*******
個人勢にもリバユニの二期生受けて落ちたって人、結構居るしなぁ

307：再生回数7743 ID:*******
>>306　誰？

308：306 ID:*******
公式配信で龍真とコメントで絡んでたFENIXXって人。サイファーコラボで自白。

あとはASMRとか歌で活動してる個人勢の海風カームっていう子もそうらしい。SNSで言ってた。

309：再生回数 7743 ID:********
オーバーズ落ちた勢は結構いるけどリバユニ落ちた勢も居るんだな

310：再生回数 7743 ID:********
オバズは母数が違い過ぎるわ

311：再生回数 7743 ID:********
しかしステラがトップのピラミッド式なんだな
割と肩並べて系のとこが多いから上下関係ハッキリしてるの新鮮だわ

312：再生回数 7743 ID:********
残念ながらキャリアは数ヶ月差でも実績が違い過ぎるからなぁ……
下手に平等に扱った方が燃えるわ

313：再生回数 7743 ID:********
歌動画やってない二期生に「じゃあ私と歌っても大丈夫なくらい歌のレッスンしよう」はスパルタすぎひん？

314：再生回数 7743 ID:********
一部で寄生虫って煽られてるの気にしてたんかねぇ

315：再生回数 7743 ID:********

ぶっちゃけ、執事・キンメと同じ提案されたら俺ならすぐには頷けないわ

316：再生回数 7743 ID:*******

三期のオーディション受ける奴はアーカイブ見返した方がいいな

ステラとの絡みと、告知の時にヒントみたいな事たくさん言われてる

317：再生回数 7743 ID:*******

執事の言ってた「生まれ変われ、自分」の意味ってやつとかな

絶対面接で聞かれるだろ、これ

318：再生回数 7743 ID:*******

予言していいレベルだけど、三期生も色んな意味でのガチ勢なんだろうな

319：再生回数 7743 ID:*******

全員どっかしらガンギマリメンタル漏れ出てる感あるもんな

三期生もガンギマってる人になるだろ、そりゃ

320：再生回数 7743 ID:*******

言い方ァ!!

※※※

《VIRTULE-MC FENIXX のSNSより》

・俺がリバユニ落ちたのは本当。詳しい話は守秘義務もあるから言わない。落ちた理由は想像が

つく。面談で、俺はちょっと日和《ひよ》った。
・落ちた当時は凹んだけど今は個人でやってて楽しんでるし、落ちたからリバユニメンバーの凄さが分かったしリスペクトしてる。
・俺もステラと歌いたかったあああああ何故日和ったあの日の俺ええええええええ！！！！

※※※

《オーバーズ所属・鈴城音色《すずしろねいろ》の定期Q＆A配信より》

それじゃ次の質問いきますね。

『他企業や個人のVtuberでコラボしてみたい人はいますか？』

うーん……やっぱり、私も歌を中心にやってるので、私が好きだなって思った曲を歌ってる人とは、いつか一緒にやってみたいなって思います。

敢えて一人だけお名前を出させてもらうなら……ステラ・フリークスさんかな。私よりも先輩だし、名前を出す事すら烏滸《おこ》がましいとは思うけど、なんかこう……あくまで私の意見だと受け取ってほしいんだけど、ステラさんの歌って「努力の結晶」って感じるんだよね。もちろん、才能も凄いんだけど、その上で磨きに磨いて純度を高めた感じっていうか……いつかお話しする機会があったら、その辺聞いてみたいなぁ。

それでは、次の質問に行きますね。

※※※

《Ｗｅｂメディア・NEXT STREAM 連載「Vtuber 今週の四方山話《よもやまばなし》」より》

（前略）今週の配信で個人的に一番興味深いと思ったのは Re:BIRTH UNION（以下、リバユニ）による公式配信だ。リバユニは映像制作会社であるリザードテイル運営の Vtuber 事務所。現在は四人が所属しており、それぞれが明確な武器を持っている為、動画再生回数やチャンネル登録者数こそ発展途上ではあるがコアなファンがこぞって絶賛している。また、リザードテイルには最初の所属者としてＶシンガーで既にブレイクを果たしたステラ・フリークスが居る。知名度、実績共にステラこそがリザードテイルの看板である事は間違いないだろう。

今回の公式配信は五人の配信上での初顔合わせ、ステラからのコラボの提案、リバユニ三期生募集とそれぞれに大きな意味のある内容だった。まず、リバユニはほぼコラボを行わずソロ配信を中心に行ってきた。例外的に一期生でラッパーでもある三日月龍真 a.k.a.Luna-Dora が、同じラッパーの個人 Vtuber 達とサイファーやバトルのコラボに積極的に参加していたり、一期生同士での合作曲の為の作業配信があったりしたが、結果的にそれは事務所としての一体感が少なく思えていた。しかし、今回の四人のトークを見れば先輩後輩という壁はあるが、お互いに尊重しつつもリラックスした雰囲気でトークを行っており、また二期生で執事の Vtuber 正時廻叉の司会適性といった新たな一面も見れた。何より、それぞれのファンが同じ事務所のメンバーの人となりを知る事でいわゆる「箱推し」になりえる土壌を生み出せたのは大きい。

ステラ・フリークスの登場はあらゆる意味で事件だろう。自身のチャンネルでもほぼ歌の動画のみ。配信は楽曲のDL販売が決まった際の告知配信と、チャンネル登録者数、十万人突破の記念配信のみだった。曲は知っていても人となりを詳しく知らないステラのファンも多い中で、彼女とその後輩であるリバユニメンバー達のやり取りは既存のVtuber事務所とはまた違った関係性を感じさせるものだった。後輩達、特に一期生は歌でVtuberの最前線に近い位置で走っているステラを強く尊敬していたし、ステラもまた後輩達の才能を本気で信じ、彼らに敬意を払いつつ大きな期待を込めているのが感じられた。また、ステラ本人が自身をリバユニの0期生であると明言した事で、視聴者側も「別格の凄い人」ではなく「凄い先輩」というふうにステラの見方が変わったのではないだろうか。実績から生じる差を無理に平等化するのではなく、差がある事を認識した上で互いに敬意を払うという、ある種理想的な上下関係が芽生えた場を目撃出来たのは幸いというしかない。

そして三期生の募集の告知。現所属者同士のやり取り、先駆者たるステラとのやり取りを見せた上でこの告知を持ってきたのは素直に「上手い」と思った。ステラが立ち上げにも関わった（本人が配信内で明言）リバユニがどういう場所で、どういう雰囲気で活動しているかの具体例を見せた事で、潜在的な三期生候補者へのアピールとなった。更にはオンライン面接では現所属者が、最終面接ではステラが決定権の無い面接官として参加するというのは、今までにない形式だった。合否の最終決定権こそスタッフにしか無いが、実際に同じ事務所に所属するメンバーが候補者と話すというのは確かに合理的だ。そして、告知中にステラと廻叉が述べていたことから考えると、リバユニには間違いなく「求めている人物像」がある。それは持っているスキルの種類や才能の量ではなく、もっと抽象的だがリバユニにとって決して欠かす事のできない「理念」を共有できるかどうか、なのではないかと考察する。無論、その答えはリバユニに居る面々にしかわからないが。

筆者としては、今後のリバユニがどのような成長をするか非常に興味深く思っている。三期生のデビューが決まった際には、きっとこうして記事にするだろう。筆者の考察が正しいのかどうか、もしかしたら答え合わせが出来るかもしれない。Re:BIRTH UNION、要注目である。

(NEXT STREAMライター・玉露屋縁《ぎょくろやえにし》)

打ち合わせと初顔合わせ

都内、やや郊外にある地区のオフィスビルに映像制作会社リザードテイルの事務所はあった。七階建てで地下階も存在し、リザードテイルはその三階に事務所を構え、地下一階に収録・撮影用のスタジオを保持している。Vtuber正時廻叉のキャスト、境正辰は何度も電車を間違えそうになりながらもようやく事務所へと到着した。

内心、東京の鉄道には慣れないと思いながらも、この仕事が軌道に乗ればいずれ上京も視野に入れなければならない、とも考えていた。何にせよ、人生の大半を地元で過ごしてきた正辰にとって、東京は未だに旅行先という認識であった。実際、今回の上京も一泊二日を予定している。

「佐伯さん、お疲れ様です」

事務所に入ると同時に、目に入った男性に軽い調子で挨拶する。イヤホンを着けてモニターと睨み合っていた男性は挨拶に反応する事もなく、唸ったり首を傾げたりしている。

「佐伯さんっ」

正辰が椅子の後ろに回り込み、背もたれ部分を掴んで揺らす。ぐひゃあ、という奇声がオフィスに響く。思った以上に注目を集めてしまったらしく、正辰は思わず周囲に申し訳なさそうに一礼した。

「あ、ああ境くん……び、ビックリした……」

「お久しぶりです。あ、これお土産なんで皆さんで」

「いやいや、いつも悪いね！　あと気付かなくてゴメンね」

「何見てたんです？」

イヤホンを外した佐伯が画面を指さす。見慣れたTryTubeの画面だった。見ているのは五分少々の動画であり、タイトルには『Re:BIRTH UNIONオーディション用動画、よろしくお願いします』とあった。

「一次選考中」

「ああ……」

見れば他のスタッフたちの大半がヘッドホンやイヤホンを着けてモニターを注視している。全員が全員、三期生オーディションの仕事をしている訳ではなく、内外問わず発注された動画編集を行っている者も居れば書類仕事に勤しむ者も居た。以前に正辰が事務所を訪れた際には、もう少しスタッフ同士の会話などがあったはずだが、どうもそんな余裕はないらしい。

「まぁその辺の進捗も含めて、打ち合わせといこうか。本当ならダイレクでもいいんだろうけど、境くんだけは直接顔合わせて話す機会が滅多にないからね。了承してくれて、みんな喜んでるよ」

ダイレク、とはVtuberや配信者、オンラインゲームユーザーに人気の通話ソフトだ。正式名称は「DirecTalker」という日本製のソフトである。その使い勝手の良さから、世界的にも少なくないシェアを取ったソフトで、Re:BIRTH UNIONでもこのソフトを使って普段は打ち合わせや配信時の通話に使っている。

つまり、本来の打ち合わせならばRe:BIRTH UNIONで唯一関東圏外に住む正辰がわざわざ東京の事務所にまでやってくる必要はない。

「歌コラボについて直接話したい、ってステラ様に言われたら断りませんよ。それに他のみんなも集まってくれるって言うなら、是非も無しって奴です」

正辰が東京までやって来た理由は、ステラ・フリークスとの直接の打ち合わせだった。既に他の三名との打ち合わせは終わっているらしく、そちらも直接面会をしたと聞いていた。

ならば廻叉とも話したいというのがステラの要望らしく、リバユニメンバー、特に一期生の二人からも直接会いたいという希望があり今回の上京と相成った。ちなみにキンメとはオーディション合格後、契約の際に既に会っている。

「それじゃあ、会議室に行こうか。そろそろステラも来るはずだ。ああそうだ、たぶんその時に彼女から本名名乗ると思うから、一期生達と外に食事に行くときはそっちの名前で呼んでね？」

「身バレ対策ですよね、勿論心得てますよ。龍真さんと白羽さんの本名は事前に伺ってますし」

雑談をしながら会議室に入ると、既に一人の女性が居た。どこにでも居るような、可愛らしい女性だった。とはいえ、あまりにもオフィスに馴染み過ぎていて「新しい社員さんかな？」と正辰は考えた。その考えが覆されたのは、次の瞬間だった。

「やぁ、廻くん。初めまして。ステラ・フリークス、本名星野要《ほしのかなめ》だ。よろしくね」

「……あ、はい、初めまして。正時廻叉です。本名は境正辰です」

内心では絶叫するほど驚いていたが、瞬時に正時廻叉としての精神性に切り替える事で動揺を抑え込んで見せた。自分自身もそうだが、Vtuberとしての姿と現実世界の姿は同一視していないし、むしろするべきではないと考えている。だが、彼女とのネット上での通話や、歌動画からの印象とあまりに違っていた。どこか超然とした雰囲気を纏っていたステラ・フリークスと、今目の前に居るメガネを掛けた小柄で可愛らしい、だが芸能の世界に身を置いている雰囲気が一切ない女性・星野要とが全く繋がらなかった。ただ、その声は間違いなく何度も何度も聞いてきた声である事は間違いなかった。

「流石だね。廻くんは驚かなかった。いや、驚いたけど呑み込んだ、かな？」

「……後者が正解ですね。歌や通話した時の印象で、勝手なイメージをつくっていました。申し訳ないです」

「いや、いいさ。龍くんもキンメちゃんも声出して驚いてたからね。ああ、白ちゃんだけは『可愛いー!!』って泣き叫んで抱き着いてきたけど。流石に声を掛けただけで泣かれるとは思わなかったし、あんな勢いで距離詰めてくるとは思わなかったよ」

「流石白羽さん……」

まるで慣れた事のように要はケラケラと笑う。一方で遠慮と人見知りという概念を持たない丑倉白羽のノリに対し、正辰は呆れと感心の入り交じったような表情を浮かべていた。

「まぁ、とにかく初めまして。今後ともよろしくね」

「ええ、こちらこそ。この場でもステラ様とお呼びしても？」

「面と向かっての様付けは流石にちょっと恥ずかしいから、遠慮してもらえると助かるかな」

「ではステラさんで。それで、この前の公式配信で言っていた歌コラボの件ですよね？」

「うん。実際に廻くんがどれくらい歌えるのか知らないし、その上でどういう曲を歌うか、レッスンがどれくらい必要なのか、を考えたくてね。それに、廻くんだけは住まいが東京近郊じゃないから、どうしてもリモートになってしまうのもあるし、直接じゃなきゃ教えられない部分は今日明日でやっていこうかな、と」

「お気遣いいただいて申し訳ないです……」

初対面とはいえ、既に配信という表舞台で会話をしていたのもあってか、打ち合わせは和やかに、かつスムーズに進んでいった。正辰には演技の経験こそあれど、歌の経験はそれこそカラオケや、学生時代の合唱コンクール程度だ。それも部活動ではなく学校行事としてなので、歌を体系的に学んだ事は一切なかった。とはいえ、音楽自体に興味がない訳ではなかったので好きなアーティストの話などにも花が咲いた。しかし、最も話が熱を帯びたのは同業者たるVtuberの音楽活動についてだった。

「やっぱり初見さんを引き込むには歌は重要ですよね。程度の差こそあれ、配信のアーカイブに比べると歌動画の再生数が文字通り桁が違うなんてザラにありますし」

「運営側の意見としても売りにしやすいってのもあるんだよ。広告で流すなら雑談や企画系よりも歌の方がやっぱツカミやすいから」

「普段歌をやらない人が歌って、しかも上手いと話題性が凄い事になるからね。オーバーズのリブラくんとかゲーム配信しかしてなかったのに、歌動画が爆発的に再生されたもんねぇ」

「新人さんでも異様に歌が上手い人増えてきてません？　個人勢界隈の大型新人なんて言われてる篠目《しののめ》霙《みぞれ》さん、デビュー配信直後の歌動画でいきなりハーフミリオンですよ」

「いやはや、群雄割拠の時代だなぁ……！　だからこそ、リバユニもステラとのコラボに踏み切った訳だけど。正直、廻くんと直接打ち合わせができる機会が得られて助かったよ。地方の人とはなかなか会えないからね」

「いや、本当に申し訳ないです……」

「ところで廻くんの配信、同業者のファン多いよ？　エレメンタルの木蘭《もくれん》カスミちゃんが君の大ファンなんだってさ」

「え?!　エレメンタルってアイドル系Vtuber事務所じゃないですか……それ、配信で言ってたとかじゃないですよね……？」

「配信で言ってたら今頃燃えてるよ、廻くんのチャンネルとSNS。ちょっと前にネットライブイベントにお呼ばれした時に通話してね。彼女も演劇やってたらしいから、すごく勉強になるって」

「ははは……元役者としては、有難い話です。もしお話しする機会があったら御礼言っておいてもらえますか？」

「まあ直接話したら火種になりかねないし、運営的にもステラが間に入ってもらった方が安心できるかな……あ、勿論ファンの目に触れるところでは言わないように」

「わかってるさ。ウチの事務所やオーバーズさんみたいに男女コラボに寛容なファン層じゃない所も多いのは重々承知してる」

その後も、打ち合わせよりも業界トークの方が盛り上がってしまってはいたが、何の曲を歌うかまでは決める事が出来た。十年以上前に動画サイトを中心に絶大なブームを巻き起こした音声合成ソフトを使った楽曲、その中でもやや初期の楽曲だ。当時から熱心だったファンほど刺さる——そんな楽曲。やや暗い世界観も含め、正時廻叉の歌う曲としてはこれ以上ないように思えた。

「それじゃあ、早速下のスタジオで練習してみようか。龍くんたちが迎えに来るのは十八時だから……驚いた、なんと四時間もあるんだよ。たくさん練習できるね」

「わぁ、本気だぁ……」

「程々にな……俺は仕事があるから、スタジオのスタッフ連れて行ってくれる？　おーい、岸川ー！　スタジオの機材の準備頼むわー！」

「うぃーっす」

佐伯が会議室から出るなりスタッフを呼ぶと、どこか気の抜けたような男性の返事が聞こえた。要が苦笑いをしているあたり、彼はいつもこんな調子らしい。二人も部屋を片付けてスタジオへと向かう。その途中、とあるスタッフが見ているオーディション用動画が正辰の目に入った。

実写の映像だった。定点から撮影されたピアノの鍵盤と、その上を軽快に踊る女性の指が見えた。動画の再生時間が半分ほど進んでいる事も見て取れたことから、これは通ったかな、と正辰は考える。動画選考においては、大体開始十数秒で足切りラインがあるという。仮にその十数秒で名前を名乗ったり、今から何を行うかを喋るだけでも、マイクを通しているにもかかわらず声が小さすぎたり、逆に大きすぎたりする人も居る。あるいは加工をしている訳でもないのにノイズだらけで聞き取り辛かったりする場合もある。

この辺りは機材の知識面が不足しているだけという可能性もある為、相当酷くない限りは多少大目にみられることはある。最も高い確率で足切りをされるのは『台本を用意しないで喋ろうとして、内容がごちゃごちゃになっている人』である。実際のVtuberの配信のようにやろうとして失敗しているにもかかわらず、それに気付かないというパターンに陥っているものが非常に多い。オフレコという約束で佐伯が話してくれたので、少なくともRe:BIRTH UNIONにおける書類・動画選考の中で重要な判断基準となっているのは間違いないだろう。

スタジオへと向かいながら、正辰は先程ちらりと見たピアノの演奏動画を思い出していた。男性か女性かもわからないし、音声も聴いていない。だが、Vtuberのオーディションにもかかわらず実際に弾いている場面を録画して送るという自分のアピールポイントを前面に押し出す姿勢は、境正辰個人としても、Vtuber正時廻叉としても非常に好ましい姿勢だと思えた。

もし自分があのピアノの人と通話面接をする事になったら——少し楽しみだ。そんなふうに思った。

なお、この後五時間に及ぶ地獄のボーカルレッスンによってそんな気持ちを抱いた事も記憶の奥深くへと落ちていった。なお、この時点では事務所まで迎えに来た三日月龍真・丑倉白羽も巻き込まれ、自宅で食事の用意をして待っていた魚住キンメとその旦那に四人揃って陳謝する羽目になる未来を、境正辰はまだ知らなかった。

※※※

熱帯夜が続くような季節だからこそ、熱中症予防と快眠のために一晩中エアコンを入れたまま眠るというのは、割とよくある話だ。むしろそうしないと本当に一睡も出来ないくらいの蒸し暑さに襲われることも多々ある。一方で、エアコンが効き過ぎてしまって朝になると寒さを感じる事もある。

正時廻叉こと、境正辰は目を覚ますと寒さと暖かさを同時に感じていた。具体的に言うと背中や足元は寒く、頭と胸元は暖かかった。頭を起こそうとすると、頬に柔らかさと硬さを合わせもつ何かに顔を押さえられた。そちらに腕を伸ばすと、もふ、という触感。どうやらこの家の飼い猫が自分の頭を枕にしていたらしい。鬱陶しそうに猫が廻叉の手から逃れながらその場を離れると、今度は視線を胸元に戻す。

「……事案だぁ」

ピンク色のパジャマを着た、小学校低学年くらいの女の子が正辰の胸元にガッシリとしがみついて幸せそうに寝息を立てていた。なんとか少女を起こさないように、自分の体を起こすと、ガチャリと部屋のドアが開いた。

「……正辰くん、申し開きはあるかな？」

部屋のドアの前に、明るい茶髪の女性が一切目の笑っていない笑顔でこちらに問いかけた。

「無実です」

正時廻叉として、答えた。無感情ながらも、真剣な眼差しだった。胸元の少女は、いい笑顔で寝息を立てていた。

※※※

魚住キンメこと清川芽衣《きよかわめい》は東京郊外の事務所から車で数十分ほどの隣県に一軒家を構えており、東京住まいのRe:BIRTH UNION一期生の二人（特に丑倉白羽）は何度か遊びに来ているという。在宅勤務のＷｅｂデザイナーである夫、小学一年生の娘、猫一匹が同居人だ。親睦会の意味を込めて、芽衣は正辰を含めたRe:BIRTH UNIONメンバーを自宅に集めた。ステラ・フリークスこと星野要のスパルタボーカルレッスンが長引いた上に無連絡だった事で全員正座で説教をされたりするハプニングがあったものの、清川夫妻の好意で漫画喫茶で夜を明かす予定だった正辰を自宅に泊める提案をし、それに乗っかった三日月龍真こと弥生竜馬《やよいりょうま》、丑倉白羽こと白金翼《しろがねつばさ》、そして星野要という大お泊り会と相成った。最終的に男性陣二人はリビングのソファーを使い、女性陣は芽衣の部屋で、清川一家はそれぞれ寝室で、という形で就寝した。

が、起きたら清川家の一人娘、清川亜衣《あい》と飼い猫が一人と一匹が揃って正辰にしがみついていた。

自室から居なくなっていた娘を捜しに来た芽衣によって発見され、朝から裁判が行われた。正辰は一貫して無罪を主張し、清川家の主であり亜衣の父である清川秋良《あきら》もこれを支持、竜馬・翼・要は面白半分で有罪を主張した。なお、「ペコ（飼い猫・正式名称『イーペーコー』）が夜中に部屋から居なくなって、捜しに行ったら正辰お兄ちゃんの胸元で寝てた。こっちに来てくれないから一緒に寝た」という証言で正辰は無罪放免となった。裁判中、終始正座していた正辰の膝にペコが我が物顔で鎮座していた事も証言の裏付けとして採用された。

「正直ペコと亜衣が揃って懐くって珍しいんだけどね。ペコは威嚇しまくるタイプの猫だし、亜衣は人見知り気味だし」

「ねー、私たちがペコちゃん呼んでも威嚇されるし」

「俺に至っては後ろ足で砂かける動きされたぞ……」

「子供と動物に懐かれるのは悪い事じゃないさ」

雑談交じりに朝食を取る七人と一匹。そのまま配信してしまえば話題になりそうな面々ではあったが、時季も相まってお盆に集まった親戚一同のような雰囲気だった。そんな調子で各々今日の予定を立てていく。

「境くんは今日もレッスンね。直接指導できるタイミングは逃さないよ？」

「有難い話ですが、新幹線の時間にはせめて間に合うようにお願いします……」

要と正辰は地獄のボーカルレッスン二日目。

「俺、昼からMCバトル配信にゲストで呼ばれてるんで帰るわ」

「丑倉……じゃなくて、私も今日はアコギ弾き語り配信予定してるんでー」

「私は配信夜からだから、昼の間は家事かなぁ」

それぞれ配信予定のある竜馬、翼は帰宅。芽衣はそのまま自宅待機と相成った。なお、秋良と亜衣親子は以前から映画を見に行く約束だったらしく、亜衣に至っては既に出発の準備まで済ませていた。

「正辰お兄ちゃん、またね！　また遊びに来てね！」

「うん、また来るからお母さんとお父さんと仲良くね。もちろん、ペコとも」

「はは、娘がごめんね、正辰くん」

清川父娘がそれぞれ遠方からの来客である正辰へと名残を惜しむように言ってから家を出た。亜衣に至っては朝以来の熱烈なハグもあった。先輩や同期から「モテる男」だの「罪作りな男」だのと散々に揶揄《からか》われたが、ロから始まる四文字を口にしない事から、正辰は彼らの善性のようなものを感じ取った。

「そんじゃーな、マサ。お前の歌がどれくらいになってるか楽しみにしとくぜ。あと、ラップも覚えてくれると俺が助かる。コラボ相手的な意味でな」

「境さん、ギターやる？　ベースでもドラムでもいいよ？」

「この後、地獄の特訓が待っている人間に言う事がそれですか？」

お互い自分の領域に引き込もうとする一期生達が自分の配信の為に帰宅。軽いノリでの勧誘であったが、二人して目がマジだったな、と正辰は思った。正辰と竜馬はほぼ同年代という事もあり、現時点では白羽は最年少という年齢差を感じさせない良い意味で気安い関係を築けているが、やはり二人は心の底からミュージシャンなのだとこういう時に実感する。現在の肩書はVtuberであるが、芯の部分に音楽が深く根差しているのを短い付き合いながらも正辰は感じ取っていた。

「さあ、それじゃあ私たちも行こうか。そろそろスタジオの準備が出来るらしいからね」

「了解しました。それじゃあ芽衣さん、本当にありがとうございました。秋良さんと亜衣ちゃんにもよろしくお伝えください」

「いやいや、いいんだよ。わざわざお土産まで持ってきてくれて、逆に気を使わせちゃったかなって思ったくらいだし。本当に親戚の家に遊びに来る感覚で来てくれていいからさ。是非また来てよ。……あと、その、背中に張り付いてるペコは持って帰らないでね？」

思い切り服に爪を立ててしがみついているペコ、本名・清川イーペーコー（オス・二歳）が飼い主の手で引き剥がされ、なんとも締まらない調子で清川家を後にする。ここからは公共交通機関で事務所に行き、ボーカルレッスンと最終打ち合わせを以て、正辰のプチ上京は終了だ。

この時点では、もう一つ大きな初顔合わせが残っている事を正辰は知る由もなかった。

※※※

事務所に着くと、どこかざわついた雰囲気だった。いつも無駄にギラついている社員たちがどこか動揺しているような、落ち着きを欠いたような表情で仕事をしているのが見て取れる。しきりに奥の会議室を気にかけているような、そんな調子だった。しかも、良く見ればそんな状態に陥っているのは、ほぼ全員がVtuber事業の担当スタッフたちばかりだった。リザードテイル自体は映像制作会社であり、Vtuberと関係のない事業も行っている為、Vtuber関連の仕事にほぼノータッチのスタッフも存在する。そんな彼らも、Vtuber事業のスタッフが目に見えて狼狽しているのを、どこか不思議そうに眺めている。

「岸川さん、何事ですか？」

「……あー、境さん。実はちょっと来客で……今、社長と佐伯さんが対応中なんすわ」

「佐伯さんだけでなく社長も？」

「来客って誰なんですか？　社長が対応するって相当ですよね……？」

スタジオで音響などを担当しているスタッフの岸川に尋ねれば、更に困惑を増すような返答が返ってきた。要と正辰はお互いに顔を見合わせる。お互いに怪訝な顔を隠せずにいた。すると、会議室のドアが開き困ったように笑いながら社長が、そしてどこか疲れたような、それでいてどこか高揚しているような顔の佐伯がまず出てきた。その後ろから、スーツにメガネを掛けたビジネスマンの典型例のような服装の男性、更に後ろから年若い――遠目に見ても中学生くらいにしか見えない――少女と、モデルのような体形の背の高い女性が現れた。

「あー……なるほど、社長が対応するわけだ」

「……どなたです？」

要がその質問に答える前に、少女が先に要を見付け――花が咲いたような笑顔を浮かべ、狭いとは言わないが広くもない事務所を突如駆け出し、要へと抱き着いた。

正確に、かつ専門性の高い描写をするならば、少女は要にプロレス式のタックル、技名で言うならばスピアーを叩き込んだ。飛び込んできた少女ほどではないが、成人女性としては小柄な要はそのまま後ろに倒れそうになり、ギリギリのタイミングで反応した正辰と岸川が後ろから支える事で彼女は事なきを得た。なお、椅子から立ち上がりかけという中途半端な姿勢だった岸川だけはバランスを崩して肘と背中を強打して声も無く悶絶していた。

「だ、大丈夫ですか……?!」

「お、ぉぅ……だぃじょーぶ……」

「ステラちゃーん！　ステラちゃんステラちゃん久しぶりー!!　この前のスマイルムービーのイベント以来!?　だよね!?　まさか会えるなんて思わなかったよ！！！」

「ちょ、おま、何してんの!?　他社さんの事務所だぞここ!!」

「岸川ー!?　しっかりしろ岸川ー!!」

「へ、へへ……佐伯さぁん……俺の肘は、もうダメだ……俺の分まで甲子園で投げてくれ……」

「ＯＫ、余裕ありそうだから捨て置け」

「了解」

「心配を小ボケで返すな馬鹿野郎」

「アホやなぁ……とびっきりのアホやなぁ、あの子は……」

「……色んな事が起こるなぁ、この業界」

心配する正辰、ダメージを隠し切れない要、テンションの高すぎる少女、慌てふためくビジネスマンふうの男性、派手に倒れた部下を気遣う佐伯、ボケで返す岸川、それを見て業務に戻る同僚たち、少女の猪突猛進具合に軽く引いている背の高い関西弁の女性、遠い目をしているリザードテイル代表取締役社長。

この日の出来事を配信で話せば、それだけで大量の切り抜き動画が作られるだろう混沌がそこには広がっていた。

※※※

地下一階、スタジオ。事務所での大騒動がようやく沈静化し、とりあえずの状況説明を求めた正辰に応じる為、また会議室に入り切らない人数を収めるためにスタジオへと移動した。なお、社長のみ別の仕事の為この場には居なかった。リザードテイル代表取締役社長、一宮玲児《いちのみやれいじ》。三十八歳独身、性格は苦労性である。

「えーと、そんじゃ説明というかまず紹介からだね。先に言っておくけど、Vtuber関係者。というか、同業他社の企業さんって言った方がわかりやすいかな？　そういう訳だから、ここからはVtuberとしての名前で呼ぶよ？」

「了解しました、それでは俺……いや、私から自己紹介を。Re:BIRTH UNION二期生の正時廻叉と申します」

「あー！　執事くんだ！　凄い！　ステラちゃんだけじゃなくて他の人にも会えるなんて思わなか

った！」

「いや、先に自己紹介せーやアホ。すまんな、正時くん。ウチらは――『エレメンタル』所属のVtuberや。ウチが月影《つきかげ》オボロ。そんで、この騒々しいのが……」

「照陽《しょうよう》アポロです!!　よろしくね執事くん!!」

「本当にすいません、色々と……！　あ、エレメンタルのマネジメント部の塚原と申します」

「っ……！　まさか、たまたま東京に来た日に、雲の上の存在にお会いするとは……」

「ふふっ、流石の廻くんも動揺が隠せないか。まぁ、そうだろうね。業界でもトップ層のエレメンタル、そこのツートップと呼ばれる『太陽と月』の御出座しだ。まぁ、私は月に座って地球を足蹴にする女だけどね」

アイドル系Vtuber事務所、エレメンタルは業界の最大手の一角だ。所属しているのは女性のみ、その個性の強さとタレント性の高さから一気に人気を伸ばした事務所だ。そして、今この場に居る二人は最初期にデビューし、現在チャンネル登録者数が十万人を超え、そろそろ二十万人も視野に入っている文字通りのツートップの二人だった。『元気の擬人化』と称されるハイテンション少女、照陽アポロ。『俺達の姐御』と呼ばれ親しまれている関西弁を隠さない美女、月影オボロ。対照的な二人がお互いに切磋琢磨し、年齢も性格も違うにもかかわらず親友である事を示し続けた事で多くのファンを獲得してきた、現在の業界におけるトップランカーと言っても過言ではない。

「ステラさぁ。あのMV、一部で邪推されとったん知ってる？　月影オボロ潰す宣言やって」

「関係ないね、実際の私たちはこんなに仲がいいじゃないか。出合い頭に胴タックルをブチ込んでくるくらい」

「本当に申し訳ございません……！　後日改めて書面にて弊社社長より謝罪を……！」

「ごめんねステラちゃん！　久しぶりに会ってテンション上がっちゃった！」

月と星が雑談を始め、塚原マネージャーが土下座どころか切腹すらしかねない顔で謝意を表明し、元凶である太陽は楽しそうだった。廻叉は自分が嵐の中、小舟で漂流しているような幻覚を見た。

「あー、塚原さん、そこまでしなくてもいいですから、ね？　案件の生放送中でのハプニングとかではないですし、幸いステラも無傷でしたし……」

「うう……佐伯さんだけが私に優しい……アポロとオボロ、私の胃に優しくない……」

「初対面の私が言うのもなんですが、本当にお疲れ様です……あの、それでどのような御用件でこちらに？」

こうなると男同士で話がまとまってくるのも自然の摂理と言えた。何せ、Vtuberとしての名とはいえ、太陽と月と星を冠する女性陣が好き勝手に喋っているのだ。誰も止められない。廻叉がようやく本題を聞いたところで、はっとしたように塚原が書類を取り出した。

その書類は、巨大な祭への招待状だった。

「今日は弊社主催の年末の特別番組のオファーに伺ったんです。VCF、Virtual CountDown FESという事で、企業個人問わず、２Ｄ３Ｄも問わず、大晦日の昼から年明けまでブッ続けてライブをやってしまおうという企画となっています。……是非、リザードテイルさんにもご協力をお願いしたい、と弊社は考えております。具体的に申し上げますと、ステラ・フリークスさんをはじめとした、Re:BIRTH UNIONの皆様にも舞台に立っていただきたいのです」

廻叉は息を呑んだ。ライブショーケース形式の配信は多々あったが、ここまで大規模な物は少なくとも自分の記憶にない。今は八月だが、この規模のイベントを行うならば今から準備をするのも頷けるし、マネージャーの塚原だけでなく『エレメンタル』のエース格たる二人を連れてくる事もその本気度と熱意を示すという事かもしれない。

「佐伯さん、この件について社長の見解は？　私としては、賛成。龍くんや白ちゃんも話を聞けば一も二も無く出たいと表明するだろうね」

ステラが書類に目を通しながら笑みを隠しきれていない佐伯へと尋ねる。他社のVtuberが居る事もあり、自社のスタジオ内とは言え本名ではなくVtuberとしての名前で一期生の名前を挙げた。声を掛けられて正気を取り戻したかのように顔を上げて、小さく咳払いをしてから答える。

「無論、GOサインが出てるよ。そりゃ、こんな機会を逃したらVtuberの運営として無能の誹《そし》りは免れないからね。何より、歌コラボ企画もあって少なくとも二期生までは参加させたいと思っている。配信ライブは3Dモデルを持ってるステラしか無理だけど、動画メドレー形式の企画ならば全員出せるね。まぁコラボ曲とは別に一曲動画を作ってもらう事になるけど、幸いまだ時間はある。贅沢を言えば、デビュー予定の三期生にもこの話を通したい。合格者が歌をやりたいかはわからないけど、デビュー直後に大きなイベントに参加して存在をアピールするのは良い手だと思う」

佐伯の語気は落ち着いてはいるが、やや早口に言い切った。途中からはステラへの返答というよりも、自分の考えを捲し立てているような状態ではあったが、社長および統括マネージャーである佐伯は参加を容認、というよりも推奨していた。

「私からも、是非参加していただきたいと思っています。今回、主催は弊社エレメンタルではありますが、他のVtuberの運営企業さん、敢えて名前を出させていただきますが『オーバーズ』さん、『にゅーろねっとわーく』さんにも声を掛けさせていただいています。そして、その上でRe:BIRTH UNIONさんの参加は我々としてはマストであると考えています。勿論、バーチャルシンガーとして既に高い知名度を誇るステラさんの存在もありますが、リバユニの皆さんの配信や動画を拝見していて感じるのが、プロ意識の高さです」

佐伯の言葉を継ぐように、エレメンタル側のマネージャーである塚原からも参加要請が改めて述べられた。その上で、Re:BIRTH UNIONに参加してほしい理由を述べた。ステラと廻叉を見据え、冷静な口調のままながら明確に敬意を表してみせた。

「一期生のお二人は音楽活動に対する情熱の深さが、関係者としても、一視聴者としても伝わってきます。二期生のお二人も、自分の作品への妥協のない姿勢が窺えます。同業他社、言ってみれば競争相手である立場の人間が言うべき事かはわかりませんが、あえて言わせていただきます。あなた方はもっと世に出て評価されるべき才能の持ち主です。是非、今回のイベントでもっと多くの方々にあなた方を知ってほしいと私は考えています」

「……勿体ないお言葉です、ありがとうございます」

廻叉は塚原の言葉を聞いて、心の中では過大評価だと思った。しかし、界隈自体がまだ成長途上である以上、視聴者という限られたパイを奪い合う同業他社に対して『もっと伸びるべきだ』とまで言われた事の意味は大きい。口から出かけた謙遜の言葉を無理矢理に呑み込み、廻叉はその言葉を受け取って塚原へと一礼する。

「はー……正時くん、めっちゃ礼儀正しいなぁ。うん、木蘭ちゃんがファンになる気持ちもわかるわ。ウチらも含めて、この業界良くも悪くもブッ飛んでる人多いからな……正時くんもせやけど、リバユニの人らは、地に足が着いてるって感じがすんねんな。ステラはフワッフワしてるけど」

「私だけ仲間外れはやめてほしいなぁ。私だってリバユニだよ？　0期生だよ？」

「公式配信でこれでもかってくらい先輩面しとった奴がよう言うわ。そこで0期生なんて特別さアピールするからアカンねん」

「はは……まぁ我々はむしろそういうステラさんに惹かれてやって来たようなものですから。特に一期生のお二人は」

「ねー！　三日月くんと丑倉さん、ステラちゃん大好きアピールすごいもんね！　コラボ曲決まった時のSNS、超テンション高くて面白かった！　ラップ禁止で三日月くん悶絶してたけど！」

登録者数二十万人目前という、Vtuberでもトップ層に位置する月影オボロの褒め言葉と、二日連続で名前を聞くことになった木蘭カスミという人物が話題に出た事に廻叉が動揺しているとステラが混ぜっ返す。業界でも屈指のツッコミ属性であるオボロがステラの上に立つ姿勢を指摘すれば、持ち直した廻叉がフォローを入れる。それに反応して照陽アポロが一期生達のSNSもチェックしている事をアピールし、再び場の流れが雑談へと向かい始めた。

「ともかく、この件に関してRe:BIRTH UNIONは事務所総出で参加する。まだこの話を聞いてない龍真、白羽、キンメにも告知して参加要請を出す。まぁ、恐らく全員参加になるだろう。デビュー予定の三期生は……合格者が決まってから、こちらも参加するかどうかの意思確認をしようと思う。塚原さん、とりあえずライブ枠一名と動画枠六名でお願いします。減る事はあるかもしれませんが、増える事はありませんので」

「ありがとうございます！　三期生の方々も、個人的に非常に楽しみにしていますので！」

最終的に、社員の立場である佐伯と塚原が話をまとめ、この話は一段落となった。いきなり大イベントに放り込まれる可能性が高くなったまだ見ぬ三期生に廻叉は心の中でエールとほんの少しの同情を送った。

「さて、それじゃあますますボーカル特訓の重要性が高まったところで昨日の続きのレッスンといこうか。佐伯さん、この後戻るなら岸川さん呼んできてね？」

「はい、了解。塚原さん、照陽さん、月影さん、出口までお見送りします」

ステラと廻叉がボーカルレッスンの準備を始め、佐伯がエレメンタルの面々を送るために立ち上がったタイミングで、アポロが佐伯へと満面の笑みを浮かべて告げた。

「佐伯さん！　ステラちゃん達のレッスン、見学しちゃダメですか⁉」

「ダメに決まってるでしょ‼　お前さん個人がいくら仲良くてもここ他社さんの事務所とスタジオなんだからな⁉」

「ウチも興味あるなぁ。今日の事はリバユニさんの許可が出るまで一切話しませんから、ウチからもお願いします」

「オボロォ⁉　お前さんもかオボロォ‼」

「つ、塚原さん落ち着いて……ま、まぁお二人とは別件で何度か同じ現場でお仕事させてもらって、その上でその辺りは信頼できる方々だと思っておりますが……まぁ、その、当のステラと廻叉が良いならば、見学くらいは大丈夫かと思います……念のため社長に許可は取りますけども」

本来は良くない事だろう、というのは業界に身を置いて歴の浅い廻叉でも分かる。分かるのだが、アポロが言い出したら聞かないタイプの性格であるのはこの短時間でも理解できたし、恐らく普段は抑え役に回っているオボロまで乗っかってしまった事で、塚原が止められない状況になってしまった。佐伯も悲鳴のような声を上げた塚原を宥めつつも、方々の許可を取る事で認めてしまった方が早いと判断したらしくこちらに視線を向けて来た。そうなると、廻叉はともかくステラが断ると思えない。廻叉がステラを見れば、案の定楽しそうな笑みを浮かべていた。そして、廻叉の肩にポンと手を置き。

「廻くん、君は幸せ者だね。合計チャンネル登録者数五十万人以上になるVtuber三人にボーカルレッスンを見てもらえるんだから」

「……面接やデビュー配信の時が可愛く思えるくらい、緊張が酷いです」

こうして、塚原の胃と声帯に多大なダメージを残しつつもエレメンタル所属の二人が見学する事と相成った。なお、リザードテイル社長の許可は秒で取れたらしい。

※※※

「んー、それじゃあ新幹線の時間もあるしこの辺りにしとこうか。正直、この感じで練習していけば私としては満足の行く作品に仕上げられると思うからね」

「ありがとうございました……すいません、とりあえず水を……」

数時間ほどのボーカルレッスンが終わり、平然としているステラと疲労困憊と言った様子の廻叉。見学に来ていたアポロ、オボロの二人は労うように拍手を送る。

「執事くん凄いね！　歌に感情込もり過ぎてて、途中で本当に泣いてるんじゃないかって思ったよ！」

「それな。たぶん、正時くんより上手い人はたくさんおると思うねんけど、ここまで感情乗せられるのは滅多におらへんと思う。というか、その点においては明確にステラ以上やない？」

「それは私もそう思うんだよね……昨日までは歌を『上手く歌おう』って意識が強くてね。朗読配信の時みたいな感じで、歌を『演じる』つもりでやってみたらどうか、って終わり掛けにアドバイスしたんだ。で、翌日にはこれだよ……」

チャンネル登録者数で言えば、文字通り桁が違う三人から手放しの絶賛を受けて廻叉は思わず顔をほころばせる。まだ本番の録音が終わった訳ではないが、大きな自信になり得る言葉を貰えたのは望外の喜びと言えた。

「ありがとうございます。リスナーの皆さんにも満足いただける作品に出来るよう、頑張ります」

「そういえば東京住みとちゃうんや、正時くん」

「ええ、念のためボカしますが少なくとも新幹線が必要な程度には東京より西に住んでます」

「大きなお世話かもしれへんけど東京に住んだ方がええで？　ネットのお蔭で色々地方に住んでて

も出来るとはいえ、大きいイベントや案件はどうしても東京が一番多いやん？　地方住みだから、で案件やらなんやらが正時くん以外の人に回ってまう可能性、結構あると思うねん。っつーかウチがそれやってんから関西からこっちに出てきたんやけどな」

大きなお世話どころか、これからを真剣に考えた上でのアドバイスだと廻叉は認識した。今日が初対面で、猶且つ同業他社のまだ新人の域を出ていない、更に言えばやや伸び悩んでいるVtuber相手に、だ。喜びや納得以前に、何故、という感情が浮かび上がる。その疑問に答える前に、今度はアポロが口を開く。

「ボクも東京に来るの賛成だな！　だって、イベント楽しいよ！　それにね、こないだボクたちがステラちゃんと一緒になったイベント、男の人のVtuberさんも居たけど人数が二人しか居なくて寂しそうだったから、執事くんや、三日月くんみたいに男の人がどんどんイベントに出れるようになったら、みんなもっと楽しくなると思う！　Vtuberであるボクたちも、それに視聴者さんも！」

「そうだね……配信やイベントだけでなく、こういう直接の打ち合わせが多くできた方が廻くん自身にとってもプラスになる事は多いと思う。引っ越しやこっちでの生活費だって安くないのは重々承知してるけど、それ以上に機会損失の方が将来的には大きなマイナスになり得る。無論、地方に住んでいる事を活かした活動だって出来るけど……後は、君次第だね」

活動の楽しさを前面に押し出して勧めてくるアポロ、チャンスを逃すデメリットを軸に選択肢を改めて提示するステラ。どれも納得の出来る話であり、後はステラの言う通り自分次第なのだろう、と廻叉は思う。

元々、地元に住んでいたのはVtuber以前の舞台俳優としての活動の拠点となっていたからで、その活動拠点はもう無い。更に言えば、生活費を稼ぐための仕事も地元ではあったがそちらも失っている。現在はそれなりに貯め込んでいた貯金と、リザードテイルから斡旋された案件で糊口を凌いでいるのが現状だった。俳優として芽の出なかった、芽が出る前に終わってしまった自分が、Vtuberの世界で再び表現を出来ているだけで内心では満足している部分があったのは、事実だ。その上で、今の自分が出来る最高の物を提示できるように努力してきた自負はあったが、それ以上の事を考えた事はなかったかもしれない、と廻叉は自覚した。

「……収益化」

「え？」

「正時廻叉のチャンネルの収益化が通り次第、上京しようかと思います」

何のためにVtuberになったのか、何故自分がRe:BIRTH UNIONに居るのか、何故自分は生まれ変わる事を決意したのか。そして、何故自分は生まれ変わった程度で満足していたのか──。そこまで思い至ってしまった廻叉は、躊躇なく決断し、宣言した。

「お三方とも、ありがとうございます。背中を押してもらえたような気がします。私自身が考えるだけでは、恐らく出なかった結論に至らせてくださったこと、感謝致します」

突然、感情が消えた。アポロとオボロが豹変した廻叉に動揺し、ステラだけがニヤリと口元を笑みの形に歪ませた。

「正時廻叉は──必ず、貴女方の居る場所まで辿り着きます」

無感情な、宣言だった。だが、廻叉の表情を見ればそれが心からの意思である事が見て取れた。現在、チャンネル登録者数は三千人を超えたところの、企業勢でありながらパッとしない新人である廻叉ではあったが、そこに甘んじる自分を、彼は今この瞬間に捨てた。感情を見せず、表情を仮面で隠した男が、明確に野心を見せたのだ。

太陽は凄い凄いと子供のように笑う。

月は追い付いてみろと言わんばかりに堂々と受けて立つ。

星はそれでこそだと満足げに頷く。

文字通り空に手を伸ばすような無謀な挑戦だが、それで諦めるようならば廻叉はRe:BIRTH UNIONに惹かれる事はなかったのだ。失ったものを取り戻すだけではなく、それ以上を求める。廻叉は、或いは正辰は再び生まれ変わったような気分で東京から地元へと帰って行った。

※※※

境正辰が帰宅して自宅のパソコンの電源を入れ、運営からの新着メールが届いている事を確認する。新幹線に乗っている間に佐伯から「帰ったらメール確認を必ずするように」とメッセージが飛んできていたが、一体なんだったのか、と考える前に題名を見て全てを察した。そこには、こう書かれていた。

【Re:BIRTH UNION三期生オーディション一次面接日程について】

概要はこうだった。現時点で動画・書類選考合格者へのメールの発送まで終了。面接は全て土曜日に行う。合格者の希望時間帯の確認次第、DirecTalkerでの一次面接を実施する。最短で、来週より開始。

なお、現時点で動画・書類選考参加者四百二十九名に対し、合格者数は――。

十二名。

※※※

「ただいまの時刻は午後十時。御主人候補の皆様、如何お過ごしでしょうか？　執事Vtuber、正時廻叉で御座います。さて、本日は公式アカウントより発表がありました通り明日八月二十六日夜九時から、ステラ・フリークス様との『歌ってみた』コラボがRe:BIRTH UNIONメンバーそれぞれのチャンネルにて投稿されます。同時ではなく、十五分ごとに一期生から順番に、という形となっております」

土曜日の夜、SNSでのみ簡単な告知をして廻叉の雑談配信が始まった。タイトルに惹かれたのか、それとも事務所総出のコラボ配信の影響か、同接者数が開始数分で三桁に乗っている。コメント欄でもそれを祝う声もあったが、それ以上に歌動画がいよいよ出るという事でそれに期待した人たちが集まっている様子だった。

《待ってました！》

《執事、お前歌うのか……》
《楽しみ》
《何歌うの？》
《初見、イケボだぁ……》

「リバユニ全員一致で『聴いてのお楽しみ』という形を取りたいというふうになりまして、敢えて予約投稿すらしないという形になっております。今、皆様に渡っている情報は公式ＳＮＳの告知にあった画像だけです。本来は曲のタイトル等も入っているのですが、ロゴなどは全て消してあります。イラストの雰囲気から想像を膨らませて、お待ちいただければ幸いです」

その四枚の画像は、歌う楽曲が決まった時点でそれぞれの２Ｄモデルをデザインしたイラストレーターへと発注が掛かり、割と早い段階で完成していた。イラストレーター勢も気合十分であり、ポートレートとしてグッズ化出来るのでは、とスタッフが思うほどに完成度の高いものだった。

「しかし、私のこの世界での肉体の産みの親であるMEMEさんには足を向けて寝られません。私とステラ様のツーショットというだけでも貴重なのに、あそこまでの物を作ってくださるとは。デザインを頂いた際に、息を呑みました」

《ほんそれ》
《つーか四枚ともめっちゃ凄いイラストでビビった》

《MEME：がんばっちゃったぜ》
《雰囲気めっちゃダークなのに儚い感あった。曲もあんな感じなのか》
《メメさんおるやんけ》
《メメママだ！　囲め！》

当のイラストレーターがコメント欄に現れた事でコメント欄が加速するが、廻叉は例によって大きく反応することもなく、冷静に対応する。
「MEMEさん、お疲れ様です。イラスト、本当に素敵でした。ありがとうございます」
《MEME：いいってことよ》
《メメニキママ相変わらず男前なコメントで草》
《インタビュー記事の写真見たらガチで男前っつーかイケメンなんだよなぁ……》
《天は二物を与えずとはなんだったのか》

コメントにもある通り、イラストレーターのMEMEは男性だ。しかし、Vtuber業界ではモデルデザインをしたクリエーターをママと呼ぶ慣習が出来上がっており、たとえ男性であろうとママである。それに気を良くしたのか女性の2DモデルでVtuberデビューした者もいる。なお、ボイスチェンジャーの設定が上手くいかなかったという理由から、バリトンボイスの地声を放つ美少女という唯一無二にも程があるVtuberが生まれてしまった。なお、その人物は一期生である三日月龍真のモデル担当である。

閑話休題。

しばらくコメントとのやり取りを続けていた廻叉が、パン、と手を鳴らした。

「さて、ここ最近配信頻度が落ちていた事をまずお詫びいたします。楽曲の録音の他、少し動画編集の勉強と作成に時間を頂いておりました。あとは、事務所との打ち合わせもありました。私の配信を楽しみにしていらっしゃる方も居るにもかかわらず、個人的事情を優先し申し訳ありませんでした」

東京の事務所でボーカルレッスンを受けたり、同業他社の大手であるエレメンタルの所属Vtuberと偶然の対面を果たすなど、様々な事が起こった東京での二日間以降、廻叉は明確に配信頻度が落ちていた。とはいえ、週に四回ほどだった配信が三回になった程度であり、本来ならそこまで気にするほどの減り方ではない。だが、動画投稿・配信は毎日出来るならば毎日やった方がいい、というのが界隈内では伸びる秘訣と言われている以上、セオリーに背を向けた行為である事には変わりない。そして、何より廻叉自身が配信を見に来てくれるリスナーへの申し訳なさを抱えていた。故に謝罪の言葉を挟んだのだが、リスナーの反応は意外なものだった。

《ええんやで》

《むしろ執事の配信は完成度上げる側に振り切ってほしい》

《何かまた作り込んでんだろうなぁくらいには思ってた》
《謝るな、お前の本気を見せる事で応えろ（御主人面）》
《執事の個人的事情なんて絶対俺らの為の何かやろ？》
《何動画だろ楽しみ》

コメントには気遣い無用の旨と、信頼を込めた期待のコメントしかなかった。廻叉のチャンネル登録者数や同接者数は多くはない。企業所属として考えれば少ないと断言できるレベルだ。だが、廻叉が想像する以上にファンは正時廻叉を理解していた。無感情で無機質な態度の裏にあるものを、多かれ少なかれ察知しているのだ。この男は、底の知れない何かが必ずある、と。
「……そんなふうに言われたら、期待に応えなければいけませんね。明日の楽曲以外にも、まだまだお見せしたいものが多々ありますので」

《待ってる》
《執事も大概クリエーター気質だよな》
《つーかリバユニが創作ガチ勢しか居ない気がしてきた》
《上がる三期生のハードル》

「ああ、これも皆様に報告なのですが、三期生の動画・書類選考は着々と進んでおります。これは運営サイドから言っていい、むしろ周知しておいてほしいと言われたのでお伝えしますが、合格が決まった時点で合格通知と通話面接の日程決めのメールが送られております。簡単に言いますと、運営の想定を超える量の応募があった為、今まで通りに全動画、全書類を見てから合格者を決める形式だと時間がかかり過ぎる、との事でした」

この発言にまたコメント欄が加速する。その中にはちらほらとオーディションに参加した人物も居た。尤も、コメントに表示されているのはハンドルネームの為、本当に参加したかは不明であった。

《リバユニが認知されてきてるんだろうな》
《あと男性が居るのは大きい》
《男の居る企業箱ってオーバーズくらいか》
《運営スタッフも大変だな……》
《小さい所だとあるけど、小さすぎて風前の灯らしいな》

「不合格通知、所謂お祈りメールを送る余裕も無い為、動画・書類選考終了のアナウンスが出た時点でメールが来ていない方は不合格となりますのでご了承ください。どうやら私とキンメさんが受けた時の倍近い応募があったそうです」

これも運営から聞いており、猶且つ配信上で話す許可の出ている情報だった。とはいえ、元々玉石混淆なオーディションであり、応募が増えた分だけ『動画視聴五秒で不合格』となるような極端な例も同様に増えた為、応募総数がそのまま事務所としての強度とは言い難い部分はある。逆に、ここで合格するならばどの企業であろうと少なくとも動画選考を突破できるだけの実力がある事の証左に他ならない。

何故ならば、株式会社リザードテイルは映像制作企業である。動画作成をそのまま生業《なりわい》とした企業が運営しているVtuberの事務所である。ハードルが上がり切っている、とまでは行かないがプロ視点での『最低限』を要求されている時点で、業界内においても相当な高難易度を誇るオーディションである、と噂されている。情報の出所は一期、二期のオーディションに落ちた者による匿名掲示板などへの書き込みである為、当初は眉唾ものの噂とされていたが現在のRe:BIRTH UNIONメンバーの音楽的才能や演技力、画力などから俄に信憑性を増しつつある説だった。

《俺、たぶん不合格くさい》
《やっぱ知名度上がってるわ∨応募総数二倍》
《動画送った人ら戦々恐々やろなぁ…》

「明確な日時をお伝えすることは出来かねますが、今後随時通話面接が行われます。そこに合格した場合、今度はリザードテイル本社にて弊社社長、Re:BIRTH UNION統括マネージャー、そしてステラ様との四者面談が待っております。……圧迫面接では決してありませんが、ある程度考えをまとめていかないと間違いなく答えに窮する質問をされるかと思われます。これは、私から出せる唯一のヒントです」

どこか神妙に視聴者へと告げる。もしかしたらこの中に動画・書類選考通過者も居るかもしれない。その上で、打ち合わせの中で「配信上で言っても構わないラインの情報」について、積極的に開示していく形を廻叉は取っていた。自分自身がRe:BIRTH UNIONに入る事で救われた部分が少なからずある以上、同じような状況、あるいはもっと追い詰められた精神状態の者もいるかもしれない。そう考えると、少しでも手助けしたい。正時廻叉というよりも、境正辰としての意識がやや強く出ていたように自覚する。

『あなたは一つの役を生涯演じ続ける事は出来ますか？　そこに、境さんとしての意思や感情を一切介する事無く、Vtuberとしての人格だけで視聴者の前に立ち続ける事は出来ますか？』

今も、最終面談の際に受けた社長からの質問を思い出す。覚悟を問われる事は想定していたが、想定を上回る質問だった事で一瞬絶句してしまった。しかし、即座にこう返したのだ。

『Vtuberを役者業と言ってしまうと語弊があるかもしれませんが、一生涯役者を続けられるならば俳優・境正辰がこの世から消え去ったとしても本望です』

最初からそのつもりだった。自分が所属していた劇団がとあるトラブルから解散し、ほぼ同じタイミングでバイト先も閉店に伴う退社となった。どうしたらいいか全くわからなかった。役者を目指して歩く途中、突然四方八方が断崖絶壁になったような気分だった。そのまま役者を続けるのか、続けるにしても地元に残るのか上京するのか、それとも役者の道を諦めて一般企業に就職するのか。考えがまとまらないまま三日ほど過ごした後、役者仲間からRe:BIRTH UNIONのオーディションの話を聞いた。
元々、一視聴者として面白そうな世界だとは思っていた。ステラ・フリークスの事も楽曲から知っていた。その独特な世界観を構築する歌と存在感に魅せられてはいた。だが、それはあくまで視聴者視点だった。自分がそちら側に行くことは考えた事がなかった。幸い、パソコンはローンこそ残っているがほぼ最新の物だった。配信に関しては素人だが、表現の場としてVtuberを選ぶならば彼女の下で——不合格ならば、この世界とは縁がなかったと思おう。最初で最後のつもりで受けたオーディションで、境正辰は正時廻叉へと生まれ変わった。
「やろうと思えば、簡単に始められるのがVtuberの良さだと思っています。だからこそ、我々と同じ道を、Re:BIRTH UNIONを選ぶだけの理由が、熱意が、覚悟がある方と共に歩みたいと私は考えています。これはヒントではなく、正時廻叉自身の願いです。……時刻は午後十一時となりました。本日の雑談配信、短いですがここまでとなります。繰り返しにはなりますが、明日、我々の楽曲が随時アップロードされます。是非、お楽しみに。おやすみなさいませ、御主人候補の皆様方」
《おやすみー》
《楽しみ》
《いつもより感情出てたなぁ》
《おやすみなさい》

※※※

配信が終わると同時に、少女は少しの期待と大半を占める諦めの気持ちを抱えたままメールボックスを開く。生まれ変わりたい気持ちはある。覚悟だってある。それでも、自分が評価されて合格という結果を受けるだけの価値があると、未だに信じられなかった。不登校になって二年以上、ピアノ以外のスキルはほぼ無し。そんな自分が、合格なんて出来るだろうか。

たった今、配信を終えた正時廻叉の言う理由や熱意、覚悟はあるのだろうか――そんなふうに考えていたせいで、その新着メールに気付くのに一瞬だけ遅れた。

そして、気付いた時には息を呑んだ。震える指で、そのメールをクリックして展開する。

件名：動画・書類審査合格のお知らせ、並びに一次面接の日程について

三摺木弓奈様

この度はRe:BIRTH UNION三期生オーディションに御応募いただき誠にありがとうございます。

動画・書類審査の結果、三摺木弓奈様には是非一次面接へと進んでいただきたいと思っております。

面接の詳細及び日程に関しましての詳細は下記ＵＲＬの応募フォームにて御確認と返信をお願いいたします。

https://lizardtail.com/rebirthunion3rdstars/**************

一次面接は事前告知の通りDirecTalkerを用いた通話形式となります。

もしお持ちでない場合は、下記URLより規約等を御確認の上ダウンロードをお願いいたします。

(可能であればPC版でのダウンロードをお願いいたします)

http://directalker.net/

それでは、引き続きよろしくお願いいたします。

株式会社リザードテイルVtuber事業部統括マネージャー
佐伯久丸

少女、三摺木弓奈はそのメールを見つめたまま、暫く呆然としていた。信じられない気持ちの方が強い。不合格通知の間違いではないだろうか、と考えたが先程の配信で廻叉が不合格メールは出していない旨を明言している。

弓奈は、間違いなく自分が合格したのだという事実を呑む込むまでに数時間かかった。彼女が生まれ変わる為には、まだ今しばらくの時間が必要だった。

Re:BIRTH UNION 総合スレ Part.12

1：再生回数7743 ID:*******
株式会社リザードテイル所属バーチャルシンガー、ステラ・フリークス擁する Vtuber 事務所
Re:BIRTH UNION について語るスレ
ルール他は>>2以降を参照

7：再生回数7743 ID:*******
スレ立て乙。前スレ、急加速したよなぁ

8：再生回数7743 ID:*******
やっぱ例の招集配信で知名度が上がったしなぁ
執事だけはなんかこうマイペース過ぎて微増だったが

9：再生回数7743 ID:*******
華があるのに地味よな、執事

10：再生回数7743 ID:*******
やっぱ朗読とか演技とかってのは歌やイラストみたく直感的に「すげぇ！」とかなりにくいもん

あと、やっぱ全体的に堅いのよ、執事。らしさはあるけどさぁ

11：再生回数7743 ID:********

龍真がゲームやりながらフリースタイルしてて草

ttp://trytube.com/watch?v=*********

12：再生回数7743 ID:********

ラップ超上手いのにゲームドヘタクソなのいつ見ても草

13：再生回数7743 ID:********

ラップに集中し過ぎて下手なんだ、って思うだろ？

黙ってやってもこのザマやぞ、このラッパー

14：再生回数7743 ID:********

「お前のどこが龍神？　むしろゲームの腕前がまるで乳児」とdisられた男は格が違った

15：再生回数7743 ID:********

乳児に失礼では？

そういえば、ステラとリバユニのコラボ曲明日か

16：再生回数7743 ID:********

>>15

イラストが既にガチだったからなぁ

ＳＮＳだと楽曲予想がめっちゃ盛り上がってたな

17：再生回数7743 ID:********
白羽が一番分かりやすかったな。元PVのパロ絵だったし
18：再生回数7743 ID:********
曲調が一期生が明るくて二期生が暗い感じだったの何か解釈一致
19：再生回数7743 ID:********
>>17
あれ、元MVのイラストレーターが描いた説が出てるぞ
20：再生回数7743 ID:********
ステラ主導の歌企画で力入れてないはずがないから期待値しかない
21：再生回数7743 ID:********
>>19
もうガチじゃん……
22：再生回数7743 ID:********
SNSでまーた寄生だなんだって喚いてる奴が居るわ……
23：再生回数7743 ID:********
>>22
あいつリバユニ系全員からSNSもTryTubeのチャンネルもブロックされてるって知ってる？
24：再生回数7743 ID:********

>>23
うわぁ……まぁ相手にしないのが吉か

25：再生回数 7743 ID:********
ここには来ないから安心だわ
あいつ、前に別の配信者のアンチ行為でやらかしてＩＰブッコ抜かれるわ前のＳＮＳ垢（本名入りのリア垢）晒されるわで愉快な事になったらしい
それ以来、この手の掲示板には近寄らなくなったとかなんとか

26：再生回数 7743 ID:********
>>25
怒り通り越して最早哀れだ

121：再生回数 7743 ID:********
歌コラボの時間だオラァ!!

122：再生回数 7743 ID:********
一番手投稿来た！　ステラ&龍真！

123：再生回数 7743 ID:********
実況加速しすぎるとスレ止められるから注意な

124：再生回数 7743 ID:********

とりあえず全員分聴いてからまた来る

125：再生回数 7743 ID:*******

リアルアイドル曲じゃねぇか!!

126：再生回数 7743 ID:*******

ラッパーとは対極のところ選んできたなぁ

127：再生回数 7743 ID:*******

龍真歌がちゃんと上手いしステラがほぼサブボーカルに徹してるのすげぇわ。

なのに存在感しっかりあるのは流石ステラって感じ

128：再生回数 7743 ID:*******

原曲これか

ttp://trytube.com/watch?v=*********

129：再生回数 7743 ID:*******

うーんイケメン

130：再生回数 7743 ID:*******

ゲームの腕前乳児のラッパーによるクッソ爽やかな歌声

131：再生回数 7743 ID:*******

MVもシンプルだけどイラストが映える感じに仕上がってたな

132：再生回数 7743 ID:*******

白羽の来たぞー!!
ttp://trytube.com/watch?v=*********
133：再生回数7743 ID:*******
予想通りボカロ曲だったかー。まぁあのイラストの感じから想定内だっ可愛いなあおい!!
134：再生回数7743 ID:*******
普段カッコいい寄りの女子二人がカワイイに全振りするとこんな破壊力あるのか
135：再生回数7743 ID:*******
ガチ恋勢になる。なった
136：再生回数7743 ID:*******
二人ともガッツリ萌え声で草
137：再生回数7743 ID:*******
二人とも普段あんな声じゃないだけにブッ刺さるわ
この曲の歌ってみた沢山あるけど、クオリティーとしてもトップクラスではないだろうか
138：再生回数7743 ID:*******
原曲MV再現に、いい意味であざとい歌声、再生数の伸びがヤバい。曲自体が人気あるとはいえ、この勢いは予想外
139：再生回数7743 ID:*******
【朗報】龍真、白羽、登録者数一万人達成

140：再生回数 7743 ID:********

>>139

マジか！

141：再生回数 7743 ID:********

>>139

二人とも九千ちょっと超えた辺りで停滞してたしなぁ

そのタイミングでこれが来ればそりゃ超えるわ

142：再生回数 7743 ID:********

二期生はキンメが七千五百で執事が四千手前だっけか。少ないとは決して言えないけど、それでもやっぱ少なく感じるよなぁ

143：再生回数 7743 ID:********

次は、執事かマママーメイドメイドか

144：再生回数 7743 ID:********

>>143

普通にメイドって書いた方が早いのでは？（マジレス）

145：再生回数 7743 ID:********

>>144

なんか書きたくなるからこそそのパワーワード

146：再生回数7743 ID:*******
tpp://trytube.com/watch?v=*******
キンメ来た！　ガチ曲！
147：再生回数7743 ID:*******
この曲、最近の歌系動画投稿者の間で課題曲みたいになってるよな
ステラにはいつか歌ってほしいと思ってたが、キンメここまで歌上手かったのか……
148：再生回数7743 ID:*******
先週だけでオーバーズが三人くらいこの曲歌ってなかったか？
149：再生回数7743 ID:*******
エレメンタルの篝火《かがりび》も歌ってたし、にゅーろねっとのユゥリに至っては昨日上げたばっかという
150：再生回数7743 ID:*******
にゅーろスレがちょっと荒れてたな。ユゥリに被せんなって
151：再生回数7743 ID:*******
>>150
ステラはともかくキンメよりは間違いなく知名度あるんだから大目に見てくれとしかっつーかこの曲に限らず人気のある曲なんていつアップしても絶対どっかと被るだろ
152：再生回数7743 ID:*******
二期生、ステラから直のボーカルレッスン受けたらしい

ソースはキンメとステラのＳＮＳ

153：再生回数 7743 ID:********
＞＞152
リバユニのガチ気質がネタではなく恐るべきものになりつつある気がする

154：再生回数 7743 ID:********
＞＞152
執事のＳＮＳでも認めてた

155：再生回数 7743 ID:********
リバユニ、本気でバズりに来てるな

156：再生回数 7743 ID:********
歌に自信勢がこぞって歌うだけあってかなりの難曲なんだよな
どっちが主導でこの曲選んだかはわからないけど、この曲出来るレベルに達したって判断があったんだろうな……

157：再生回数 7743 ID:********
動画のクレジット見たら、イラストキンメかよ!?

158：再生回数 7743 ID:********
配信で言ってたキンメによるステラのガチイラストかー……ネタ要素やデフォルメ要素抜きで描くと画風がここまで変わるのか……

159：再生回数7743 ID:********
登録者数が千近く伸びてる……
160：再生回数7743 ID:********
今回の企画大成功じゃね？　これで執事が神動画だったら超成功に昇格する
161：再生回数7743 ID:********
言ってたら執事、来たぞ。この曲わからんのだが、分かる奴いる？
『Wraith』coverd by 正時廻叉&ステラ・フリークス【Re:BIRTH UNION】
tpp://trytube.com/watch?v=********
162：再生回数7743 ID:********
すげぇ……鬼気迫るってこういう事か
163：再生回数7743 ID:********
ステラ殆ど歌ってないよな？　ほぼ執事のみじゃねぇか……
そんでまた執事が情感込めまくってるから最早ミュージカルだよ、これ……
164：再生回数7743 ID:********
あかん、泣いてしまう。正時廻叉の表現力を甘く見てた
165：再生回数7743 ID:********
幽霊視点で離別を惜しむ歌詞にあそこまで感情移入できるのか……
執事、まさか幽霊じゃないだろうな……

166：再生回数7743 ID:*******
これ、原曲十年近く前の曲やで
167：再生回数7743 ID:*******
>>166　マジで？
168：166 ID:******
tpp://smilemovie.net/watch/sv******

当時、尖った曲ばかり作ってたボカロ投稿者のサークルDeepTracks《ディープトラックス》の壱玄《いちげん》って人の曲だ。DeepTracksは本当に尖った天才共による隠れた名曲が滅茶苦茶ある。というかこれを引っ張り出してきた時点で俺もう今日から執事推す。チャンネル登録高評価してきた。まさか二〇一八年にまた壱玄サウンドを聞けるとはなぁ……半引退状態の人に連絡とって許可貰ってくれた執事には感謝しかない
169：再生回数7743 ID:*******
インターネット老人会、大歓喜
170：再生回数7743 ID:*******
原曲の方、二十万再生くらいなんだな……でも当時の基準で考えたら十分ヒットしてるのか
171：再生回数7743 ID:*******
たぶん執事より歌上手い人山ほど居ると思うんだよ。でも、歌ってる途中で本当に泣いてるって

思っちゃうレベルの感情込められる人ってあんまり居ないと思う

172：再生回数7743 ID:********

執事の顔が能面無表情から泣き叫ぶような顔に切り替わった瞬間こらえ切れなかった……

MEMEママ本気出し過ぎ……

173：再生回数7743 ID:********

朗読配信とかでも別に表情は変わらないから、無表情のまま感情だけが異様に振れてギャップで面白いって思えてたけど、感情に表情が付いてきちゃったらもうダメよ、アタイ完堕ちよ、もうさっさとアタイを抱きなさいよ！　誰にでもこんなことを言うほどアタイ安い女じゃないわよ!!

174：再生回数7743 ID:********

>>173

お前執事のなんなんだよ

175：再生回数7743 ID:********

>>174

そもそも173のキャラがなんなんだって話だよ

176：再生回数7743 ID:********

……なぁ、ＳＮＳのトレンドの下の方に正時廻叉、ってあるんだが

177：再生回数7743 ID:********

>>176

⁉

178：再生回数 7743 ID:*******
いやいやいや確かに凄かったけど急に何で……？

179：再生回数 7743 ID:*******
>>176
見つけた、たぶんこれが爆心地だ。執事のＳＮＳの動画投稿のお知らせのとこも引用してるから、一気に人が流れ込んでると思われる
ttp://short-net-sign.com/Elemental_02_OBORO/**********
「ステラのリバユニコラボ、めっちゃええ曲ばっかり。特に執事さんとの奴は凄い。ウチでもここまで入り込むのムズい」

180：再生回数 7743 ID:*******
はぁ⁉　エレメンタルのオボロがなんで⁉

181：再生回数 7743 ID:*******
ステラと案件やライブで共演経験あるし、元々見ようとは思ってたんだろうな。あと、オボロは割と底辺個人勢とかの面白いのを平気で拾っておもむろにバズらせてる。オボロは自分の影響力を自覚してないからね……（朧衆並感）

182：再生回数 7743 ID:*******
朧衆さん出張乙。確かに月影オボロと照陽アポロは大手事務所の壁みたいなのを平然と蹴り壊し

てるイメージがある。あるけど、まさか執事に食いつくとはなぁ……

183：再生回数7743 ID:********

ざっくりパブサしてきたんだけど、執事の歌動画のアドレスをＳＮＳで張り付けてる企業勢がかなりいた

エレメンタル：月影オボロ、木蘭カスミ

オーバーズ：鈴城音色、各務原正蔵《かがみはらしょうぞう》、パンドラ・ミミック

にゅーろねっとわーく：西島クリスティア

共通点は歌ガチ勢とインターネット老人会。唯一カスミだけがよく分からない。

とはいえ想像以上の業界視聴率だったわ

184：再生回数7743 ID:********

登録者が執事も四千超えて、まだ止まらないな……

185：再生回数7743 ID:********

一番伸び悩んでた執事が歌一発で爆ハネするとはなぁ……

297：再生回数7743 ID:********

【朗報】執事、登録者数五千突破

歌動画出してから、大体二十四時間での快挙

通話面談と記念企画

自身のＳＮＳにチャンネル登録者数五千人を超えた旨とその感謝を書き込んだ後、怒涛の勢いで祝福のリプライが届くのを見て正時廻叉こと境正辰は喜びと困惑の入り交じった表情を浮かべていた。

同じ事務所の同期や先輩、そして多数のリスナーから届くのは想定していたが、これまで外部コラボを一切していないにもかかわらず他事務所に所属する企業Vtuberや、個人勢Vtuberからも多数リプライが来ていたのだ。以前に業界視聴率が高いと聞いてはいたが、こうして実際に祝電が届いているのを目の当たりにしてみると事実として認めざるを得なかった。

とはいえ、直接配信上などでコラボなどを行った事のない相手への返信となると、どうしても無難なものになってしまっていた。運営からは外部コラボを禁止されてはいない。報告さえすれば基本的にはＮＧは出ないが、正時廻叉というVtuberの方向性も相まってほぼソロ配信であったせいか、正辰は外部のVtuberとの距離感を未だに測りかねていた。

「実際、コラボしようってお誘いも五千突破のお祝いと一緒に頂いているのですが、どうしたもんですかね？」

「で、俺に相談と。まぁリバユニで一番外に出てるの俺だしなぁ」

結局考えが纏《まと》まらず、正辰は事務所の先輩である三日月龍真こと弥生竜馬を頼ることにした。DirecTalkerの通話越しに竜馬の「うーむ……」という声が聞こえる。ラップでのネットサイファーやMCバトルといった企画に積極的に参加している、かつ同じ男性という事もあっての相談だった。未だに男性Vtuberを蛇蝎《だかつ》の如く嫌う層は一定以上いるため、女性の同僚と同じ感覚でコラボを決めるのは危険であると判断した結果でもある。

「俺の場合はラップっていう共通項のあるところに行くだけだったから、その辺あんまり考えた事なかったんだよな。そこで最初に知り合って、そこから別の企画……例えば、ゲーム一緒にやろうみたいな配信に参加した事もあるし」

「ああ、そこでゲームの腕前が露呈したんでしたっけ」

「やかましいわ」

ＳＮＳの検索欄に三日月龍真、と入力すると検索候補に「ラップ」よりも先に「ゲーム　下手」と出てしまう程度にはその腕前は広く知られている。竜馬自身は最早それすら売りにしているようだが、後輩にさらりとイジられると思わずツッコミを入れる。流石にそこまで開き直り切ってはいない様子だった。

「お前さんの場合、朗読コラボ系があればそこに参加するとかでいいんじゃねぇかな。ただ、俺の知る限りそんなになかった気がするからいっそお前さんが主催するとか」

「募集掛けていきなり大人数で、は流石に荷が重いですよ。それに、今週末から通話面接始まりますから打ち合わせや読み合わせの時間も取れそうにないですし」

「あー、確かになぁ。俺も配信頻度ちょっと落ちるってSNSか配信で言っておかないと。そもそもマサって外部のVtuberと一切絡み無しだしなぁ」

「配信以外でのオフでなら、一度ご挨拶程度には……」

「え？　それ初耳なんだけど」

「俺が東京行った二日目なんですけど、事務所に行ったら年末の大型企画の件で来社していたエレメンタルのツートップと鉢合わせしまして……」

「持ってるなぁ、お前?!」

カウントダウンライブの件自体は情報解禁前の社外秘として周知されているが、エレメンタル所属Vtuberである照陽アポロ・月影オボロと会った件はステラ以外に話すのはこれが初めてだった。竜馬も驚きを隠せずにいる様子が通話越しに伝わって来る。

「念のためオフレコでお願いしますね。……まぁそこでご縁があったからこそ、オボロさんが歌コラボ動画の宣伝ついでに俺の事にも触れてくれたんだと思いますが」

「いや、オボロさんは良いもんは良いってどんどん言うタイプだから単純にマサの歌がよかったんだろうけどな。どっちにしろ外部との絡みは配信上ではゼロって事に変わりねぇわけだ」

「そこは、まぁそうです。廻叉の喋り方だと下手すると先方やそのファンの方に嫌な思いさせそうなので避けてたってのもありますけどね」

「それは確かにそうかもしれねぇなぁ。執事のキャラ知ってないと『せっかく○○とコラボしてるのに喜んでない』みたいに言われかねねぇわ」

正時廻叉というVtuberは一部のファンからロールプレイガチ勢と言われている。ロールプレイ、とは端的に言えば役割・役柄になりきるという事であり、Vtuberとしてのキャラを徹底しているタイプがこう呼ばれることが多い。リスナーからすれば、廻叉もその区分に十分入っているという事になる。問題はそのロールプレイの内容が知られていない場合、初見のリスナーが戸惑うという点にある。廻叉の場合は無感情・無表情を貫いている為、見ようによっては無礼な態度に取られる事もある。正辰が外部コラボに対して消極的である最大の理由がここだった。

「どうすればいいのか、ちょっと考えが煮詰まってしまいまして。しかも五千人突破の記念配信をしてほしい、って御主人候補の皆さんからリクエストもあって、そっちの企画も考えないといけないんですよね……」

「凄い勢いで伸びたからな、執事のチャンネル。そっか記念配信……あ」

竜馬が何かを思いついたような声を出す。正辰もそれを察して彼の次の言葉を待った。

「そうだ、記念配信なんだから『凸《とつ》待ち』やればいいんじゃねぇか！　これなら自然と外部とも絡めるしな！」

「いやいやいや募集するにしても時間が足りませんし、拡散力も足りませんよ！　確かにお祝いリプで意外とVtuberさんから来てたのでお願いは出来るかもしれませんけど、リバユニ外と一切関わっていないVtuberのとこにいきなり来られる人って滅多に居ないと思いますよ」

凸待ち、というのは突撃待ちの略を捩《もじ》ったもので誕生日配信・周年配信・記念配信でよく行われている。自身の人脈だけでなく活動期間の長短や知名度の有無が、ダイレクトに出るため、正辰は

その提案を却下しようとした。しかし、竜馬には更に副案があったようだった。

「まあ最悪俺が行って無理矢理外部のVtuber呼び出して紹介するってのも……」

「……紹介してもらった人に、更に別の人を紹介するリレー形式ならいろんな人と絡めますかね？」

「え？　あー、どういう事？」

「例えば、まず龍真さんが来ます。トークの最後に龍真さんが別のVtuberさんを呼びます。で、出演ＯＫならそのままそのVtuberさんと俺が話します。またトークの最後に別のVtuberさんを紹介してもらう、というふうにリレー形式で行けば無理に募集を掛ける事無く出来るのではないか、と」

「あー、そういう事か！　それなら誰も来なかったり逆に殺到したりってのも防げるわけだ！」

「勿論、私が事前に告知して『もしかしたらあなたに、御友人様から出演依頼が来るかもしれません』と予告しますし、なんなら本放送までに順番に出演交渉をしてもらえれば、当日もっとスムーズに進行出来そうですね……！　あれ、これまぁまぁの発明では……？」

「ぶっちゃけお昼の某番組のスタイルまんまだけどな」

「……くっ、優れたアイディアだと思ったら、いつも先人の足跡がある……!!」

生放送中に電話で出演依頼をしていた番組を思い出しながら正辰はわざとらしく悔しそうに呻いた。何にせよ、記念配信の内容が固まったので正辰はそのまま資料と簡単な台本の作成に取り掛かった。それと同時に、日程に関して考え、改めて竜馬へと尋ねる。

「今週末の土曜日、昼から三期の通話面接じゃないですか。その日の夜、空いてますか？　出来ればその日の夜に記念配信リレー凸待ちやろうと思うんですが」

「早っ⁉　いや、一応大丈夫だしバトン渡す先もアテはあるけど、今日が月曜だからそんなに時間無いぞ？　っていうか、さっき時間がないってお前が言ってただろ」

「この場合、時間がない方が面白いんですよ。月曜に依頼を投げて、六日間でどこまでいくか、っていう実験的な面白さを提供したいな、と。物凄く長くなっても、逆に三人くらいで終わっても面白いと思いません？」

心底楽しそうに正辰が提案すれば、若干の無言の後に竜馬の笑い声が聞こえて来た。好感触を得た、と正辰は内心でガッツポーズを作る。

「ＯＫ、ただしバトンが渡った分は全員とちゃんと話せよ？　人集めで楽した分、トークでリスナーも凸者も全員楽しませるのがマサの……いや、廻叉の義務だからな？　ＯＫ？」

「無論、全力を以て事に当たらせていただきましょう」

敢えて、正時廻叉として答える。結果的に、この企画は運営側からもＧＯサインが出た為、即座にＳＮＳで告知をした。

『今週末土曜日、十九時よりチャンネル登録者数五千人突破記念配信を執り行わせていただきます。企画として、友達紹介リレー凸待ちを予定しております。私が最初の方のみ既にオファーしております。その後はその方から御紹介いただいた方とお話しさせていただき、同様に次の方を御紹介していただくという形を取らせていただきます。今回は事前出演交渉という形で進めさせていただきます。土曜日までに、どこまでバトンが繋がるのか、是非お楽しみに』

ごく一部で他力本願という批判が出たが、大半のリスナーはこの企画に肯定的な反応をしめしてくれた。中には「自分にバトンが回って来てほしい！」と表明するVtuberも居た。良い意味で期待感を煽れた副産物として、SNSのフォロワー数やチャンネル登録者数が配信をしていない日にもかかわらず伸びるという事態も起きていた。正時廻叉というVtuberの存在は、着実に界隈の中で静かに少しずつではあるが広がりを見せていた。

※※※

時間は早々と進み、土曜日になった。時刻は十三時、DirecTalkerにはパスワードの設定された通話部屋に七人のアイコンが表示されていた。

「お疲れ様です、音響系スタッフの岸川ですー。音質チェックしますので今チャンネル内に居る方、一人ずつ自己紹介お願いしますー」

「ではまず私から。人事・総務部の長谷部《はせべ》です。本日はリバユニ三期生通話面接の初回という事で、お互い緊張はされてると思いますが、リバユニの皆さんはある種の凸待ち配信だと思ってリラックスしてください。本名や個人情報の露呈だけは気を付けてくださいね。スタッフは逆に緊張感を持って面接に当たってください。お相手の人生に関わる大事な仕事です。合否決定権もスタッフのみだという事を肝に銘じておいてください。いいですね？」

「了解しました。あ、Vtuber関連事業部スタッフの宮瀬《みやせ》です。二期生のお二人の通話面接も担当していましたので、また新しい才能に出会えるのが楽しみです」

「一期生三日月龍真だ。今から『この調子』で喋るけど、気ぃ悪くしねぇでくれ。気合の表れって思ってくれると助かる」

「同じく一期生の丑倉白羽だよー。どんな人が来るか楽しみだねー」

「二期生の魚住キンメですっ。正直、デビュー数ヶ月の私と廻叉くんがここに居ていいの？　って思うけど、やると決まったからにはしっかりやるよ！」

「同じく二期生、正時廻叉で御座います。面接官の大役、微力では御座いますが全力で務めさせていただきます」

「はい、音質ＯＫでーす。パスワードも最初の人のものに設定してありますんで、いつでも行けますよー。あ、俺は面接中には候補者の声質とか音質とかのチェックするんで、あんまり質問とかはしません。どうしても気になったら質問程度になりますので」

場の空気は緊張感を保ちつつも、Re:BIRTH UNION所属のメンバーが配信時のテンションで話した事でどこか賑やかさがある。これは「候補者にも柔らかい雰囲気でリラックスしてほしい」という配慮でもあり、「Vtuberと話して我を忘れないだけの自制心があるかどうか」のテストでもあった。ここで喋る事が出来ないくらいに興奮したり、DirecTalkerの機能を使ってVtuberにフレンド登録を持ちかけたり、不用意な質問や発言を飛ばすようなタイプであれば、間違いなく不合格になるだろう。とはいえ、そういう事になりそうなタイプは事前の動画・書類選考で大方が不合格となった為、そのような『事故』が起こる可能性は限りなく低い、と言えた。通話の向こうで紙が捲れる音がする。

「それでは一人目の方ですね。二十二歳男性、以前は別のサイトで音声合成ソフトでのゲーム実況を行っていたそうです。動画編集に自信があるとの事で、実際にゲーム実況動画を送ってこられました。テンポの良さとＳＥの選択のセンスが決め手で合格されましたが、地声での動画投稿や配信の経験は無いそうです」

長谷部が資料を読み上げる。同様の物は全員にＰＤＦファイルで配られているが、書類を捲っているのが聞こえると否が応でも雰囲気は真剣味を増してきた。廻叉は、DirecTalker の画面を真っ直ぐ見据える。

入室ＳＥが鳴った。デフォルメされたタヌキのイラストのアイコンが、八人目の入室者として表示される。そこにはハンドルネームらしき名前があった。

「本日は通話面接に御参加いただきありがとうございます。株式会社リザードテイル人事・総務部の長谷部と申します。では、まずはお名前や年齢といった簡単な自己紹介をお願いします」

すぅ、という呼吸音が聞こえる。彼の緊張感が、画面越しの廻叉にも伝わる。

「初めまして、文福茶釜《ぶんぶくちゃがま》という名前でゲーム実況動画を作っていました。桧田《ひだ》圭佑《けいすけ》二十二歳です……本日は、よろしくお願いしますっ」

Re:BIRTH UNION 三期生オーディション第一次面接、通話面接が始まった。

※※※

「桧田さんは動画中心での活動を希望されていますが、実際にはどのような動画で活動したい、というプランはありますか？」

「そうですね……自分が今までやって来たことを活かすという意味では、ゲームプレイの動画もやっていきたいな、と……はい、思っています」

人事・総務部の長谷部からの問いに、三期生候補者の一人である桧田は慎重に言葉を選ぶように答えた。廻叉はペーパーノイズを立てないように、事前に印刷しておいた候補者の資料を確認する。パソコン上でPDFを開く事も考えたが、誤って通話ソフトを落とすような事があってはならない、とわざわざ紙に印刷していた。個人情報という事もあり、手回し式のシュレッダーまで購入する念の入れようだった。

桧田は過去にTryTubeとは別の動画サイトで十万再生の動画も出していた実力のある動画投稿者だ。廻叉自身も彼の動画を見て確かに良くできていると思った。ゲームの腕前はそれなりで、どちらかというと小さなミスを多発するタイプだった。その小さなミスに大袈裟なSEを多数乗せる事で笑いを取るタイプの動画だった。

「業界全体の傾向として、ゲームは生配信でやる人が多いですから動画の需要もあるとは思うんですが、ある程度スタイルを変える必要はあると感じますね。応募していただいた動画もSEの使い方やプレイ内容も非常に面白かったですし、不快にならないギリギリの賑やかさに収めている辺りは流石の技術だと思いました」

「あ、ありがとうございます！」

「ただ、Vtuberである以上、当人の魅力がやはり最大の売りになるべきかな、と。桧田さんの動画のスタイルだと、良くも悪くも『誰のプレイでも面白い』ってなってしまうんですよ。それはやはり勿体ないです。桧田さん自身の持つ良さをもっと表に出していきたいというのが、私の意見です」

Vtuber関連事業部の宮瀬が界隈の現状を説明しつつ、動画の出来自体は強く褒めながらも問題点を冷静に指摘する。

「そこは、そうですね……音声ソフトで出力していたセリフなどは、自分がプレイ中に録音したものを文字に起こしてソフト出力する、という形を取っていたので。もっとダイレクトに僕自身の良さを出していく形にしたいです」

「では、あなた自身の魅力に成り得る点、アピールできるポイントなどはありますか？　簡単で結構です」

「それは……」

言葉を詰まらせた。無論、考えなしに来たわけではないかもしれないが、桧田は自分の動画作成の技術に自信を持っていた。だからこそ、アピールの焦点をそこに集中させてしまった。動画作成と関係ない部分での自分の魅力を問われ、明らかに戸惑ってしまっているのが廻叉からも見て取れた。という事は、スタッフの長谷部や宮瀬、岸川にもその戸惑いが伝わっているという事だ。

「……私からは、技術論を丁寧に語る様はとても生き生きとしていて、信頼できる講師、という印象を受けました。門外漢の私が聞いても、非常に分かりやすかったと思いました」

廻叉が助け舟を出すように口を挟む。すると、即座にキンメが反応して相槌を打った。

「そうだね、あたし含めてリバユニって感覚派が多数だから理路整然と説明できるって凄いと思う」

「白羽のギター練習講座とか酷ぇもんな。練習すりゃ出来るしか言わねぇんだもん」

「……え？」

「そこで不思議そうな声出すからギターを挫折した人の心が更に折れるのだと自覚しては如何でしょうか」

面接の場だというにもかかわらず、身内同士で勝手に盛り上がるRe:BIRTH UNIONの面々。スタッフ達の苦笑いと、桧田の困ったような笑い声が交ざる。緊張感は皆無、とまでは行かずともかなり緩和されたように思えた。

「正時さんが言われた通り、誰かに何かを教えるときに出来るだけ分かりやすく伝える事は、得意な方だと思います。昔から、もっとたくさん動画投稿者が増えてほしいと思っていて、その為に僕が教えられることはちゃんと伝わるように教えようと意識していましたので、僕自身の魅力はそこなんだろうな、と思います。正時さん、ありがとうございます」

落ち着きを取り戻した桧田が、自身の魅力をしっかりと語り、正時へと礼を告げた。

「私たちがここにいる理由は、候補者の皆さんの為ですから」

「そうだねー。面接官って名目だけど、丑倉達は候補者さんの味方ポジションだよね」

「知ってる！　悪い警官と良い警官の理論！」

「それ取り調べとか尋問用のメソッドじゃねぇか！」

「長谷部さん、我々悪い警官みたいですよ？」

「Vtuber側が悪い警官やる訳にいかないでしょう」

「あはは……全員集合配信の時にも思いましたけど、リバユニさんって本当に雰囲気良いですね」

配信時と変わらない無感情な声で言い放てば、言葉足らずにも聴こえる廻叉の言葉を白羽が補足する。それをキンメが余計な一言を付け加えて龍真が突っ込む。宮瀬と長谷部も苦笑いを隠しきれていない。今度こそ、緊張感は雲散霧消した。ただ、その空気感は桧田にはとても好ましく映ったようだった。

この後、いくつかの質問が飛んだが桧田が答えに詰まる事はなかった。

※※※

数時間後、三人目の候補者が退室すると同時に数人から溜息が漏れた。もっとも分かりやすく声に出ていたのは、三日月龍真だった。

「いやー……俺に決定権無いのは百も承知だけど、ぶっちゃけ最初の人だけだな、合格ライン……」

「同感です。正直に言えば、ここじゃなくてもやっていけそうな人が多い印象です。むしろリバユニじゃない方が売れるまでありそうでしたね、彼女らは」

愚痴を溢す龍真に、廻叉が同調する。無論、二人目と三人目がやる気がない訳でも無ければ問題発言があったという訳でもない。強いて言うならば Re:BIRTH UNION を選ぶ理由に乏しい。どちらも女性であったが、声質も良く発声もしっかりしていた。二人目はかなり元気が良く、三人目は妖艶さを感じさせる声で、2Dアバターのデザインにもよるが人気の出そうな気配は十分にあった。

「スタッフとしても、現時点で最終面接に進めてもいいと思っているのは桧田さんだけですね。社長と佐伯さん、更にステラさんが求めているのは……こう、特殊な人材ですから」

「あたしら特殊？」

「丑倉ほど普通な人は居ないと思うなー」

「お前ら世間のリバユニ評知ってんのか？　自己研鑽ガンギマリ勢しか居ないって言われてんだぞ。正直、否定出来ねぇなって思ったわ」

「自分の特技に対して妥協しないという点で言えば私もその通りですが、こう他にもう少し言い方ってものがありますよね？」

人事の長谷部が苦笑交じりに告げれば、女性陣から疑問符が飛ぶ。その疑問符を全否定するような龍真の証言。そのあんまりな表現に廻叉から苦情が飛ぶが、その内容自体を否定するものは一人として居ない。

Re:BIRTH UNIONは運営企業であるリザードテイルも含め、大きな挫折を味わった人間の巣窟とも言える場所だ。その経験が飽くなき向上心に繋がっている点は否定できない。それ以上に、挫折によって齎《もたら》された強大な反骨心をRe:BIRTH UNION、そしてリザードテイルの全員が持ち合わせていた。

無論、自身が楽しむ事や周囲と視聴者を楽しませる事が最優先ではあるが、同業他社や個人運営のVtuberとは根底にある土壌が違い過ぎる——少なくとも、長谷部はそのように捉えていた。

「ところで長谷部さん。結局、動画審査通ったのって何人なんです？」

キンメからの質問で思考に沈んでいた事に気付いた長谷部が資料を再確認する。動画・書類審査の審査こそまだ終わっていないが、受付は終わっている。最終の応募総数と現時点での合格者数を確認して、長谷部が答えた。

「応募総数、四百二十九件に対し……現時点での合格者十六人です。まだ動画のチェックが終わっていない方が五十件ほどありますので……更に一人か二人、増えるかもしれませんね」

「倍率エグいなぁ⁉　俺らの時、最初の応募の時点で三桁も居なかったらしいのに……デカくなったなぁ、リバユニ」

　実際のところ、真っ暗な画面に声だけが流れる動画としての体すら成していない物や、音質・画質が極めて悪い動画、ゲーム実況と称して笑うか煽るかしかしていない動画、女性問題で炎上沙汰を起こした事を隠そうともしていない配信者といった、迷わず不合格になる類いの動画が多数あったので数そのものよりも精神的な疲労の方が大きかった、とは動画選考に当たったスタッフの弁である。

　閑話休題。

「それでは、今日は次の方で最後になります。女性で……ああ、今のところ合格者では最年少になります。十八歳の方ですね」

「うっ……！」

「ぐふっ……！」

「ああ、お二人は大丈夫ですので進めていただいて結構です」

　白羽とキンメが何かしらのダメージを負い、廻叉が容赦なく進行を促した。長谷部も言わずもがな、とばかりに資料を読み上げていく。

「学校に馴染めずほぼ自宅に引きこもっているらしいです。オーディションを受ける事をちゃんと御家族と相談の上で送ってきてくれてます。スタッフとしては、非常に、非常に助かります」

「ああ、個人勢で年齢逆サバ騒動あったなぁ……親バレからの高校卒業まで活動停止だっけか」

家族に相談済み、という点を強く推す長谷部に龍真が理解を示す。外部とのコラボに積極的なだけに、良くも悪くもあらゆる情報が龍真には集まってきている。世間一般で言う炎上沙汰についても、多少踏み込んだことも自然と耳にしてしまっている。尤も、それを配信やSNSはおろか裏での会話でも一切漏らさない為、龍真は外部Vtuberからの信頼が厚い。

「八分ほどの動画だったのですが、最初と最後の挨拶以外全てピアノ演奏という方でした。演奏は、間違いなく上手いです」

廻叉はその瞬間、東京の事務所へ行った際にスタッフのパソコンから目に入った映像を思い出した。やはり受かったか、と内心でどこか喜ばしく思っていた。どんな人だろうか、と考えているうちに新たな入室者を告げる通知音が鳴り、ト音記号のイラストのアイコンが表示された。

「お待たせして申し訳ありません。本日は通話面接に御参加いただき、本当にありがとうございます。株式会社リザードテイル人事・総務部の長谷部です。早速ですが、簡単な自己紹介からお願いします」

呼びかけに答えない。正確には、音が乗っていない。彼女のアイコンが明滅している事から、何かしらの声を発している事は確かだった。

「……すいません、マイクの入力音量、最小くらいになってませんか？　確認お願いします」

音響スタッフの岸川が助け舟を出した。相変わらずアイコンの明滅は激しかった。

「え、あ、こうして……これくらいなら」

「はい、ＯＫです」

「は、はい……！　ご、ごめんなさい、使い慣れてなくて……!!」

狼狽の隠せていない少女の声がようやくこちらにも届いた。どうも配信どころかDirecTalker自体にも触れる事が無かったようだ。完全な未経験者枠である。

「え、と……あ、はい、自己紹介……名前は三摺木弓奈です。年齢は十八歳で、高校生……です。ただ、もう二年以上不登校で、自室学習をしています。特技はピアノの演奏です。父と兄が、動画の撮影や設定に詳しくて、相談して……教えてもらいながら、ですけど、自分で編集して、今回応募しました。よろしくお願いします」

「可愛い……!!」

「キンメさん、ステイ」

たどたどしく、緊張が伝わって来る自己紹介にキンメの心の声が盛大に漏れた。廻叉が冷たく止める。配信や、裏での打ち合わせでは頻発する光景ではあるが、弓奈からすればそうではない。

「ひっ……!!」

「……？　どうされました？」

「い、いえ……本当に、リバユニの皆さんがいらっしゃるんだな、って驚いてしまって」

「あー、俺らガヤみたいなもんだからね」

「しかも、君の味方のガヤだよー」

「は、はい、ありがとうございます……」

妙な声を発した弓奈へと訝し気に長谷部が尋ねるが、それに対する返答はままある反応だったのでそれ以上掘り下げはしなかった。一期生の二人が緊張をほぐそうと気軽に話しかけるが、弓奈の反応はどこか浮足立ったままだった。

その後は、まず動画や配信の知識についての確認、未成年という事で合格した場合家族からの許可が取れるかどうかという点についての質問、ピアノ歴や得意とする曲など、どちらかといえば答えやすい質問が繰り返された。最初の音声アクシデントなど、所謂テンパった状態になりかねなかったのを危惧したスタッフが質問の順番を前後させたようだった。

「では、三摺木さんがRe:BIRTH UNIONのオーディションを選んだ理由はなんですか？　女性で、これだけピアノがお上手ならば、断言は出来ませんが同業他社さんの事務所のオーディションでも好感触を得ると思います。そんな中で、我々Re:BIRTH UNIONを選んだ理由があれば教えていただけますか？」

本題にして、最も重要な質問がついに長谷部から投げかけられた。弓奈は、迷わずにこう答えた。

「正時廻叉さんが居るからです」

静寂。答えを待っていた長谷部や宮瀬も、予想外な名前に驚いてしまった龍真や白羽、キンメも。そして急に自分の名前を出された廻叉も。誰もが、声を出せなかった。

「……詳しく、お聞かせ願えますか？」

真っ先に立て直したのはやはり長谷部だった。端的過ぎる理由を述べた弓奈へと、冷静に問い直す。弓奈は小さく、はい、と返事をして、その理由を語り始めた。

「以前に、廻叉さんの悩み相談の配信にメールを送った事があります。そこで、私のメールが採用されて、非常に親身になって答えてくれました。口調はその、機械みたいな感じでしたけど、ちゃんと私のメールの内容を見て、その場しのぎじゃない自分の考えで答えを出してくれました。そのことが、本当に嬉しかったんです。居場所がないと言った私に、居場所なんていくつもあっていい、って言ってくれたんです」

『私は今、不登校です。学校に居る人達、先生やクラスメートと馴染めません。イジメではないけど、どこか白眼視されてるような気がして、どうしても教室に居る事が苦痛です。家族は無理をしなくていい、と言ってくれますが気にしないなんて無理です。私の居場所が、見つからないです』

その瞬間、廻叉はかつて自分が配信で読んだメールの文面を、自分でも驚くほど正確に思い出していた。

※※※

三摺木弓奈は、ここで不合格になってもいいと思っていた。むしろ、ただピアノを弾いただけの動画で最初の選考を突破した事すら、彼女にとっては理解できない現実だった。きっと、自分より上手くピアノが弾けて歌も上手くて動画の作りも凝っている人がいるはずだと、彼女は本気で思い込んでいた。

だからこそ、通話面談に進んだという事実を漸く受け入れた彼女は一つの決断をする。応募フォームの志望動機に書かなかった、正時廻叉の悩み相談で救われた話をしようと思った。本人に直接御礼を言って、それで落ちるなら落ちたで構わないと思った。生まれ変わりたいという気持ちは本気だ。本気でRe:BIRTH UNIONに入って、自分の人生をもう一度始めたいと思った。だが、時が経てば経つほどに、自分に対する不信感ばかりが山積みになっていた。

「応募フォームに書いてしまうと、それだけを理由にしているようで……廻叉さんの力で合格しようとしているようで、嫌でした。ですが、直接こうしてお話が出来る機会に恵まれた以上、どうしても、お礼が言いたくなったんです」

スタッフも、Re:BIRTH UNIONのメンバーも黙って彼女の言葉を聞いていた。先ほどまでのたどたどしさや、緊張はどこにも見えなかった。

「廻叉さん。あの日、私のメールを読んでくれて、私の悩みに真摯に向き合ってくれて、本当にありがとうございました。……私より、凄い人はたくさんいるだろうって思います。私より、

Re:BIRTH UNIONに入るべき人はたくさんいると思ってます。でも、私が生まれ変わるなら……廻叉さんの居るRe:BIRTH UNIONがいいと思いました」

誰かが息を呑む声が聞こえた。誰かが嗚咽を漏らしたのが聞こえた。廻叉は、一言一句逃さぬように、彼女の言葉に集中していた。

「廻叉さんの前で、あの悩んでいた不登校の女の子が、居場所が無いと言っていた私が、ちゃんと居場所を見つけましたって、私はここで生きていますって言えたら……きっとそれが、廻叉さんへの一番の恩返しになるんじゃないか、って思いました」

一瞬だけ間を置いて、彼女は自分が持つ感謝の思いをありったけ込めて、言葉を発する。

「全部、全部、廻叉さんのおかげです。廻叉さん、私を救ってくれて、ありがとうございました」

「……三摺木さん。覚えています。貴女が送ったメールも、私がどう答えたのかも。すぐに思い出せるくらい、貴女からのメールは印象に残っていました」

スタッフたちが話し始める前に、廻叉が静かに語り掛ける。誰も口を挟むことが出来なかった。

「居場所はいくつあってもいい、と私は言いました。その中で、貴女は此処を、Re:BIRTH UNIONを選んだ。選びたいと思ってくれた。その事を、私はRe:BIRTH UNION所属のVtuberとして、心から嬉しく思っています」

感情の色を一切出していないが、ゆっくりと、語り掛けるような口調からは、正時廻叉と、その内面にある境正辰としての思いが滲み出ているようだった。その言葉を受けた弓奈は——今までの努力が報われたような気持ちになった。同時に、落ちても構わないという想いが薄れ、やはり彼の目の届く場所で、自分らしく生きている姿を見てもらいたいという気持ちが溢れ出てくるのを感じていた。

「私を含めた、今この場にいるRe:BIRTH UNION所属のメンバーには合否の決定権はありません。ですが、私は――」

念のために、長谷部へと直接テキストメッセージを送る。少し踏み込んだ発言をしてもいいか、という許可を得るためにだ。返事はすぐだった。英字で、二文字。「ＯＫ」と。

「私は、三摺木さんが私達の仲間になってくれたら、と思っています」

いつもの配信と変わらない、無感情で無機質で、おそらくは無表情で言われた言葉に、弓奈は溢れ出てくる涙を止める事が出来ず、マイクをミュートにするのも間に合わず、声を上げて泣いた。

長谷部から「落ち着くまでお待ちします」という短い言葉が告げられる。端的だが、気遣ってくれたのだろう、と思った。

「っ、ぁ……！　ありがとう、ございます……!!」

「ああぁ……もう、ダメ、泣いちゃう、あたし泣いちゃう……!!」

「執事ぃ……！　ズルいわ……！　それはカッコよ過ぎるだろうよ……!!」

「もうドラマだねドラマ。金曜二十四時四十五分スタートのドラマだよ」

「深夜帯扱いはおやめください。……三摺木さん、面接はまだ途中ですが、再開しても？」

ようやく、弓奈がまともに返事をするタイミングで、キンメが完全に陥落した。それを誤魔化すように、龍真が涙声を隠すように廻叉を茶化し、白羽はシンプルに茶化した。廻叉は最もツッコミどころしかない発言をした白羽の発言を雑に切って捨てて、弓奈へと確認を取った。

「は、はい……！　大丈夫、です……！」

「かしこまりました。それでは、長谷部さん、宮瀬さん。よろしくお願いします」

「はい。それでは次の質問ですが――」

その後の弓奈の受け答えは、必ず合格して見せるという熱意が伝わって来るような態度で一貫していた。

※※※

弓奈が退室後、緊張の糸が切れたのかその場にいるほぼ全員が大きく息を吐いた。

「濃かった、最後濃かったですね長谷部さん……！」

宮瀬が口火を切る。明らかに疲れの滲んだ声だが、どこか興奮しているのが見て取れた。

「正直に言えば、理想的過ぎる志望動機でしたね……確かに、それならばRe:BIRTH UNION以外は考えられないでしょう」

「きっと、凄く頑張ったんだと思う。あたし個人としても、あの子は応援したい」

最も気を張り続けていた長谷部の感嘆するような声に続き、キンメが決定権がないにもかかわらず弓奈へと完全に感情移入していた。龍真、白羽も同じく三摺木弓奈という少女に対する好感度が間違いなく上がっているかのように、先程の面接の感想を交わしている。一人、正時廻叉だけが黙ったままだった。

「廻叉くん？」

同期であるキンメが声を掛けても、返事がない。

「……俺は」

その声は、正時廻叉でありながら、正時廻叉ではなかった。

「俺は、配信で誰かを楽しませることが出来れば、それで良かったんです」

その声は、正時廻叉の仮面が剥がれ落ちた、境正辰の声だった。誰が聞いても分かるほどの涙声で、彼は呟いていた。

「俺、救ってもらったなんて、そんな凄い事、したつもりはないんですよ」

「でも、嬉しくて仕方ねぇんだろ？　泣いちまうくらい」

「人生で一番嬉しいまでありますよ……」

最終的に三人が泣くという、波乱の通話面接はようやく幕を閉じた。

「それでは引き続き今夜行われます正時廻叉チャンネル登録者数五千突破記念リレー凸待ちの打ち合わせに入りますから、廻叉さんと龍真さんはこっちの通話チャンネルに移動してくださいね。あ、長谷部さんと岸川さんは別業務がありますので、白羽さんキンメさんは通話抜けていただいて結構です。お疲れ様でしたー」

「宮瀬さん、もうちょっとくらい浸らせてくれません……？」

そして閉じたと同時に別の幕が開いたため、境正辰の涙はこれ以上の出演を許されなかった。

※※※

正時廻叉の記念配信が行われている最中、株式会社リザードテイル本社会議室には四人の男女が集《つど》っていた。テーブルの上には、プリントアウトした応募フォームの記載内容と、今日行われた通話面接の内容を録音した音声ファイルを再生するためのタブレット端末が置かれている。

「実際に話してみた感じですと……単純に弊社に足りない戦力を埋めるという点であれば、一番の方ですね。動画作成のスキル持ちはやはり強いです。今まではゲーム実況動画だけでしたが、お話をするにつれて音楽MVの作成にも興味を示してくれたのは幸いでした。彼自身が歌う事には、若干及び腰でしたが需要があるならば応えたい、というふうに言ってくれましたね。好青年らしさの中に、前向きな貪欲さがあったと感じました」

「ふむ、ではこの二番さんと三番さんは由紀子ちゃん的には、無し？」

「社長、友達感覚はいつになったら抜けるんですか？　公私混同は厳禁です」

リザードテイル人事・総務部社員、長谷部由紀子《ゆきこ》が学生時代の感覚を未だに引き摺っている社長・一宮拎児へと苦言を呈する。それを見て、Re:BIRTH UNION統括マネージャーの佐伯が苦笑いを浮かべて話の筋を戻す。

「どちらも配信経験者ではあるんですけどね、二番さんも三番さんも。ただ、ウチの社風とは合わない感じはあります。むしろ、この二人はそれこそ『オーバーズ』さんや『にゅーろねっとわーく』さんでこそ輝くタイプの人材だと思いますね」

佐伯は二人のトーク力やキャラクター性を評価しつつも、社風とのミスマッチを理由に最終選考候補から外す事を明言した。

「うん、Re:BIRTH UNIONは、そしてリザードテイルは再起・再出発の場所。酷い言い方をすれば、人生の敗者復活戦を死に物狂いで戦える人を求めてる事務所であり、企業だからね。同業他社と比べたら闇と業が深いからこそ、合わない人を入れてしまうのは互いにとって不幸な事さ」

どこか芝居がかったような、大仰な物言いで二人分の資料を裏返す、メガネを掛けた小柄な女性。リザードテイルの看板にして、Re:BIRTH UNIONの0期生。ステラ・フリークスこと、星野要は四枚目の資料と、面談の録音を聞きながら楽し気に笑う。

「実にいいね、この子は。引きこもりを脱して、一念発起してオーディションに送る切っ掛けが廻くんだなんて、最高にウチ向きじゃないか。残念なのは、仮に彼女がデビューしてもこの話を喧伝できない事だね。デビュー前にメールとはいえやり取りがあった人が合格してるとなると、無駄な邪推を生みかねない」

「では、一番さんと四番さんは最終選考進出候補という事で。しかし背景が重い子ばかり集まって来るなぁ……」

「社長の背景が一番重いでしょ」

「類は友を呼ぶという奴です」

ちょっとしたボヤキを見逃されず社員に切って捨てられた社長が乾いた笑いを浮かべて項垂れる。

そんな様子を見ながら要は変わらずに楽しそうに笑っていた。

「それがウチの社風なんだ。結果的に重い子が集まってこようとね。一度負けた者の執念というのを、V界隈を通して沢山の人に教えてあげようじゃないか。年末には大きい企画もあるし、それに廻くんからは彼のストーリー動画で最高に面白そうな提案を、少し前に受けているからね。いやはや、彼は役者だけでなく脚本家の才能もありそうだ」

「ああ、こないだの企画書ですか……なんなら断られる前提で送ったらしくて、ステラさんが乗ったのに廻叉くん驚いてましたよ」

「星野要への依頼だとしたら断ってたけど、ステラ・フリークスへの依頼なら乗るに決まっているじゃないか。彼は私の事をよく見ているよ。正確には、私が界隈からどう見られているかをよく知っている、というべきかな？　まぁ、まだ動画の一フレーム目すら出来ていないんだ。当の廻叉くんは今頃リレー凸待ちで界隈の洗礼を受けているころだろうさ」

現在配信中の正時廻叉に思いを馳せ、星野要、否、ステラ・フリークスは小さく笑う。誰がどの順番で廻叉の配信にやってくるか、事前に報告を受けている社長、佐伯、長谷部は苦笑いを浮かべ、心の中で正時廻叉の無事を祈る事しか出来なかった。

※※※

「ただいまの時刻は午後八時……を少し過ぎた所になります。御主人候補の皆様、如何お過ごしでしょうか？　執事Vtuber、正時廻叉です。早速では御座いますが、私のチャンネル登録者数が五千人を突破致しました。御主人候補の皆様方のお蔭に他なりません。本当にありがとうございます」

《五千人おめ！》
《次は収益化だな。早く給料出させろ》
《歌動画からで配信は初見です。五千登録おめでとうございます》
《デビューから見てたから感慨深い》
《おめでとう！》
《歌動画良かったぞ》
《凸待ちの時間だオラァ!!》

「既に同時接続が過去最高の四百人という事で、歌の力の凄さを思い知っております。さて、今回は凸待ち企画となっております……が」

《が？》
《あ……》
《全員身内だったら笑う》
《ステラ来る？》
《執事外部コラボゼロなのに凸待ちとか大丈夫なのか？》

「皆様の懸念通り、私は外部の方と配信などでコラボをした経験が皆無です。つまり人脈も皆無です。なのに凸待ちをします。とはいえ、一度も外部と絡んだ事のないVtuberの所に来てくれ、と言うのは流石に無礼が過ぎます。なので、私は一計を案じました」

《まぁそりゃそうだ》
《絡みないVtuberに凸れる奴なんて……結構居るな》
《いっけい？》
《でも割と慇懃無礼よね、執事》
《たぶん一計だと思う》
《ほほう、聞かせてくれたまえ》
《まぁ概要欄に全部書いてあるけどな》
《むしろ月曜の時点でSNSに詳細ガッツリ書いてたぞ》
《よくもまぁまるで初めて話すかのように喋れるな……w》

「外部との接点がないなら紹介してもらいましょう」

《草》
《人任せだー!?》

《草》
《もう草》
《なんて堂々とした丸投げ宣言なんだ……w》
《リレーってそういう事かw》
《この場合、執事がバトンになるのか》

「凸した人が次に凸する人を探すという企画になっております。つまり、私と話したいという人が見付からなくなった時点で終了となります。商品価値がダイレクトに出ます。場合によっては一人目の時点で終了となります。そうなった場合は一人目の方を相手に私の今後の方向性について真剣に話し合う笑えない記念配信になります事を御了承の上で御視聴お願いいたします」

《なんでそんな心を削るような真似をするんだ》
《労力掛けてないとか思ってすまん、心労がヤバイわ、これ》
《そっか、執事は何人来るか全くわかってない訳か》
《逆に物凄い人数来たりして》

「補足ですが、今回は現在活動中のVtuberの方のみを対象とさせていただきました。何かの間違いで海外のTryTuberさん等に繋がってしまっても事故配信をお伝えするのみとなってしまいますので。地味な事故を起こすくらいなら、笑いごとになる程度の派手な事故を目指しましょう」
《目指すな》
《お前そういうとこあるよな》
《事故の可能性は減らしつつも事故る可能性は残していくスタイル》
《執事、割とノーブレーキだから》
《やっぱり、リバユニってヤベー奴しか居ねぇんだな》
「さて、最後の諸注意も済んだところで早速ですが最初のゲストをお呼びしましょう。この方です、どうぞ」
《誰だろう?》
《身内だろ》
《龍真じゃね?》
「Hey yo!! MC Luna-Dola in da House Baby!! 俺が三日月龍真 a.k.a.Luna-Doraだ! 執事、五千人登録おめでとう!」

《知ってた》
《はいはい、ヘイヨーヘイヨー》
《でしょうね！》
《まぁそうだろうなぁとは思ってたけどw》
《普通にサシで話すの珍しいから楽しみ》

「おい、執事。なんか俺の思ってた反応と違う」

「親しみ故です、親しみ故」

「せめてそこは朗読じゃ無くても感情入れて言ってほしかったんだが？」

「という訳で、弊事務所の先輩であります、三日月龍真さんにお越しいただきました。立ち絵表示させますので少々お待ちください」

《888888》
《全員集まった公式の配信が初絡みだったと思えないくらい打ち解けてるな》
《立ち絵表示が手早い》
《そつなくこなす執事すき》

「という訳で改めまして三日月龍真さんです。先輩ではありますが、事務所唯一の男性という事で親しくさせていただいています」

「だな。実際、色んな意味で強い女しか居ねぇからなあ、ウチの事務所」

「よく対等な関係を築けていると自分を褒めてもいいと思えるくらいには、白羽さんもキンメさんも強いですからね」

「いや、本当にそれだよ。他事務所や個人のVの仲間にもよく言われる」

《ギター練習魔とマママーメイドメイドだもんな》
《少数精鋭の手本》
《他事務所から言われるって相当やぞ》

「ただ、ステラ様には何をどう足掻いても勝てる気がしませんね。初めてお話をさせていただいた時から、存在感や雰囲気で既に呑まれている感覚があります」

「これぱかりは、俺らじゃなきゃわからない感覚だろうな。俺はあの人の持つ歌声で『こんなにもすげぇ人が居るのか。俺が居た世界は狭かった』って衝撃受けてリバユニの面接受けて――最終の面接で、あの人参加してでな。面接用の部屋に特に説明なく置いてあったモニターが突然オンになって3Dアバターのステラ様が出てきた時の気分、分かるか？」

《草》

《ヒエッ……》
《怖ぇよ!!》
《もうドッキリの領域やんけ》
「とてもよくわかります。私の最終面接の際はドアの死角になる位置にモニターが置かれていましたから。面接の終盤、いきなり後ろからステラ様の声が響いた瞬間からの記憶が定かではないです」
《酷ぇ！》
《愉快な事務所だなw》
《★魚住キンメ@RBU：心臓止まるかと思ったよね》
《草》
《SAN値チェック案件》
《マママーメイドメイド魚住おるやんけ》
《圧迫面接（心臓）》
「うわぁ悪化してやがる……リザードテイルそういう事平気でする会社だよな……」
「最終面接に進む三期生候補者の皆様には、どうか心を強く持ってくれ、としか。幸い、今回はステラ様が面接官である事は予告されております。ご安心ください」
《ご安心できねぇよ！　今の話聞いたら！》
《むしろどう安心しろってんだ》
《怖ぇ……リバユニもリザテも怖ぇよぉ……》

「本当になー……とりあえず、他の事務所以上にハートが強くねぇとRe:BIRTH UNIONでやっていくにはキツいと思う。俺はラップ、白羽はギター、キンメは絵で執事は演劇だろ？　ステラ様は当然歌だ。これ、何かわかるか？　執事じゃなくて、視聴者のみんなへの質問だ」
「そういう事ですか。では、三分ほど時間を取ります。御主人候補の皆様、思い付いた解答をコメントお願いします」

《なんだろ？　普通に売りにしてるもんとか？》
《強烈な武器》
《それ一本で戦えるレベルの才能》
《ダメだ、セールスポイントしか浮かばん》
《絶対的な自信を持ってるもの？》

「それでは時間になりましたね。割と惜しい答えはありましたが」

「だな。一番多いのが売りとかセールスポイント、って答えだけど、それはそれで間違いじゃねぇんだ。ただ、それは客観的に見た場合の話で、俺らの主観だとまた違うって訳だな。執事、たぶんお前ならわかるだろ？」

「少なくとも私が、そう並べられたときに連想するのは一つだけでしたね」

「OK、言ってみ？」

「命を懸けるに値するものです」

《マジか……》
《そこまで言い切るか》
《想像の斜め上だ》
《ガンギマリ勢……》
「正解。俺の場合、『それの為なら死んでもいい』くらいに自分のコアになってる物、って感じだがな」
《うわぁ……》
《凄い事なんだろうけど、怖い》

《やっぱガンギマリ勢しかいない》

「龍真さん御覧ください、コメント欄が総じてドン引きの様相を呈していますよ？」

「いやいや、半分くらいはお前のせいだからな？」

「そもそもそういう質問を投げたのは龍真さんでしょう」

《どっちもだよ》

《こいつら……w》

《妥協なき責任の押し付け合いで草》

《ある意味息ピッタリではあるw》

「じゃ、もう一個質問しようか。『寿命を差し出さなければ一生演劇が出来なくなる』って言われたらどうする？」

「三十年までなら出します」

「そういうとこだぞ」

《怖い》

《怖ぇよ》

《なんで即答で三十年出せるんだ……》

《なんなの？　執事は演劇漫画の世界から来たの？》

《執事、そういうとこだぞマジで》

「ほら見ろ、ドン引きの理由はお前じゃねぇか」

「では同じ質問を龍真さんに。『寿命を差し出さなければ一生ラップが出来なくなる』と言われたらどうされますか？」

「五年残してあとは全部出す」

「そういうところです」

《だから即答すんなよ！》

《五年残すのがリアル過ぎる……》

《電車賃だけ残すノリで寿命を残すな》

《ガンギマってるわぁ……》

《結論、リバユニはヤバい》

「これ以上続けると我々の異常性を喧伝するだけの配信になりかねませんので、この辺にしておきませんか？」

「そうだな……なんか、この場に居ない女性陣の評判まで悪くしている気がする」

「ですが彼女らに同じ質問をしたら間違いなく十年以上の寿命を投資しそうです」

「言うな。俺も思ったけど言うな」

《執事ｗｗｗｗ》
《草》
《ものすごくフラットに失礼な事をｗ》

「さて、今回龍真さんを最初のゲストにお呼びしたのは、今回私が記念配信で何をするか迷っていたところに凸待ちという提案をしてくださったからです」
「まぁな。実際、お前が外部のVtuberとどう絡むか見たかったってのもある」
《龍真有能》
《執事はもっと知られるべき》
《実は地味に業界視聴率が高い執事》
《これを機に更にバズれ執事》
「お気遣いありがとうございます。では、最後に告知等あれば」

「あー、俺も今度一万再生記念に曲出すんでチェックしてくれ。トラックメイカーのLARKIE《ラーキー》さんとタッグ組んで曲出せるのマジで楽しみだわ。ちなみにLARKIEさんは某有名MCバトルの大会でもビート提供してるすげぇ人だぞ」

《なんか凄そう》
《ヒップホップ詳しくないけど、凄い人なん？》
《ダルマリアッチ@Vtuber：やたらと難易度の高い凝ったビート（ラップのBGM）作る人だな。なので大会で乗りこなすMCが出るとめっちゃ沸くからファンも多い》
《ありがとう、TryTubeで捜してみるわ》
《ダルニキー！》
《ダルニキ凸待ち来ないの？》
《ラッパーVの人だ！》
《ダルマリアッチ@Vtuber：今、出先でスマホから見てるんだよ。龍真には話貰ったけどスケジュールNGだった。すまん執事さん》

「いえいえ、お気になさらず。モデレーター付けさせていただきますね」

「ダルも良い奴だから、いずれちゃんと紹介してぇなぁ。そんじゃ、そろそろ次のゲスト呼ぶか！」

「そうですね、皆さんお待ちかねでしょうし。それでは最初のゲストは、Re:BIRTH UNION 1

期生の三日月龍真さんでした。ありがとうございました」
「こちらこそありがとうな。あと、五千人登録おめでとう。お前はもっと伸びる奴だよ」
《めっちゃカッコよく去って行ったな》
《龍真の兄貴……！》
《いい先輩だぁ……》
「本当に、いい先輩に恵まれたと思っています。それでは次のゲストの方をお呼びしましょう。既に立ち絵の方はDirecTalkerでいただいております」
《wktk》
《楽しみ》
《龍真の紹介だからラッパー系かな？》
「はぁい、廻叉ちゃん♪　アタシよ」
《うわあああ!?》
《低音ボイスｗｗｗｗｗ》

《おい、立ち絵のロリ系美少女どこだよ……》
《バ美肉バリトンおじさんでお馴染みのビクトリア正輝《まさき》さんだ。ちなみに龍真のママ》
《とんでもない爆弾連れて来やがったｗｗｗｗ》
《★三日月龍真 a.k.a.Luna-Dora：だって執事と話したいって言うから……》
《基本的には淑女なのに好みの男性Vには獰猛な肉食獣になるって噂は聞いた》
《さっきのいい先輩って印象を返せよ龍真!!》

「……次のゲストは、イラストレーターにしてVtuberとしても活動されております、ビクトリア正輝さんです。弊社、三日月龍真のママでもいらっしゃいます」

「そうよぉ。今日は龍ちゃんに無理言ってバトン渡してもらったの。だって、廻叉ちゃんが最近どんどん素敵になってくるから、これはもう味見するっきゃないじゃない？」

「味見という表現は語弊がある気がしますが、興味を持っていただけたことには感謝致します」

《若干動揺してないか執事》
《初の外部コラボの相手がビクおじは難易度高ぇな》
「そう、アタシが廻叉の初めての女よ……！」
「最早語弊しかありませんが」

「ところで童貞と処女どっち奪った事にする？」

「回答拒否でご勘弁を。あとその表現はこの場だけに留めておいてくださいますと幸いです」

「本当にクールねぇ……龍ちゃんがやさぐれてるって言ってたのも、ちょっとわかるわ。丁寧に接してくれてるのはわかるけど、もっと心と服を開いてもいいのよぅ？　こう、ガバァっと」

「衣服の乱れは心の乱れ、とかつての主に言い聞かせられておりますので遠慮致します」

《草》
《話の内容じゃなくて、下ネタのパンチ力が重いwwwwww》
《ビクおじ今日絶好調じゃねぇかw》
《執事が取り乱してないの最早奇跡じゃね？》
《かつての主情報、たまに出るよな》
《【予告】この後、多種多様なヤベー奴らの襲来で執事は更なる地獄を見る——正時廻叉よ、これがVtuber世界だ》
《おい馬鹿やめろフラグ立てんな》
〈ゲスト：ビクトリア正輝〉
「ぶっちゃけね、廻叉ちゃんはもう性癖で出来ているのよ」

「性癖で」

《草》

《大真面目に頷くな腹筋に悪い》

「MEMEさんは分かってるわー、って思うもの。感情の無い美青年に執事の正装させて、おまけにファントムマスクはもう性癖よ。いや、むしろ性と言っても過言ではないわね!」

「過言です」

《過言で草》

《男・女・執事》

《テンション上がってるビクおじ面白過ぎるw》

《MEMEさん分かってるは同意》

《MEME:サンキュービクおじ》

《居たw》

「グッジョブよMEMEさん! まぁ過言なら過言でもいいわよ。でも、アタシ的には凄くそそるのよ。廻叉ちゃんにはね、所作や口調から計り知れない背景を感じるのよね。アタシ、そういうのが開示される瞬間に興奮する訳よ」
《これは分かる》
《執事も何気に伏線っぽい発言するしな》
「なるほど。分かりやすく言うならば漫画やアニメで言うところの回想シーンがビクトリアさんの好み、と」
「そういう事。あと、正輝って名前で呼んでほしいわね。折角親しくなったんだから」
「ビクトリアも名前ですが……」
「……そうなの？」
「……はい」
「…………」
「…………」
《草》
《衝撃の事実》
《今まで誰も気付かなかったの？》
《いや、わざとやってんのかなって……》

《気まずい空気で草》

「じゃあ、次の凸者を呼ぶわね！　五千人登録おめでとう！　廻叉ちゃんとはまた何かしらの企画とかで御一緒出来たら嬉しいわ！」

「こちらこそ、お忙しい中ありがとうございました。二人目のゲストは、ビクトリア正輝さんでした」

《誤魔化したー！！！》

《力業で草》

《ゲストの意を酌む執事の鑑》

※※※

〈ゲスト：リリアム・ノヴェンバー〉

「はーい皆さんこんにちはー！　魔法少女リリアム・ノヴェンバーだよー！」

「三人目のゲストは個人勢のリリアム・ノヴェンバーさんです。ビクトリアさんからの御紹介ですね」

「うん、バ美肉仲間！」

「……恐らくですが、地声でいらっしゃいますよね？」

「まぁねー。声変わりしなかった系男子ってやつ？」

《バ美肉なん!?》
《顔も声も超可愛い……》
《女として自信なくすなー……》
《3Dモデルの動きとかも完全に女の子だぞ。推しが推しの所に来てワイ感動》

※※※

「昨今の魔法少女ブームにはねー、ちょっと一言物申したいんだよね。やっぱ、魔法少女ってのは女の子の憧れであってほしいわけよ。そりゃ大きいお兄さんの人気や購買力は必要だと思うけど、基本は女の子に夢を与えたいって私は思うの」
「確かに最近の作品は必要以上に大人の観賞を意識してかシリアスであったり、苛烈・残酷さを前面に出した作品も多いように見受けられますね」
《ガチ討論だ……》
《お互いの衣装談義してたはずなのにな》
《魔法少女の今後を考える会（会員二名）》
《執事も案外ちゃんとアニメとか見てるんだな》
《執事なら演技の幅広げるためにアニメもドラマも全部見てそう》

「まぁ可愛い女の子が酷い目に遭ったり絶望に顔を歪ませたりっていうのも、需要はあるけどメインの需要では無いって私は思うんだよね。まぁそういうニッチな方が刺さった時の深さがあるのも理解できるからこそ、ちょとこうやり場のないモヤモヤが残っちゃうっていうか」

「過去の名作に鑑みれば、主流は所謂エブリデイ・マジック系の作品が大半を占めていましたからね。勿論、シリアスさが一切不要かといえば、私はそうでもないと愚考しますが」

《なんかこう、すまんな〉歪ませたい》

《あー、たまにグロい魔法少女物あるもんなぁ》

《エブリデイ・マジックってなんぞや》

《二人とも真剣だなぁ》

《日常にちょっと非日常要素的なジャンル〉エブリデイ・マジック》

《リリアムが真剣に話してんだから執事が茶化すわけねーじゃん》

「ストーリーに真剣さは必要だけど、個人的にはもっとシンプルにキラキラしたものが見たいって思ってるんだよね。だから私はちょっと時代遅れの魔法少女してるの」

「その姿勢は素敵だと思います。自分の好きな姿になれるのがこの世界ですから」

《想像以上に真面目な会話してんなぁ》
《これさらっと言えるから執事好き》
《無感情で正解だわ。朗読レベルの情感込められたらガチ恋勢でこの世が埋まる》
「うん、ありがとう。えへへ……なんか、初めて会ったのにここまでガッツリ話せたの、それこそ正輝ちゃん以来かも。これからもよろしくね。あと、五千人登録おめでとう！　次の人、もう呼んでおいたよ！」
「ありがとうございます。これからも、よろしくお願いいたします。三人目のゲストはリリアム・ノヴェンバーさんでした」
「また見てマジカルっ！　リリアム・ノヴェンバーでした！」
《リリアム出てるって聞いて来たけど執事さんいいな、チャンネル登録ポチー》
《二人ともトーク上手ぇんだ》
《バ美肉の人のイメージちょっと変わったかも》

※※※

〈ゲスト：瀬羅腐《セラフ》〉

「廻叉さん、登録者数五千人おめでとうございます。個人勢Vtuberの、瀬羅腐です。初めまして」

「こちらこそ初めまして、正時廻叉と申します。という訳で四人目のゲストは瀬羅腐さんです。その御姿から察するに、堕天使でいらっしゃいますか？」

「ああ、この枯れた羽は堕天使の証しですね。ＢＬを愛し過ぎて、腐りに腐った末に堕天させられました」

「非常に分かりやすい説明、ありがとうございます。失礼ながら、妥当な処置だなと思います」

《濃い人しか来ねぇなあ!!》
《初の外部女性Ｖとの絡みが腐天使かぁ……ｗ》
《この人、個人勢だと切り抜き数ぶっちぎりじゃなかったっけ？》
《配信そのものと有志の切り抜きが両方ともＢＡＮっていう伝説達成で大バズりしたからな》
《ええ……何やったん？》
《普通に雑談配信だった。内容が十八禁ＢＬ本語りだっただけで》
《草》
《妥当な処置で草》

※※※

「一応初対面の方相手に腐ってるところを押し出さないようにはしていたのですが、こう、廻叉さんの静かな包容力から受けの波動を感じます」
《急に切り込むな》
《化けの皮が剥げるの早かったな》
《トンビみたいな笑い声出してないだけまだ自重出来てるぞ》

「感じられても困るのですが。あと、私のチャンネルだという点だけ考慮していただけると幸いです」

「失礼、今のは失言でした。まぁＢＬに絡めずとも、この界隈って関係性に興奮を覚える人が多数居ますから、私の腐りも大本はそこに行き当たるわけです。ただ、この関係性というのが男女間になると拒絶反応起こす側が増えるので、ちょっと難しいところではありますが」

「男女関係は確かに難しいでしょうね。我々に感情移入していただけてる証左とも言えますが」

《あー……》
《男性Ｖ受難の最大の理由だよな》
《何がアレって実際に女性問題起こして何人か引退した事件あったしな》
《嫌な事件だったね……》
《桃源郷心中事件で検索検索ゥ！》
《なんで桃源郷？》

《当事者三人の頭文字》
《桃源郷なのに地獄で草》
《え、死んだの……？　心中って……》
《死んだよ、Vとしてな。上の方のコメントにもある通り、全員がお互いの個人情報暴露し合う泥沼の修羅場の末に全員引退だ》
《ガチの地獄じゃねぇか！！！　聞きとうなかったそんな事!!》

「私的には男女カプも百合もバッチ来いなので、その辺の感覚が分からないんですよね。まぁ、私自身が恋愛は他人のそれを観察するもの、と定義してるせいかもしれませんけども」
「私も似たようなものです。雑談配信などで恋愛に関する話をリクエストされても、一般論ばかりを語っている自分がいますから」

《恋愛蚊帳の外勢だったか》
《執事はなんか分かるけど、瀬羅腐さんもなのかー》
《でも気持ちわかるわ。ぶっちゃけ他人の恋愛沙汰眺めてるのは楽しい（愉悦）》
「実際、誰かを本気で好きになったら変わるんですかね」
「これればかりは、その時になってみなければわかりません、としか」

《その時が来るのか。来ても公表できるのか》
《瀬羅腐がこんな話するとは思わなんだ》
《それな。もっと暴走するかと思ってた》
「うーん……まぁ、記念配信であんまり辛気くさい話をしてもアレですから。次のゲストお呼びしますね。今日はありがとうございました。とても話しやすかったです」
「こちらこそありがとうございます。四人目のゲスト、瀬羅腐さんでした」

※※※

〈ゲスト：鹿羽《しかばね》ネクロ〉
「地獄の底からわんばんこ。オーバーズ所属、地獄の小説家こと鹿羽ネクロだよん。瀬羅腐ちゃんから創作意欲刺激されそうな人が居るって聞いて、やって来たよん。チャンネル登録五千人、めでたいねぇ。おめでとう」
《ネクロ?!》
《ネクロちゃんだー!!》

《わんばんこ！》
《オーバーズ来たか。まぁどっかで繋がる気はした》
《石投げればオーバーズに当たるってレベルで人増えてるからな》
「これはこれは、まさかオーバーズさんの方とお話しする機会があるとは思いませんでした。Re:BIRTH UNIONの正時廻叉と申します」
「あ、うん、これはご丁寧に。オーバーズは所属ライバーの裁量が大きいから、こういうコラボも割と自由なんだよねぇ。というか、予告しておくけど次もオーバーズだよん」
《予告オーバーズ草》
《ネクロちゃんと仲いいのって誰だっけ？》
《廻叉ブレねぇなぁ》
《ネクロちゃんの喋り方、本人曰くツッコミ待ちの意味もあるらしいが執事これをスルー》
「なるほど。事務所としては先達であり、我々としても目指すべき事務所の一つですので勉強させていただきます」
「いいなぁその真面目さ。確かに創作意欲湧いてくるねぇ」
「お手柔らかにお願いします」

《メガネの悪魔っ娘とか性癖ピンズドです。チャンネル登録して来ます》
《ガチの創作トークになりそう》

※※※

「そういえばボク様って正時くんとほぼ同期なんだよねぇ。だからボク様の同期の間では、正時くんとキンメちゃん、結構話題になってたんだよん？」

「そうだったんですか。キンメさんはともかく、私自身は今も昔も変わらず細々とやっているという感覚だったのですが」

「細かろうとワイヤーかピアノ線かってくらい強度のある配信してるよねぇ？　初配信と朗読動画を見て、追おうって決めた古参のファンの人、慧眼だと思うよん？」

「との事ですが、御主人候補の皆様はどう思われますか？」

《ネクロちゃんありがとう》
《どうも慧眼です》
《ピアノ線は草》
《太くなって行け執事》

「アッハ、ノリいいなぁ正時くんとこのリスナー。これはボク様の勘だけど、来年の今頃には登録者数、今の十倍は堅いと思うよ？」

「勘、というには具体的ですが……」

「だって、君みたいなタイプが何も仕掛けない訳ないじゃないか」

「……さぁ、どうでしょうね？」

《登録者五万……執事なら行けるか？》
《一年ではキツいだろ、正直》
《何らかのチャンスを掴んで完璧に活かす、を一年続ければワンチャン？》
《難易度クッソ高ぇわ》
《執事、含みを持たせた言い方をするな。その言い方は俺の性癖に効く》

「アッハァ……なに、正時くん義理堅そうだし、ボク様を節穴にさせるような事はしないって勝手に信頼させてもらうよ。それじゃあ、次のゲストを呼ぼうか。今日は楽しかったよん」

「鋭意努力させていただきます。五人目のゲストは、オーバーズの鹿羽ネクロさんでした」

「ああ、そうだ。今、ボク様がVtuberの人たちを大量に出してる小説を書いてるんだけど、君も出していいかい？　ボク様、直接お話しした人には絶対にこの交渉をするようにしてるんだ」

「私でよければ、むしろ光栄です。可能であれば、他のRe:BIRTH UNIONの皆さんともお話しして、全員で出演したいと思ってます」
《出演交渉忘れてなかったか。偉いぞネクロ原稿料アップだ》
《リバユニ勢全員濃いからなぁ。敵ポジでも味方ポジでも映えそう》
《ステラ・フリークスとかいう裏ボス枠》

「望むところだよん。ステラ・フリークスさんと話す機会が中々無さそうなのが残念だけどね」

「……あの方の事ですし、この配信を見たら鹿羽さんに直接コンタクト取るかもしれませんね。ステラ様も、大概躊躇しないタイプの方ですから」

「なにそれこわい」

《こわい》
《今頃ネクロのSNSにダイレクトメッセージ入れてたりしてな》
《歌って踊って這い寄るシンガーだからな》
《超絶歌ウマコズミックホラーの異名が伊達じゃないところを見せてほしい》
《見せてほしいけど直接見るとSAN値が減ああ窓に！　窓に!!》
《【予告】執事ｖｓオーバーズの刺客》
《いや、普通にトークするだけだろ、流石に、たぶん、うん、いや、でもオーバーズだしあり得るな》

※※※

〈ゲスト：各務原正蔵〉

「どうも初めまして。オーバーズのオッサン代表、各務原正蔵です」

「こちらこそ初めまして。Re:BIRTH UNIONの年齢不詳執事、正時廻叉です」

《オーバーズ第二の刺客！》
《正蔵おじさん！　正蔵おじさんじゃないか！》
《体格のいい人の和装ってなんでこんなに映えるんだろうな》
《そういえば執事の曲SNSで絶賛してた勢か》

「チャンネル登録者数五千人超え、おめでとうございます。いや、まさか壱玄さんの曲をやってくれるVtuberさんが現れるなんて思わなくてですね。思わず大興奮してSNSで宣伝してしまいましたよ」

「そう言っていただけますと頑張った甲斐がありますね。とある方から『この曲がいいんじゃないか』と薦められまして」

「良いセンスしてますね、その人。自分で言うのもアレですが、インターネット老人会であの辺に深く浸かってたら刺さりますよ、あの曲は」
「ありがとうございます、推薦してくれた方にもお伝えしますね」

《正蔵おじウッキウキやんけ》
《それくらい良かったんだろうな、執事の選曲が》
《正蔵さん初見だけど落ち着いてていいな》
《オーバーズじゃイジリ散らかされてるけどな》
《イジられてる自分に爆笑するタイプのオッサンやぞ》
《鷹揚なのか鈍感なのか》
《たぶん鈍感のが正しい》
《まぁ多少鈍感なくらいでないとダメなのかもわからんが》

※※※

「まぁさっきのネクロさんも言ってましたけど、オーバーズって割とコラボ自由なんですよ。で、まぁ人数も多いもんですから箱内で色んなサークルが出来ては消えてを繰り返してましてね」
《むしろそこから知った人も居るわ》
《大体新作ゲーム出る度にサークル出来てるよな》

《歌系と漫画感想語りは見てる》
「ある程度は存じております。『ガムテープ脱毛同好会』だけは、失礼ながら真剣に正気を疑いましたが」
《草》
《なにそれこわい》
《すいません、うちの馬鹿どもがすいませんマジで（オバズファン）》
《同好すなそんなもんｗ》
「アレに関しては正気じゃないですね。断言しますが、俺の同期でもあるフィリップ・ヴァイスと秤《はかり》京吾《きょうご》はオーバーズでもトップクラスのトンチキ野郎共なので奴らを基準にしないでもらえると……」
《あー、奴らか……ｗ》
《草しか生えない》
《名前はカッコいいのにやってる事がリアクション芸で草》
《綺麗な顔したヨゴレでお馴染みのフィリップきゅん好き》

《残念なイケメン×二と振り回されるオッサンの図》
《京吾は躊躇って言葉を覚えて（懇願）》
「アーカイブを確認しましたが、成人男性二人の咆哮と悲鳴とガムテープが剥がれる音以外聞こえてきませんでしたね。あと、のたうち回っているかのような物音が。正直、戦慄を覚えました」
「あいつら自分が体を張れば炎上しないって本気で思い込んでるフシがありますからね……秤に至っては、目にガムテープ貼って眉と睫毛をやったと事後報告で聞いた時は……頭抱えましたよね、うん」

《草》
《もう全部草》
《ちょっとアーカイブ見てくる》
《チャット欄にドン引きするオーバーズの面々が次々現れたの最高だった》

「あの配信の概要欄に書いてあった『厳しい現代社会を生きる人々に贈る社会派ドキュメンタリー』の意味は、各務原さんとしてはどう解釈されているのでしょうか？」
「フィリップがアホな配信する時には大体そんな感じの事が書いてあるので、ただの平常運転ですね。次回は『強炭酸鼻うがい友の会』をやろうとしてたんですけどね、飲み物を粗末にするなとスタッフから叱られてポシャったみたいですね」
「世界って広いですね」
「まぁあの二人は極北も極北なんですよ……なので、執事さんだけでなくリバユニのファンの皆さんもどうか誤解はしないでいただきたいというか……」
「善処します」

《オーバーズとは一体》
《草》
《草》
《普通のTryTuberでもやらないアホ企画に全力過ぎない？》
《スタッフ有能》
《執事、せめて笑ってやってくれ……》
《善処はする。出来るかは別問題だがな》

「まぁオーバーズの名前の意味を拡大解釈してるアホコンビはさておき、次にバトンを渡す相手は真っ当な活動してる子なんで安心してください。いや、今日はありがとうございます。なんか途中からフィリップと秤の話ばっかりでオーバーズのネガキャンになってないか不安ですが」
「コメント欄を見るに概ね好評のようでしたから、大丈夫だと思います。六人目のゲストはオーバーズの各務原正蔵さんでした」
「正時さんにはラジオドラマ企画で呼びたいという声がありますので、その時はまた連絡させていただきます。それじゃ、失礼します！」
《アホコンビとしか言いようがないもんなぁｗ》
《逆に興味湧いたわｗ》
《お、企画のお誘いくるか？》
《今回限りじゃないのを示唆してくれるの嬉しい》

※※※

〈ゲスト：サリー・ウッド&？？？〉
「はっじめましてー！　歌って踊るドライアド、オーバーズ所属のサリー・ウッドです！　正時廻叉さん、チャンネル登録者数五千人突破おめでとうございますー！」
《サリーだ！》
《オーバーズの歌ガチ勢来たか》
《ドライアドって何？》

《またえらくファンタジーな子だな》
《樹のバケモノ→ドライアド》
《樹木の精霊とかそういう系やで》
《バケモノとか言うなやw》

「こちらこそ、初めまして。精力的に歌動画を出されているのは存じ上げております」
「そーなんです！　私はほぼ歌専門で、たまにゲーム実況みたいな感じでやってまして！　あと、色んなVtuberさんの歌動画を見るのが日課みたいになってる感じです！　ステラさんや三日月さん、白羽さんの曲もたくさん聴いてます！　もちろん、キンメさんや正時さんの曲もです！　初めての歌動画であんな凄いの聴けるなんて思わなくてビックリしました！」

《おおう、めっちゃ喋る》
《すげぇマシンガントーク。でも聞き取れる不思議》
《滑舌が恐ろしく良いんだよな》
《歌メインならそりゃリバユニ押さえてるわな》

「ありがとうございます。ステラ様とコラボという事もあり、半端なものは出してはいけないと考えていましたから。歌中心の活動をしている方にお褒めの言葉を頂けるのは自信になります」

「おおー、本当に感情を出さない……！　冷静沈着さんですね！」
「これも執事の務めです故」
《無感情についにツッコミがｗ》
《廻叉の執事観は一般的なそれとは違うと思うんだがなあ》

※※※

「実は今回の凸リレーなんですけど、ついさっきまで私がアンカーだったんです！」
「という事は、次のゲストの方が見付かった、という事でよろしいですか？」
「そうなんですけど、一人で喋るのが緊張するって事なので……正時さんさえよければ、このタイミングで呼んでしまってもいいでしょうか⁉」
《ついにラストか！》
《しかも二人同時とは》
《アンカーだから大物かも》
「はい、大丈夫です。では、最後のゲストとなります」
「ありがとうございます！　それじゃ連れて来ますね！」

「……立ち絵、頂きました。それでは、どうぞ」

《ん？　今、執事変な間あけた？》

《ちょっと目を見開いてたな》

《え、なんでそれ分かるの怖い》

「は、はあ、は初めまして……！　エレメンタルの、も、木蘭カスミです！」

《！！？？！！！！？？》

《カスミンだー！！！！》

《エレメンタルだと!?》

《サリーと仲いいけど、まさか来るとは》

《めっちゃ緊張しとるやんけ！》

《おいおい、エレメンタルのアイドルが男性に凸とかこれは燃える》

《完全に予想外だわ》

「初めまして。まさかエレメンタルさんから来られるとは思っておらず、立ち絵を頂いた時に少々驚いてしまいました」

「びゃあぁ⁉　に、認知されていらっしゃった……！！！」
「カスミちゃん落ち着いて！　今までに出たことないタイプの声出てるよ⁉」
《草》
《認知しなさいよ！》
《してんだよ》
《普段、もっとおっとりしてる子なんだがなぁ。これはまさかのガチ恋勢か……？》
《執事に色目使わないでよこの緑髪三つ編みデコルテえちえち演技派美少女！》
《ほぼ全部褒め言葉じゃねぇか》
「不勉強で申し訳ありませんが、ボイスドラマの脚本を考える配信のアーカイブは興味深く拝見させていただきました」
「ひえぇぇぇ……わ、私は、その演劇勉強してて、その、いずれは木蘭カスミとして、声優デビューしたくてそれでその、同じ演劇系って思ってる廻叉さんの配信や動画で凄く勉強させてもらってて……！」
《あー、演劇系だからこそか》
《ガチ恋っつーか憧れの俳優って感じなのか》

「……ありがとうございます。私の演技もまだ自分の中の理想形には程遠いと思っているのですが、同じように演劇を志している方にとって有益であったなら嬉しく思います」

「むむ！　今、微妙に間がありましたね！　感情を得ましたか正時さん！」

「ちょ、ちょっとサリーちゃん！」

《草》

《真面目やなぁ、執事》

《サリー無駄に鋭い》

「そういえば、お二人はどのような御関係で？」

「単純に仲良しなのですよ！　同じアーティストさんが好きだという事をＳＮＳで知ってから、その辺のお話や歌コラボ配信したりしてるのです！」

「その、曲の中にセリフやナレーションが入る物語系の曲を作ってる方が居て、私もサリーちゃんも凄く好きだから……その、よければ廻叉さんも聴いてみてください！」

《あの配信良かったからアーカイブチェックしてみてくれ》

《二人とも普通に歌もセリフも上手くてビビったわ》

《執事に歌わせたいの超分かる》

「物語系楽曲、ですか。知らないジャンルなので興味深いです。後日ディグる事にします」

「ディグってなんですか？」

「ＨｉｐＨｏｐ用語が基ですね。掘る、という意味から音楽や情報を探り当てるという意味合いになります。弊社の先輩がよく使うので気が付いたら自分でも使うようになってましたね」

《唐突なＨｉｐＨｏｐで草》

《執事の口調からディグとか出てくると笑ってしまうな》

《★三日月龍真 a.k.a.Luna-Dora：よし、着々と染まってきてるな》

《おいこら一期生》

「べ、勉強になります……！　ＨｉｐＨｏｐは知らない世界なので……！」

「そういう事言うとウチの先輩とその仲間たちがＨｉｐＨｏｐ沼に引きずり込むために現れますよ。多少の炎上をものともしない精神性をお持ちの皆様ですから」

《★三日月龍真 a.k.a.Luna-Dora：やぁ木蘭さん、ラップやるかい？》

《ダルマリアッチ＠Vtuber：大丈夫、ＨｉｐＨｏｐの世界の怖いところはバーチャルには無い。

たぶん》
《ラッパーVtuber・MC備前：エレメンタルの女優がＨｉｐＨｏｐに興味ありと聞いて歩いて参った》
《急に湧いて出たｗｗｗｗ》
《こいつら見境なさすぎない？》
《理由が徹底してＨｉｐＨｏｐ振興だからギリ燃えないの草》

「あ、コメントにも居ましたね！」
「何故ラップ仲間を引き連れているのでしょうか。ダルマリアッチさんに至っては予定があって出先に居ると本人が証言してたはずですが」

《ダルマリアッチ＠Vtuber：今、龍真の家で飲んでる》
《三日月龍真a.k.a.Luna-Dora：大丈夫だ、まだテキーラしか開けてねぇから》
《このダメ人間どもｗ》
《サグライフしてんなぁｗ》
《ってか初手で開ける酒じゃねえだろ、テキーラは》

「あ、あの、まずは勉強してからにしてみます……」

「賢明な判断だと思います。龍真さんに至っては、ほぼ週に一回ペースで『執事ー、ラップやろうぜー』と誘って来られるので」

「今の、たぶん物真似ですよね⁉　リスナーさん、似てましたか⁉」

《割と似てて草》
《★三日月龍真a.k.a.Luna-Dora：うーん、二点》
《雑談モードの龍真だw》
《七十八点！》
《八十五点》
《二点て》

「コメントの皆様、点数を付けないでください。あと龍真さん、その二点は私怨か何かですか？」

「……廻叉さんの事務所も、私達とは違う感じで仲良しで素敵だなって思います」

「実際、遠慮とは無縁ですね。それ以上に、根本的にお互いへの敬意があるのが大きい、と私は考えています」

「敬意、ですか？」

「我々、Re:BIRTH UNIONはVtuberであると同時に『表現者』である事を重要視しているところがあります。仲間という関係性以上に、表現者として自分に無い物を持っている相手に対して敬意を持っていますから。同時に彼らと並んで立って恥ずかしくない物を創り上げていかなければ、という想いは常にありますね」

《おおう、意識高い……》

《それぞれが作品作った上でこれ言うなら、まぁ納得だわ。たまに何も作らないのにこういう事いう奴が居るからなぁ》

《ラッパーVtuber・MC備前：速報、龍真が感動して涙目》

《草》

《またイジられるぞ龍真》

「……今日は、来てよかったです。廻叉さんの哲学というか、考え方を聞く機会を得られて本当に良かったと思います。今日はありがとうございます」

「いやー、最初に限界化してたカスミちゃんもすっかり落ち着いて良かった良かった！　私も楽しくお話しできたし、今回の凸待ちは大成功です！」

「木蘭さんにとって、何か得るものがあったのであれば良かったです。さて、という訳でお時間も良き頃合いという事もありますし、放っておくとサリーさんが私の代わりに配信を終わらせてしまいそうですので、エンディングに入らせていただきますね」

「わー、パチパチパチ！」

「あの、私達はここでお暇《いとま》した方がいいですか？」
《カスミン、来てよかったな》
《限界化……してたなぁ……w》
《いやー、濃い記念配信だった……》
《サリーちゃんしれっとアシスタントポジに居るの草なんだが》
《そういえば退室タイミング無かったわ》

「そこはアンカー特権という事でお願いします。改めまして、本日は私のチャンネル登録者数五千人突破記念、リレー凸待ち配信をご覧いただきありがとうございました。初めて外部のVtuberさんとの交流となりましたが、私自身としても得るものが非常に大きい配信となりました。唐突なオファーであった可能性が高かったと思われますが、引き受けていただいたVtuberの皆様には改めて御礼申し上げます。本当にありがとうございました」

「いえいえどういたしまして！」

「サリーちゃん……！　今のはサリーちゃん宛てじゃない……!!」

「え?!　違いましたか?!」

「締めの挨拶なんだから御主人候補さんへのメッセージだよ、きっと……！」

「なんとぉ?!　私また何かやっちゃいました?!」

《草》
《あれ？　俺らじゃなくてサリーに言ってた？》
《トリなのにツッコミに回るカスミン草》
《やっちゃってんねぇサリーちゃん》

「……続けます。今後も、正時廻叉は御主人候補の皆様に楽しんでいただける配信や動画を創り続けていきたいと考えています。ジャンルがどうあれ、表現という行為を続けていけるという事自体が幸福な事だと思います。初心は常に持ちながら、Vtuberとして、表現者として研鑽していきます。今後とも、どうぞよろしくお願いいたします。それでは、おやすみなさいませ」

《そこで続けられる執事の精神力よ》
《創作者としてのリバユニには信頼しかない。今後も体に気を付けて毎秒配信か動画投稿しろ》
《次は一万人登録だな！》
《今日初見だったけど面白かった。登録するわ》
《表現を続けられる事が幸福、かぁ……確かになぁ》
《いい配信だった》
《おやすみー！》

《今後の執事の躍進を願って、おやすみなさーい》

生まれ変わる日

正時廻叉のチャンネル登録者数五千人突破記念配信は成功と言っていい結果となった。外部のVtuberとのトークは、相手方のファンにもおおむね好評であり、予告なしの登場だった事からアーカイブの視聴も伸びており、正時廻叉としては初めてファンメイドによる切り抜き動画も作成された。そこからまた再生数とチャンネル登録者数が伸びるという好循環が起こっていた。

一方で、廻叉本人が懸念していた通り「女性Vtuberとのコラボ」という点で、動画への低評価であったりSNS上での心無い発言等も発生する事態になった。幸いにして炎上と呼べるような規模ではないが、特にアイドルVtuber事務所として認知されているエレメンタルのファン、木蘭カスミの熱狂的ファンから口汚い罵倒をSNSに直接送られる事もあった。

「それはそれとして初のゲーム実況となります。今回は、『LIKE A ROAD MOVIE《ライク・ア・ロード・ムービー》』……アメリカ本土をかなり精密に再現した舞台でのレースゲームですね。タイトル通り、古き良きロードムービー風のストーリーモードもあるのですが、自由に走るだけのモードが非常に好評で、今回はこちらでアメリカの名所を巡る旅を御主人候補の皆様と共に楽しんでいきましょう」

《ゲーム実況だー！》
《チョイスが渋い……》
《初見です。良い声してますね》
《つーかゲームの腕前どうなんだ執事は》
《配信レイアウト凝ってるな。ちょっとレトロ風なのが》

だが、正時廻叉というVtuberはその手の煽りが一切通じないタイプである。恋愛、あるいはもっと露骨な肉体関係を邪推されたところでその手の情緒を一切見せない。木蘭カスミ関連の煽りに対しても「同じ演劇の道を歩む者として仲間意識はある」とSNS上で表明して以降は基本的に無視していた。挙句、暫く動画作成作業に没頭していた為、SNSの更新も進捗状況の報告と、今回のゲーム実況に関する告知のみという有様であり、暖簾《のれん》に腕押し・糠《ぬか》に釘ということわざ通りの状況だった。

「初のゲーム実況という事で心配されている方もいらっしゃいますが、ご安心ください。ロケハンはしました。チュートリアルと序盤のストーリーまではクリア済みです。また、ゲーム内通貨の稼ぎも行いましたので、私が心惹かれた車の購入も済ませております」

画面上にはいわゆるクラシックカーが鎮座している。老若男女に愛されているとあるアニメで主人公が乗り回していたことで有名な、イタリアのコンパクトカーだった。車体のカラーリングこそ黒であったが、これが黄色であれば日本一有名な怪盗一味を思い出すであろう。

《俺でも知ってる奴》
《渋い》
《かっけぇ》
《色は執事カラーか》
「それでは早速始めていきましょうか。スタート地点は西海岸サンフランシスコ。目的地はニューヨークです。今日だけで到着できなければまた次回となりますが」
市街地の路上から走り出したフィアットは数十メートル進んだところで電柱にぶつかった。
《草》
《初手事故ｗｗｗｗｗ》
《ニューヨークどころかサンフランシスコから出られるのか》
「気を取り直していきましょう。ゲームで良かった、と思っていただければ幸い。丁度ＢＧＭの変更がまだでしたからね。このゲーム、実際の洋楽がカーラジオという形で流れるので著作権対策でＳＥのみに設定してあります。なので、こちらのフリーＢＧＭを流します」
効果音だけの画面からジャズ風のＢＧＭが流れ始め、車も再度走り始めた。ゲームらしく法定速度からは大幅に超過しているものの、レースゲームのようにフルスピードを出しているわけではない。ＣＧで再現されたアメリカの風景と相まって、まさにロードムービーのような映像だった。対向車や先行車との接触事故が多発している事だけが雰囲気を削いでいたが。

《事故に動じない執事の鑑《かがみ》》
《いや事故る時点でダメだろ》

「実際の運転と同じようにしていても面白みがないですからね。無論、御主人候補の皆様におかれましては安全運転を心がけていただきますようお願いいたします。ルートとしてはラスベガスを通り、イエローストーン国立公園に行ってみましょうか。とはいえ、サンフランシスコに居る以上ゴールデンゲートブリッジは通りたいのでそちらにまずは向かいましょう」

《おｋ》
《ＢＧＭと相まってすげぇ落ち着くな》
《たまにガードレール擦ってるけどな》

ゲーム実況というよりもゲーム映像にナレーションを入れるようなスタイルだったが、コメント欄はそれなりに楽しんでいる様子であった。事故を起こしそうになる度に悲鳴で溢れかえる事はあったが、運転手が何一つとして焦らない為、その悲鳴も時間が経てば減少傾向にあった。
「こちらがゴールデンゲートブリッジになります。映画や海外ドラマで見たことが多い方もいらっしゃると思いますが、サンフランシスコの代表的な観光名所です。カーチェイスが行われたり、戦闘が行われたり、シンプルに破壊されたりと、何かと酷い目にあっている橋でもあります」

《そうだけどさぁｗ》
《もうちょっとマシな言い方あるだろｗ》

「巨大建築物の宿命と言えばその通りなので、仕方のない面もあります。ちなみに徒歩や自転車でも通行できますので、観光旅行の際には一度歩いてみる事をお勧めします。展望台もあり、風景を眺めるだけでも価値のある場所だと思います。全長がおよそ二・七キロほどありますのでその点だけご注意いただければ」

《長ぇ……》
《一度は行ってみてぇよなぁ》
《なんだかんだでアメリカは憧れの国》
「バーチャルの世界の住人が、ゲームの世界のアメリカの観光案内を、現実世界の御主人候補の皆様にお伝えする、というのも何とも不思議な感覚ではありますが、皆様お楽しみいただけているでしょうか？　ニューヨークまでの長旅、複数回の配信になるとは思いますがお付き合いいただければ幸いです」

《楽しいからいいぞ》
《シリーズ化助かる》
《それはいいから前見ろ前。車間距離やべぇぞ》

この後、道に迷ってゲーム内に実装されていないカナダ国境で見えない壁に激突した所で配信は終了となった。

※※※

配信を終え、ゲーム用パッドを片付けているタイミングでDirecTalkerから呼び出しコールが響いた。相手は、自身の2DアバターのデザインをしたイラストレーターのMEMEだった。

「はい、廻叉です」

「配信お疲れ様。終わってすぐの所に悪いね。頼まれてたイラスト、出来たよ」

「ありがとうございます。申し訳ありません、ほんの数分の動画の為に時間を割いていただいて」

「ちゃんと報酬も貰ってるし、そこは大丈夫。それ以上に君の動画の力になれるのは俺も楽しいし、何より創作意欲が無茶苦茶湧くんだよね」

「収益化待ち分割払いを提案してくださって本当に助かりました。必ず、良いものを作らせていただきますので」

楽曲投稿と記念配信を切っ掛けに、正時廻叉こと境正辰は完全自作での動画作成に取り組んでいた。スタッフに根掘り葉掘り聞きながら、配信などの合間に作業を積み重ねていた。MEMEにはその際に必要な画像などの依頼をしている為、こうして通話を介した打ち合わせを多数していた。その際、MEME本人からの希望で『極力、正時廻叉として話してほしい』と言われている。MEME自身が、誰よりも彼のファンであるが故の要望だった。

「最初の動画は短くても、どんどん長くなるんでしょ？　貰ったプロット読んだけど、俺の考えた正時廻叉像を更に膨らませてくれてるし……このクライマックス、これを新衣装にぶつけるんでしょ？　もう今からこれが公開された時の事を想像するだけでゾクゾクするよ」

興奮を隠し切れない口調でMEMEはそう語る。それを聞いて廻叉もおもわず口元が緩むのを抑えきれない。この企画の詳細を知っているのは正時廻叉、MEME、そして統括マネージャーの佐伯だけである。元々は2Dアバターのアップデート及び新規衣装の打ち合わせにて、廻叉が考えていた連続ストーリー動画の企画を話した事が理由だった。

「デビュー前に『正時廻叉』の姿を見せていただいた時の打ち合わせで、素顔についてのお話をされた時に考えたんですよね。この姿と私自身の人格を合わせた時に、ある程度の話の流れが浮かびまして。実際に動画を作るとなったら……まぁ、中々に大変でしたけども」

「歌動画の方はスタッフさんがやったもんねぇ」

「ええ、ステラ様と共演する以上、拙い歌だけでなく拙い動画まで出してしまうのはどうかと思いまして」

「なるほどね。でもこっちの企画は廻叉くんが主導なんだから君自身が頑張らないとね」

「もちろんです。とはいえ、配信外の時間の八割を勉強に割かれているレベルでやっていますが……それでもなかなか上手く行かないものですね」

　疲れの滲み出るような声を出しつつも、どこか満足げではある。元々動画配信自体も未経験だったが、今ではスタッフの手を借りずにソロで配信が出来る程度には成長している。動画作成も同じように、全くの未経験からではあったが、自分の考えたストーリーを形にするのは単純に楽しかった。

「動画作成に慣れるって意味でも、段々動画を長く、鮮明にしていくのはアリだろうね。初心者であるが故の粗さを演出にするのは上手い手だと思うよ」

「だからこそ、最後の動画は誰が見てもクオリティーの高いものに仕上げなければならない、というプレッシャーはありますが」

「ふむ。それじゃ、更にプレッシャーを与えてみようか。実はさっき、佐伯さんからこんな提案があってね。動画のプロットの大幅変更とかそういうのではないんだけど、Re:BIRTH UNIONという箱のプロットが大幅に変わる可能性のある提案だ」

「……どういう事ですか？」

MEMEの口から出た不穏な文言に、廻叉は訝しんだ。Re:BIRTH UNIONのプロット、というのも初耳である。その詳細を聞き出そうとする前に、ＰＤＦファイルが送られてきた。

「これは？　ファイル名は、『stella_is_evil《ステラ・イズ・エヴィル》』……？」

「俺はもう読んだけど、リザードテイルの上層部とステラさん、イカレてるって思ったね。無論、褒め言葉としてだけど」

そのファイルを開き、廻叉は絶句する。その内容は Re:BIRTH UNION に所属する全員の根本に関わる設定資料集であり、同時に数年先を見据えた進行表でもあり、恐らく現在のファンを阿鼻叫喚へと突き落とす爆薬でもあった。その中には、当然廻叉の動画に関わる内容もあり――衝撃的でありながらも、これ以上の展開は無いと断言できるものだった。

「……イカれてますね」

「でも、最高だろ？」

「最高です。しかし、新しく入る三期生の皆さんも衝撃を受ける事でしょうね……」

「なーに、それを呑み込める人を選ぶだろうさ」

Vtuber とそのデザイナーは、まだ見ぬ三期生と、このＰＤＦファイルの内容が動画や配信で表に出た時の事を考え――悪人のような笑みを互いに浮かべていた。

※※※

「例のＰＤＦファイル、もう一期生と二期生のみんなには渡ったのかな？」

東京、リザードテイル本社の会議室には Re:BIRTH UNION の統括マネージャー佐伯とステラ・

フリークスこと星野要が、タブレット端末を挟んで打ち合わせに臨んでいた。今回の件はステラと佐伯の共謀であり、社長からは難色を示されたが『今後の業界において自分達の立ち位置を唯一無二にするために』という説得でようやく許可が下りた。ただし、条件は今後デビューする三期生も含め、所属者全員からの同意を得る事だった。

「幸い、全員からOKを貰えた。かなり攻めた内容だけど、そういうのがむしろ大好物な面々しか居ないからね。特に境くんは目に見えて喜んでたよ」

「はは、彼らしいな。あとは三期生だけど――もう、最終選考への審査は終わったんだよね？」

タブレット端末のPDFファイルを閉じ、紙ベースの資料を取り出す。社外秘の印が押されたそれは、Re:BIRTH UNION三期生オーディションの最終選考進出者のプロフィールだった。

「合格者は、七名。辞退者は無し。そしてデビュー枠は二人……正直、今回の二次審査は大分甘めに審査をしたらしいね。応募者のレベル自体は上がっているが、むしろウチに所属しない方が伸びる要素の大きい、と判断された人が多数だ。こういう時に、同業他社さんや大手個人勢の影響を強く感じるよ」

「そこは仕方ないさ。ファンの視点から見れば、どの事務所も基本的には同じVtuberの括りだ。それに、業界研究でわからない部分がウチの本質だからね」

互いに資料に目を通しながら、佐伯は難しい顔を、要はどこか楽しそうにしていた。

「さて、私達と同じだけの怨念と執念を持った人間は居るのかなー？」

候補者たちのプロフィールを眺めながら笑う要の姿は、もはやステラ・フリークスそのものだった。同時にそれは、無邪気でありながらも――どこか、邪悪《evil》さを感じさせる姿だった。

※※※

「では、こちらでお待ちください。準備が出来次第お呼びいたします」

「は、はい、ありがとうございます」

東京都内、株式会社リザードテイルの事務所内の会議室で一人の少女が緊張を隠し切れない表情を浮かべている。少女の名は三摺木弓奈。十八歳になったばかりで、本来ならば高校三年生だ。尤も、彼女は二年以上引きこもり同然の生活を続けている。こうして外出する事すら稀であり、自室で閉じこもる日々を過ごしていた。彼女自身は未だに心に負った傷は治っていないように感じていたが、Vtuberのオーディションに参加する事を決意する程度には前向きになれている気がしていた。

「……あ、リバユニのポスター……いいなぁ」

外からはオフィスの喧騒が僅かに聞こえてくる。準備に時間がかかっているのか、案内してくれたスタッフは未だに戻ってこない。所在なさげに部屋を見渡すと、壁に張ってあったポスターに自然と視線が向けられた。センターには3Dモデルで不敵な笑みを浮かべるステラ・フリークスが、その両隣を一期生の三日月龍真、丑倉白羽のキービジュアルが固める。龍真はマイクを、白羽はギターを持っているせいか、ここだけを見れば新しい音楽アニメかゲームの広告にも見える。ただ、龍真の横に立つ無表情な執事・正時廻叉と、白羽の隣で満面の笑みを浮かべる人魚でメイドの魚住キンメが、音楽という枠を壊してしまっている。そして、Re:BIRTH UNIONのロゴと、『生まれ変われ、自分』のキャッチフレーズが自然と目に入る。

「……生まれ変わりたいな」

三摺木弓奈は自己評価が著しく低い。動画・書類での選考、そして通話ソフトを使ったリモート面接すら突破してなお、自分にそれだけの価値があるのかわからないままでいた。合格したいという気持ちは勿論ある。だが、自分への根深い疑念を拭い去る事は出来ずにいた。

「廻叉さん……不合格になったら、ごめんなさい」

自然と出てきたのは、謝罪の言葉だった。ポスターに描かれた正時廻叉のキービジュアルに、座ったまま頭を下げる。ここで、絶対に合格します、と言えない自分が嫌になる。ただ、前向きな言葉を放つ事自体に、未だに恐怖心がある事は事実だった。

「お待たせいたしました。それでは面接会場へとご案内します」

「あ、は、はい！」

スタッフの先導に従って歩いていくと、オフィスを出てそのままエレベーターに乗り、地下一階へと案内された。オフィスの奥にある部屋に案内されるのかと思っていた弓奈が不安そうにスタッフの女性へと声を掛ける。

「あの、なんで地下なんですか？」

「社長の意向で、音楽系の特技を持っている方はスタジオで最終面接をするという事になっているんです。オフィス内で歌うと、その、他のテナントさんにもご迷惑になってしまいますし」

「あ、そうなんですね……あの、入口の案内見て驚いたんですけど、地下一階全部リザードテイルさんなんですね……」

「スタジオ以外にも配信も出来る部屋があれば、という事で造ったんです。地下の方がやはり防音という面で優れていますから」

「じゃ、じゃあ今日も誰か……？」

「いえ、今日は面接という事で……ステラさんが居るだけですね」

ステラ、という名前を聞き、弓奈の緊張感が更に上がる。彼女が最終面接に面接官として参加することは既に事前に発表されていた。Vtuber界隈でもトップクラスの歌唱力と表現力を持ちながら、界隈全体の流れからはどこか外れた位置にいる異端の歌姫。他のVtuberとはイベントなどでの共演歴はあれど、正式にコラボをしたのはRe:BIRTH UNIONの後輩達のみ。その超然とした態度から彼女をカリスマ視するファンが多数いる一方で『人間味を感じない』という評もある。とあるWebライターは、目まぐるしく変化するVtuber界隈の中で揺るがぬ姿勢を貫いている彼女を『極星』と例《たと》えた。最終面接を前に、ステラ・フリークスに関する記事を読み漁っていた弓奈は、知れば知るほど彼女の事がわからなくなるという不可解な状況に陥ったまま、今この瞬間を迎えている。

「それでは、こちらへお入りください」

スタジオの、分厚い扉の前に立つと案内のスタッフは弓奈に一礼して去っていく。扉は自分の意思で開けろ、という意味なのか、スタジオ内からこちらへの呼びかけといったアクションは一切ない。

「……生まれ変わる、生まれ変わるんだ、私は」

意を決して扉を開く。そこには――――。

※※※

DirecTalker上に開設された「作業の片手間に話す用」という身も蓋もない名前の通話ルームには、正時廻叉と魚住キンメが入室していた。廻叉は動画作成、キンメは依頼のあった丑倉白羽の放送用サムネイル作成に勤しんでいた。お互い、配信などはしておらずプライベートでの通話。話題は、今日行われている最終面接についてだった。

「昨日が元地下アイドルの子で、今日が廻叉くんの悩み相談が切っ掛けで応募したピアノの子だっけ」

「そうですね。二人とも頑張ってほしいです」

「……でも、廻叉くん的にはピアノの子、えーっと、三摺木さん、だっけ。彼女に、肩入れしてるよね？」

「それはそうでしょう。正直に言えば、自分に審査の決定権が無くて本当に良かったと思っていますよ」

「まあ、私が廻叉くんの立場でもそう思っちゃうだろうからなー……」

「通話面接の時の事ですか。なんで私より先にキンメさんと龍真さんが泣いたのか」

「あれは仕方ないってば」

最近になってRe:BIRTH UNIONの新しいルールとして『配信の有無にかかわらず、オンライン通話の際に本名で呼び合う事の禁止』が明言された為、二人もVtuberとしての名前で呼び合っていた。理由はオフラインで全員が直接顔を合わせた事により、今まで以上に距離感が縮まった為である。本名をうっかり口にしてしまう可能性が増えたのだ。逆にオフラインで直接会う場合は本名呼びが推奨されている。理由は単純に身バレ防止だ。

「今年は最初からステラ様の参加が発表されているので、我々が受けたような心臓に悪い出来事は起こらないでしょうからその点では安心ですが……」

「例年通りなら、みんなアレをやるんだろうね。まあ、アレを乗りこなせる人しか、ウチの社長とか佐伯さんとかステラ様は欲しがらないと思う。ステラ様も、今回は最初からいる事を前提に何かしらやってくるだろうしね。やらないはずがないもん」

「……なんかこう、ステラ様がどんどん黒幕化している気がするんですが。例のPDF見てから、余計にそう思えてくるんですよね」

わざとらしく乾いた笑い声を響かせながら廻叉が溢せば、キンメからも苦笑いが返ってくる。

「あー、あのPDFかぁ。うちの会社狂ってるねー。下手すると爆発炎上ものだよ、あれ」

「基は私が作っている動画の、ちょっとしたサプライズとして企画プロットを提出したんです。そうしたらステラ様が想像以上に乗り気でして……まさか全社的なプロジェクトに進化するとは」

「うっわ、廻叉くんステラ様をそういう目で見てたんだ……」

「そういうキンメさんはどうなんですか？」

「超が付くほど解釈一致。サンキュー執事」

「ウチの御主人候補の口癖真似しないでもらえます？」

廻叉は、自身の配信でよく見かけるコメントを口にするキンメに嘆息しつつも、今現在東京で行われているであろう最終面接に思いを馳せる。自身の動画の為に考えたアイディアが、自身の想定を遙かに上回る流れになってしまった事からの現実逃避という側面もあったが、それ以上に三摺木弓奈という少女の成功を本気で祈っていた。正時廻叉のお蔭で救われた、と話した彼女に、廻叉自身も救われた部分も少なからずあった。

「弓奈さんなら大丈夫です。根拠はありませんが、私はそう思っています」

※※※

スタジオには、音響機材のセッティングを行っているスタッフが一人いるだけだった。場所を間違えたのだろうか、と弓奈は一瞬考えるが、案内をしてくれたスタッフは間違いなくここの扉を示していたはずだ。

「おはようございます。三摺木さんですね？　最終面接を行いますのでブース内にお願いします」

機材の前にある分厚いガラスの向こうには、ミュージックビデオやアニメのアフレコ風景などで見るレコーディングブースを小規模にしたものがあった。その中には、二人の成人男性がパイプ椅子に腰かけている。恐る恐る、開け広げられていたブース内への扉を潜り、小さく一礼する。

「み、三摺木弓奈です。本日は、よろしくお願いします」

「よろしくお願いします。リザードテイル代表取締役社長、一宮羚児です」

「Re:BIRTH UNION統括マネージャー、佐伯久丸です。よろしくお願いします」

挨拶もそこそこに、音響スタッフの手によってブースの扉が閉められた。同時に、ブース内に設置されていたモニターの電源が入る。

「こんにちは、三摺木さん。ようこそ、Re:BIRTH UNION三期生オーディション最終面接へ」

2Dモデルの、ステラ・フリークスがそこに居た。特徴的な金色の目が、真っ直ぐにこちらを射貫いたような感覚に襲われ、弓奈は息を呑んだ。

「ふふ、緊張する事はないさ。周りをよく見てごらんよ。君にとって、馴染み深いものがそこにあるだろう？」

未だに上手く反応を返せない弓奈は言われるままブース内を改めて見渡す。そして、何故気付かなかったのか不思議に思えた。ブース内の中央の位置に、電子ピアノと椅子があった。

「あ、あのこれって……」

「ええ、色々と聞きたい事もあるでしょうし……まずはそちらのピアノの前の椅子に座ってください」

笑みを浮かべている一宮に促されるまま弓奈がピアノの前に腰を下ろした。自分が使っている電子ピアノとは別のメーカーの物だが、恐らくもっと高性能なものだろうことは察しがついた。

「最終面接は質疑応答よりも、オーディション参加者の皆様に……自由にパフォーマンスをしてもらう事を重視しています。Vtuberである以上、配信とは切っても切れない関係にある。カットや撮り直しの利く動画では既に、ここまで選考を通過した皆さんには一定の力量があると我々は判断しています。――ですが、我々はまだ皆さんの配信においての実力を見ていない」

未だに戸惑いの色が隠しきれていない弓奈へと、今度は佐伯が最終面接の意図を説明する。配信は、現在のVtuberの主流になりつつあるジャンルだ。ゲーム実況、歌枠、雑談、トーク企画と多種多様な配信が、恐らくは今この瞬間も、Vtuberによって行われている。Re:BIRTH UNIONが特殊な人材を求めているとはいえ、いざ配信で全く話せない、何も出来ないでは意味がない――そのような理由で、最終面接は常にフリーパフォーマンスがメインだった。

「改めて最終面接の内容を説明いたします。今から、初配信のつもりでこの場でパフォーマンスをしてください。時間制限は最短でも三十分以上、最長でも六十分までとします。普通にトークをしてもらっても構いませんし、そちらのピアノはご自由に使ってください。内容は公序良俗に反しない程度なら、何でもありです」

「……そ、それが最終面接、なんですか?」

信じられない、という表情で弓奈は佐伯へと問う。しかし、佐伯は小さく頷くだけであり、一宮も静かに微笑んで見守っているだけだった。つまり、自分はこれから少なくとも三十分の間、配信をしているという設定でピアノを弾くなり話すなりしなくてはならない。実際にピアノを弾くかもしれない、という想定はしていたが、それはあくまでも普通の面接の間に一曲か、あるいはワンコーラスだけ弾くような形だと考えていた。

何も浮かばない。最終面接で、何をしていいのかわからない。弓奈は、全身から血の気が引いていくのを感じた。

「ふふ、最終面接に来ると、みんなそんなふうになるんだ。まぁ参加者にも内容については緘口令《かんこうれい》を敷いているから、こういう形での最終面接だなんて調べようもなかったし、考えもしなかったんじゃないかな？　調べても、私が最終面接に不意打ちで現れたって情報くらいさ」

どこか楽しそうにステラが言う。弓奈がそちらに視線を向けると、モニターの上部にＷｅｂカメラが取り付けられているのを今更ながら見つけた。彼女も、どこかで自分を見ているのだ、と改めて自覚する。

「今のRe:BIRTH UNIONのメンバーもみんなそうだった。まず私が出てきた事に驚いた。そして内容に面喰らって、狼狽した。ちょうど、三摺木さんと同じようにね。君がここに来た理由である廻くん……正時廻叉くんも、そうだった」

「廻叉さん、が……？」

「そうさ。ただ、いざ始まったら怒涛の一人芝居で危うく制限時間をオーバーするところだったけどね。配信のつもり、という前提すら忘れてしまったのは――ああ、全員そうだった。龍くんはまるでライブ会場に居るみたいに熱量のあるラップをしてみせたし、白ちゃんもほぼ六十分フルで色んな曲をギターで弾いていた。キンメちゃんも、ずっと喋り倒しながら私のイラストを描いてくれたよ」

どこか恍惚としたような声色で、過去の最終面接合格者たちのパフォーマンスを、ステラは思い出していた。弓奈は何も言えず、ただモニターを見つめていた。

「三摺木さん。――君の憧れである、正時廻叉はやってみせたよ？　だからさぁ……」

金色の目の瞳孔が開き、弓奈を射貫いた。

ステラ・フリークスは、ありったけの期待を込めて弓奈へと告げた。

「生まれ変わって見せろよ、三摺木弓奈」

Webカメラの向こう側で、三摺木弓奈がこちらを見たまま凍り付くのを見て、ステラ・フリークスは静かに笑う。自分がいかに非道な真似をしているかは、よく自覚している。何人もの候補者たちが、スタジオで、或いは事務所内の配信用ブースで、困惑と混乱に陥ったのを見てきた。時には泣き出してしまった候補者も居た。だが、そこから己の魂を燃やし、精神を削るようなパフォーマンスを見せた者も確かに居たのだ。そして、その魂の煌《きらめ》きこそを、株式会社リザードテイルは、Re:BIRTH UNIONは、そしてステラ・フリークスは求めていた。

「頑張れ。君なら出来るよ」

最後に優しく励ますような言葉を告げると、ステラはマイクのカフを落としてモニターの向こうの弓奈を見守る。ピアノの鍵盤に視線を落としたまま固まってしまっている弓奈の姿は弱々しく、あまりにも頼りない。それでも、社長である一宮やマネージャーである佐伯、そしてステラは彼女が何かを始めるのを、待っている。それは彼女にプレッシャーを掛ける為でもなければ、候補者への嫌がらせなどではない。

純然たる、期待だ。

Re:BIRTH UNIONに関わっている大半の人物は、大なり小なり挫折を味わった人間ばかりだ。ステラ自身も、その一人だ。

「大丈夫。私たちは君の本気を笑わない」

かつて、歌手を志望していたステラ・フリークスこと星野要は、いくつものオーディションを受けてきた。しかし、最終的には歌唱力とは無関係な部分で落選を繰り返した事がある。そして、既存の音楽業界に対し決定的に失望する事になった、とある出来事を以て星野要は音楽を辞める事を決意した。そこを引き留めたのが佐伯であり、一宮だった。Vtuberというジャンルも当時はまだ黎明期であり、数名の先駆者がその新しい活動スタイルから注目を集め、新規参入者が増えつつあった時期だった。

『君は歌うべきだよ。その才能を見殺しにするくらいなら、私たちは全力で生まれ変わらせてみせる』

『私たちは既存の世界で負けて、一度死んだも同然の身だ。だから、生まれ変わろう。私たちの為に、君自身の為に、そして何より、これから私たちが出会う、殺されてしまった才能の持ち主のために』

理想主義者であり、利己主義の権化とも言える一宮羚児の言葉は星野要が一番必要としていたものだった。そして彼女はステラ・フリークスへと生まれ変わる。バーチャルシンガーとして、その名前はあっという間に界隈で話題となった。そしてRe:BIRTH UNIONを立ち上げ、三日月龍真と丑倉白羽に出会えた。正時廻叉と魚住キンメに出会えた。それぞれがそれぞれの事情で、現実の世界で失望や挫折を味わい、一度は死んだはずの才能だった。

地獄への道は善意で舗装されているという。

ならば、地獄に堕ちた才能を連れ出す為にありったけの善意で道を造る。

Re:BIRTH UNIONは、その為の場所だ。
だが、その道を歩こうとしないのならば、そのまま地獄に居ればいい――。

※※※

三摺木弓奈は、自身が誇れるものはピアノだけだと考えている。だが、その才能はプロや、コンクールで賞を取るような人たちには届かない、とも考えている。

「私は、ピアノが好きです。嫌な事があっても、ピアノを弾いている時だけは、ネガティブな感情から離れられた。ピアノを弾いている時が、私が一番自由で居られる。そんなふうに思うんです」

目の前にセッティングされたマイクにしっかりと声を乗せるように、前を見据えて語る。配信ならば、最初は自己紹介や何をするかを説明するべきだろうとも思ったが、それよりも、自分がピアノが好きな理由をちゃんと伝えたい、と弓奈は考えた。たとえオーディションに落ちたとしても構わない。今ここには、私が何をしても冷たく嘲笑《あざわら》う人は居ないのだから。

「最初に弾けるようになったのは、ピアノ教室で習った『きらきら星』でした。教室で弾けるようになった後、帰ってすぐにお父さんやお母さん、お兄ちゃんの前で弾いて、歌ってみせたのを覚えてます。みんな凄く喜んでくれて。私のピアノは誰かを喜ばす事が出来るんだ、って思ったのを、よく覚えています」

そう告げて、彼女は鍵盤に指を落とす。目を閉じていても弾ける、三摺木弓奈にとっての最初の曲だ。幼少期の経験が、この曲を彼女にとって特別な曲にしていた。

『今日、ここに今までの私の人生を全部置いていこう。嬉しかった事も、辛かった事も、全部』

きらきら星の弾き語りを終えた瞬間には、自然と覚悟が決まっていた。

※※※

「初めて大勢の人の前で弾いたのは、中学校のクラス対抗の合唱コンクールでピアノを任された時でした。クラスのみんなが気持ちよく歌えるように、って心掛けて——優勝は出来なかったけど、自分と家族の為のものだったピアノが、初めて誰かの為になれたような気がしていたんです。その時歌ったのが——」

誰もが音楽の授業で聞いたことのある定番の合唱曲。歌いながら、淀みなく鍵盤の上を指が躍る。スタジオに入室した時の、或いは通話ソフトを使ったリモート面談の時の気弱な印象は既にない。面接官としての、あるいは一企業の社長としての立場も忘れ、一宮は弓奈の演奏に聞き入っていた。合間合間に挟まれる語りも落ち着いていて、聴いていて心地よい。佐伯に至っては、合唱曲を口ずさむ始末だ。

「でも、高校に入ってから変わってしまいました。切っ掛けは、音楽の授業の後にピアノを少しだけ弾いた時だったと思います」

弓奈の表情が曇った。思い出すこと自体が辛いのか、目を伏せたまま呟くように言葉を続ける。

「誰が言ったのか、どういう意図だったのかはわかりません。ただ、ピアノを弾いている私は『調子に乗ってる』、『浸っててキモい』、『自慢すんなウザい』——そう言われました。私は弱かったから、ピアノを否定されたことで、学校に居る人達が怖くなって、学校に行くことが出来なくなりました。自分にとって、一番大切なものを壊されたような気持ちになってしまい——その後は、一度も学校に行くこともないまま、二年が経ちました」

心無い言葉でアイデンティティーを圧《へ》し折られた過去を吐露する弓奈の目から涙がこぼれ、鍵盤の上に落ちる。一宮も佐伯も、ステラも、誰も止めない。黙って、彼女の言葉を待つ。ブースの外の音響スタッフだけが心配そうに視線を右往左往させていた。

「私は、あの日から自分の事が嫌いです。死にたいと思った事もあります。自分を殺してしまいたいと思った事もあります。でも、家族とピアノだけは嫌いになれなかった。家族にはたくさん迷惑を掛けてしまいました。そんな中で、Vtuberに出会いました。ステラ・フリークスさんの歌に出会いました。三日月龍真さんや、丑倉白羽さん、魚住キンメさん。そして、正時廻叉さんに出会いました」

涙を拭い、また真っ直ぐ前を向く。弓奈の表情は、穏やかなものだった。

「廻叉さんの悩み相談の企画に、メールを送りました。私の状況を、一部を除いて正直に書きました。廻叉さんは、真摯に答えてくれました。——学校から居場所を失った私に、もう一度居場所を探す勇気をくれました」

ステラは小さく頷く。本音を言えば、今すぐにこの配信ブースを飛び出して彼女の目の前で話を聞きたいと思った。だが、その機会は恐らくそれほど遠くない未来に叶うという確信めいた予感を覚えた。

「あの時のメールでは、今も不登校――そんなふうに書きましたが、本当はもう、自主退学していました。廻叉さんには、ちゃんと謝らないといけないなって思ってます。そして、もう一度ちゃんとお礼を言いたいです。――暗い話を長々と続けてごめんなさい。次が最後の曲です。聴いてください――」

その曲は、数年前のヒットソングだった。女性ボーカルのロックバンドによる、バラードソング。内容は恋愛ではなく、友人への感謝を伝える真っ直ぐな曲だった。その演奏は、今までよりも拙く、素人が聴いても分かるようなミスが散見された。だが、それ以上にその歌声が、心からの感謝と親愛に満ちていた。その感謝は、恐らくは家族に、ステラやRe:BIRTH UNIONのメンバーに、そして正時廻叉へと向けられている事が感じ取れる歌声だった。

「……ありがとうございました。これが、今の三摺木弓奈の全てです」

小さく一礼すると、ブース内の一宮と佐伯が拍手をする。モニターの向こうで、ステラが笑みを浮かべていた。

「四十一分と二十秒。制限時間はクリアー。三摺木弓奈さん、ありがとう。とても良いものを見せてもらえた。流石に疲れているだろうから、ちょっと休憩にしようか。その後、面接の結果とは関係のないちょっとしたお話をしようと思う。いいよね、社長?」

「勿論。うん、三摺木さんの気持ちや想いがしっかり伝わって来た。素晴らしいパフォーマンスでした。お疲れ様でした」

「じゃ、俺は飲み物かなんか用意しますね。いやー……ピアノっていいなぁ、うん」

ステラからの提案に一宮と佐伯が同調し、それぞれに立ち上がり休憩へと入る。しかし、弓奈は座ったままだった。

「三摺木さん？　どうかしました？」

佐伯がそう尋ねると、弓奈が顔を上げる。先ほどまでとは打って変わって、引き攣ったような笑みを浮かべて。

「あ、あの、す、すいません……緊張が、解けたら腰が抜けちゃって……た、立てないんです……」

「ああ、そういう事でしたか……まぁ、それなら落ち着くまで座っていただいても」

「ご、ごめんなさい、でも……お、お手洗いに行きたいんです……」

「岸川ー！　内線でオフィスに掛けて女性スタッフ呼んでー！　即行だ即行!!」

先程とは違う理由で涙目になっている弓奈の姿を見て、佐伯は大慌てでレコーディングブースから飛び出してそう叫んだ。その後、エレベーターも使わず全力のダッシュでやってきた女性スタッフ数名の助けもあり、三摺木弓奈は人間の尊厳を懸けた戦いに無事勝利した。

※※※

「Re:BIRTH UNIONのキャッチフレーズは『生まれ変われ、自分』……これ、私がリザードテイルを立ち上げる時に、心に決めた事でしてね」

レコーディングブースの外側にあるソファーに腰を下ろした一宮がコーヒーを啜りながら弓奈へとそう話すと、弓奈は少し緊張を残した表情のまま頷いた。

「私もステラも、そしてこの会社に居る大半の人間が、挫折を味わっている。ステラは『人生の敗者復活戦の真っ最中』なんて例えたけど、本当にその通りなんですよ。みんな、一度負けてる」

「……だとしたら、私もそうです。自分の心の弱さに、負けたんです」

「でも、負けたまま終わりたくないし、自分や誰かの才能が死んでしまうのをそのままにしたくなくて、ね。ステラはその象徴だ。まぁ、あまりこういう事は表に出していないんだけど……我々の根底にあるのは、負けたくない、このまま死にたくないっていうドロドロした部分なんだよ。結果はまだ出せないから、仮定の話になってしまうけど、もし合格したらRe:BIRTH UNIONはそういう所だって事だけは、心に留めて置いてほしい」

「大丈夫です。その……私も、自分の中にそういう部分が、たくさんありますから」

「それは良かった……いや、良くないのか？　でも社風的にはアリなのか、ううん……」

自問自答を始めて首を傾げる一宮の姿に、弓奈は思わず笑みを溢す。たとえ根底が暗いものであっても、そこから生まれたものは、どれも前向きな行動ばかりだとわかる。自分の根底にあるネガティブさも、ここに居たら前向きなエネルギーに変えられるかもしれない。そんなふうに思った。

「改めて、今日はお疲れ様でした。来月の十日ごろまでには結果を出せると思います」

「こちらこそ、ありがとうございました。あの、もし合格したら、よろしくお願いします」

立ち上がって深々と礼をして、スタジオを出る弓奈を待っていたのはメガネを掛けた小柄な女性だった。スタッフパスを着けている事から、おそらくリザードテイルのスタッフの人だろう、と弓奈は考え会釈をする。

「出口まで、お送りします」

「あ、はい、ありがとうございます……」

丁寧な口調でそう言われ、弓奈はもう一度頭を下げてスタッフの女性の後に付いて歩く。エレベーターではなく階段を通り、オフィスビルの入り口に出ると女性が立ち止まり、こちらへと振り返った。

「では、本日はお疲れ様でした」

「ありがとうございました、お疲れ様でした」

女性が小さく頭を下げて、ビル内へと戻っていく。弓奈も同じように会釈し、外へ出ようとするタイミングで声がした。

「きっと、またすぐに会えると思うけどね」

その声にハッとしたように弓奈が振り返ると、既に先程のスタッフの女性は居なかった。

その声は、間違いなく――。

「ステラ、さん……？　今の人が……？」

八月下旬のうだるような暑さの中にもかかわらず、弓奈は暫くその場で立ち止まったまま女性が消えていったビルの中を見つめていた。

※※※

そして、十数日後。

彼女のもとに、『Re:BIRTH UNION 三期生オーディション、合格のお知らせ』という題名のメールが届いた。

Re:BIRTH UNION 総合スレ Part.13

1：再生回数7743 ID:********
株式会社リザードテイル所属バーチャルシンガー、ステラ・フリークス擁する Vtuber 事務所 Re:BIRTH UNION について語るスレ

ルール他は>>2以降を参照

112：再生回数7743 ID:********
最近、配信回数落ち着いてるな。アーカイブ消化するには丁度いいけど
113：再生回数7743 ID:********
執事はなんか動画作ってるみたいな事言ってたからその影響かね
114：再生回数7743 ID:********
最近面白かったのは白羽のカノンロックノーミス演奏耐久とかか

普通に上手くて二時間弱で終わったやつ

115：再生回数 7743 ID:********

>>114

耐久とは

116：再生回数 7743 ID:********

最近どこ見てもゲーム実況だもんなぁ

大作が出るとみんなそれって感じ

117：再生回数 7743 ID:********

どこまでよその箱の名前出していいかわからんけど、オーバーズ・にゅーろあたりがその傾向あるよな

118：再生回数 7743 ID:********

全員ゲームはやるんだよな……ただ、流行に背を向けてるだけで

119：再生回数 7743 ID:********

ステラがレトロゲーマー、白羽がギャルゲー乙女ゲー、執事が妙に渋いジャンル全般、キンメがパズルガチ勢って感じか

120：再生回数 7743 ID:********

龍真は？

121：再生回数 7743 ID:********

ヘタクソ

122：再生回数7743 ID:*******

草

123：再生回数7743 ID:*******

割と流行り物もやるんだけど、どのゲームもちゃんとヘタクソなんだよなぁ

124：再生回数7743 ID:*******

執事の渋いジャンルってどういうのなん？

125：再生回数7743 ID:*******

ドライブゲームだったり、海底探査系だったりが多い

全体的に雰囲気や風景を楽しむゲームをメインでやってる印象

126：再生回数7743 ID:*******

ええやん

127：再生回数7743 ID:*******

執事にはＦＰＳやってほしいなー。もし上手くなったら絶対カッコイイと思う

128：再生回数7743 ID:*******

>>127

執事はスタイリッシュな戦闘が出来てナンボだからな

129：再生回数7743 ID:*******

それは漫画の読み過ぎでは
130：再生回数7743 ID:*******
馬鹿野郎、執事ってのは銃撃戦が出来てロボットも操縦出来るんだぞ
131：再生回数7743 ID:*******
お前は執事という職業をなんだと思ってるんだ
132：再生回数7743 ID:*******
最近ステラの曲聴いてハマったんだけど、リバユニのメンバーってどんな感じなのか簡単に教えろくださいませ
133：再生回数7743 ID:*******
沼の入り口に立ったな?
134：再生回数7743 ID:*******
そんじゃ簡単に

一期生
三日月龍真　ラッパー、同じジャンルの個人勢Vtuberとしょっちゅうコラボしてる、ゲームの腕が最悪
丑倉白羽　ギタリスト、練習すれば『誰でも』上手くなれると本気で思い込んでる、歌も上手い

二期生
正時廻叉　演劇系の執事、普段は感情0、常識人かつロールプレイガチ勢
魚住キンメ　イラストレーター系メイド、既婚で子持ち、メンタルの強さがヤバい

三期生が今オーディションの最終選考真っ最中
全体的にアーティスト志向の強い連中が揃ってる
界隈全体の流れとは全く別の所に居る感じはする

135：再生回数 7743 ID:*******
>>134
ありがとう。ちょっとずつアーカイブとか見ながら三期生デビュー待つわ

136：再生回数 7743 ID:*******
丁度良かったな
ttp://trytube.com/watch?v=**********

137：再生回数 7743 ID:*******
三期生デビュー予告だー！！！

138：再生回数 7743 ID:*******
>>136
うおおおおおおおおおおお

139：再生回数7743 ID:*******

予告動画滅茶苦茶凝ってるな……

140：再生回数7743 ID:*******

また男一人、女一人の組み合わせか

界隈の男女コラボに対する反感とか全然気にしてないのな

141：再生回数7743 ID:*******

ぶっちゃけそういう関係になる感じじゃないから割と平気

ガチ恋勢つくるタイプの奴も居ないしな

142：再生回数7743 ID:*******

執事だけは男女問わずガチ恋勢居そう

143：再生回数7743 ID:*******

ピアノからの和楽器……女がピアニストで男が三味線奏者とかかな？

144：再生回数7743 ID:*******

正統派美少女やん、俺この子推す

145：再生回数7743 ID:*******

い、いしくすのきはなゆりあ……？

146：再生回数7743 ID:*******

シャクナゲな

石楠花《しゃくなげ》ユリア&小泉四谷《こいずみよつや》ってリバユニの公式SNSにも名前とシルエット出てた

147：再生回数7743 ID:*******
まて、丑倉もキンメも美少女だろうが

148：再生回数7743 ID:*******
キンメは旦那さんと娘さん愛が強すぎてな……バブみは感じるんだが
丑倉には正論パンチでKOされたからないです（ギター挫折者並感）

149：再生回数7743 ID:*******
デビュー配信は九月末かぁ。丁度近いタイミングでオーバーズも新人デビューだっけか

150：再生回数7743 ID:*******
小泉四谷って両方とも名字っぽいな
ヨツヤって書けば名前っぽくはあるが

151：再生回数7743 ID:*******
小泉八雲《こいずみやくも》と四谷怪談とかだったりしてな

152：再生回数7743 ID:*******
>>151
天才かお前

153：再生回数7743 ID:*******
四谷怪談はわかるけど小泉八雲って誰？

154：再生回数7743 ID:********
明治時代に日本国籍を取得したギリシア生まれの文学者だよ
代表作が『怪談』だから、たぶんそっち系じゃねーかな

155：再生回数7743 ID:********
なにそれこわい

156：再生回数7743 ID:********
シルエットも和装っぽいしそういう事なんだろうな
一方でユリアの方は正統派お嬢様って感じがする
人気出そう

157：再生回数7743 ID:********
ユニコーン湧きそうだなあ

158：再生回数7743 ID:********
まぁリバユニの男性陣、ユニコーンを踏み潰すドラゴンと淡々と狩るマシーンだから大丈夫だろ

159：再生回数7743 ID:********
確かにユニコーンとか厄介リスナーに萎えるようなタイプじゃないよな、全体的に陰とか陽とかじゃなくて、強って感じだもん

160：再生回数7743 ID:********
一度執事のとこに同接煽りが来た時に「我々は自己表現と自己実現の為にやっているから人数は

目的じゃない」って普通に返してたしな
　実際、リバユニ全員同接一ケタだろうと本気でやってそうな感じはある
161：再生回数7743 ID:*******
　Vになる以前に、それこそラッパーやバンドとか小劇団の俳優とかやってたとすれば客が少ない前での本番なんて経験もあるだろうしな
162：再生回数7743 ID:*******
　芸人のエピソードトークだと客0人ライブとかあるらしいからな……
　ぶっちゃけ配信なら数字でしか見えないけど、生の舞台に上がって客0人だったら心折れる自信あるわ
163：再生回数7743 ID:*******
　念のため前世探りはマナー違反だからやるんじゃないぞ
164：再生回数7743 ID:*******
　つっても、ステラも含め全員いわゆる元配信者系じゃないから探りようもないだろ
　キンメだけは事故みたいな形で身バレしたけど、逆に名義の一本化に成功した稀有《けう》な例だしなぁ
165：再生回数7743 ID:*******
　とりあえず新人さんが身バレだの問題行動だの起こさなきゃいいわ……
　推しだった箱がゴタつきまくってて最近リバユニに流れ着いた身としては落ち着いた空気に超癒される

166：再生回数7743 ID:*******
推しだった、っていう過去形から辛さが滲み出てるな……執事の雑談はマジで落ち着くからおすすめ
ステラは……初心者は歌動画から入った方がいい。配信で後輩への偏狂的な愛情語っててちょっと怖かった

167：再生回数7743 ID:*******
ステラ・フリークス、後輩とコラボしてから段々おかしくなってきてるよな
浮世離れした感じは前からあったけど、コラボ以降は正体不明のバケモノが人間に擬態してるような雰囲気を感じる……

168：再生回数7743 ID:*******
本当にコズミックホラーになってんのかねぇ

169：再生回数7743 ID:*******
一番の初見ホイホイがステラで、初見バイバイもステラなの草

170：再生回数7743 ID:*******
龍真&執事で定期ラジオ！
ttp://short-net-sign.com/Luna-Dora_Vtuber/************

171：再生回数7743 ID:*******
>>170

マジか！　こないだの執事凸待ち企画でも二人のトーク面白かったし期待しかないな

172：再生回数7743 ID:********
>お便りを募集しません。その場のノリで話します』

草

173：再生回数7743 ID:********
>『龍真・廻叉のライトヘビー級ラジオ』三日月龍真と正時廻叉が気軽に重い話をするラジオ番組です

どういうコンセプトなんだよ……

174：再生回数7743 ID:********
ttp://short-net-sign.com/True_Clock_ReU/**********
執事のSNSにも告知が来てたけど主なトークテーマがこれだぞ
>今後のリザードテイル及びRe:BIRTH UNIONについて
>Vtuber業界について出来るだけ真面目に語ろう
>正時廻叉が一人では解決できないと判断したお悩み相談メールを二人でなんとかする
>三日月龍真、○○○○回目の禁煙失敗についての謝罪会見

175：再生回数7743 ID:********
>>174
軽いノリで見れそうなの龍真の禁煙失敗会見だけじゃねぇか!!

176：再生回数7743 ID:*******
つーか、龍真喫煙者だったか
流石にweedはしてないとは思いたいが
177：再生回数7743 ID:*******
一度雑談配信で葉っぱ（意味深）の話を振られたけど「高ぇ」の一言で切って捨ててたぞ
あと「赤ラークの方が絶対に美味い」とも
178：再生回数7743 ID:*******
>>177
禁煙する気これっぽっちもねぇな龍真
つーか禁煙失敗回数四桁行ってて草
179：再生回数7743 ID:*******
何にせよ男性陣が積極的に動いてくれるのは業界全体の事考えてもいい事だと思う
とりあえずラジオが超楽しみだ
180：再生回数7743 ID:*******
下半期入ってから激動だなぁ、リバユニ

黒背景にそれぞれの立ち絵、その上に「L.H.R」という簡素な文字列が並んでいるだけのサムネイルを、三日月龍真から送り付けられた正時廻叉は、作業通話上とはいえ珍しく感情をあらわにした。

「……ハッ」

「鼻で笑った⁉」

先輩に対し非常に失礼な態度ではあったが、廻叉からすれば龍真が「俺が提案した企画だからサムネは俺が作る」と豪語しておいてのこれである以上、悪態の一つや二つは許されると考えたが故の嘲笑である。念のために作っておいた、もう少しラジオ番組らしいサムネイルを使う事も視野に入れつつ、大まかなタイムスケジュールを書いたテキストファイルを龍真に送る。

「基本的には時間もテーマも決まってないラジオですからね。というか、合間合間に曲を流す以外にラジオ要素無いですよね？」

「とはいえ、雑談配信で話すような事はしないけどな。文字通り、軽いノリで重い話しようぜ、って感じでさ」

「そもそも重い話を配信でして視聴者が喜ぶか、という問題もありますが」

廻叉の懸念は尤もなものであり、事務所からも了承こそ得ているが第一回の内容次第では打ち切りもあり得る、と通告を受けている。龍真の草案では炎上問題についても取り上げる予定があった事から、事務所側としても放任とはいかなかった。

「需要はあると思うけどな。全員が全員そうだとは言わねぇけど、去年の十月頃か？　Vtuberってジャンルが注目浴びて、数人から数十人、数百人数千人……こんだけ人数居て、真面目に語る事ってそれこそ企画としても単発だったり、雑談やゲーム配信の中での一部だったりするわけじゃねぇか。別に普通に語っていいんじゃねぇかな、って思ってな」

「まぁどうしても火種になりやすいですからね。特に、毎回配信の同時接続が四桁を超えるような人たちほど、そういう話がしにくいというのもわかります。人数が多ければ多いほど、発言に対する解釈の数も増えますし、言い方は悪いですが曲解する人もいるでしょうし」

実際にその手の発言をすることでリスナーの反発が起きたり、或いはリスナー同士での言い争いなどが発生した事例を二人は勿論知っている。発言が意図通りに伝わらないことなど、配信に限らず起こりうる事態ではある。だからと言って、避けるのは違う、と龍真は常々考えていた。

「ＨｉｐＨｏｐはリアルである事が大事だからな。俺らの存在なんて、ある意味ではフェイクだけど間違いなくリアルでもある。むしろ俺こそがリアルを発信し続けるべきだと思ったわけだ」

「それは……龍真さんらしくて、良い考えだと思います。ですが、私をサブＭＣに選んだ理由は？」

「正直、俺一人でやったら絶対に舌禍《ぜっか》起こすって思ったのが一つ。もう一つは、意見交換の形にした方がより深掘りできると思った。そうなると、感情を表に出さずに冷静に話し合える廻叉が適任だと思った」

「……そういう事なら、誠心誠意取り組ませていただきます」

そして、翌日。偶然か、それとも意図的かは不明だが、Re:BIRTH UNION三期生デビュー告知の直後に、初回の配信が行われた。

※※※

「Re:BIRTH UNION一期生、三日月龍真、MCネームはLuna-Doraです。えー、まずは一週間ぶり数千回目の禁煙に数時間で失敗した事を謝罪致します。理由としましては、食後のコーヒーを楽しんでいた所、ほぼ無意識のうちに煙草を咥え、着火しておりました。今後はこのような事が無いよう、気を付けて生活をしたいと思います。では、いただきます」

「ジッポライター用意してる時点でもう禁煙するつもり欠片も無いですね、貴方」

《草》

《初手喫煙で草》

《ジッポ良い音すんなぁ》

《二人ともただの平常運転じゃねぇか》

「改めまして、皆様こんばんは。Re:BIRTH UNION二期生、正時廻叉です。本日から開始の新企画、『龍真・廻叉のライトヘビー級ラジオ』。この番組は、ラジオでありながらお便りを募集せず我々が軽いノリで重い話をするという方々から心配しかされていない企画です」
「ラジオって形にしないと際限なく話せるタイプだからな、俺達。正直、楽しくない話題も普通にするから、そういうの苦手な人は今のうちにブラウザバックしてくれると助かる」

《重い話て》
《心配というか不安というか》
《執事のＳＮＳに載ってたトークテーマが割と不穏だったからなぁ》

「というわけで早速最初のテーマに参りましょう。こちらです」

『Re:BIRTH UNIONの今後について』

「とりあえず今日発表された三期生デビューについて、から話した方が良さそうだな。どうよ、廻叉。ついにお前さんも先輩だぜ？」
「そうですね……通話面談でお話だけはしているので、余計に感慨深いところはあります。どういう人物だったかは、デビュー配信までのお楽しみという事で伏せさせていただきますが」
「そこは勿論そうだな。ウチの事務所の公式サイトでシルエットと名前、簡単なプロフィールは見れるからよろしくな」

《三期生の話だ！》
《そういえば、この二人と白羽・キンメも面接官やってたんだっけか》
《現役のVtuberが面接官するって珍しいと思った》
《同僚になりえる相手を先に確認できるって意味では有効かも》
《SNSにもう石楠花ユリアガチ恋勢が居て草なんだ》

「コメントでもありました通り、我々Re:BIRTH UNIONのメンバーが面接に参加しておりました。とはいっても、決定権はありませんので皆様との話を通じて、弊社スタッフが判断するという形になっていましたね」

「俺らとしても初心に戻った気分だったな。そういえばあの時は緊張したな、とか色々。動画審査通っただけあって、レベルは高いと感じたけど廻叉的にはどうよ？」

「そうですね……端的に言うなら『リバユニじゃなくても大丈夫そうだな』という人と『動画では喋れていたけど、リアルタイムでの会話は苦手なのかもしれない』という人が結構な数いらっしゃったな、と」

「あー、台本キッチリ用意するタイプにありがちだよな、後者。俺は面接に関しては嘘さえ吐かなければいい、って思ってるけど、スタッフ的には色々見てるからな。実際、最近は動画勢よりも配信勢のが勢いがあるように感じる」

「私も動画作成は勉強中ですが、やはり慣れていないと時間がかかりますからね。極論、配信はノープランでもやろうと思えばやれる、という点が強みでしょうか」

《本当に真面目に語ってるな》

《リバユニじゃなくても大丈夫、って理由で落としてくるのヤバいな……》

《明確に欲しい人材がいるって事か》

《動画勢が配信でタジタジになってるのたまに見るわ》

《オーバーズ、にゅーろあたりかⅤ配信勢》

「ああ、そういえば最終選考の内容の緘口令が解除されたって知ってるか？」

「おや？　という事はもう次回からは別の形になるわけですか」

「それもあるし、今回受けた人数が多かったから情報が洩れる可能性も少し考えたらしい。で、最終選考を受けた人も含めての緘口令解除って訳だ。さぁ今まで謎に包まれていたRe:BIRTH UNION新人オーディションの最終選考の内容について、公表するぞー！」

《おおおおお》

《そういえば最終選考の内容ってマジで誰も漏らしてないんだよな》

《緘口令敷かれる面接って一体》

「我々Re:BIRTH UNIONの最終選考は、一言で言うなら『エア配信』です」

《?》
《よくわからない》
《どういう事だ……》

「ご説明いたします。審査員から『デビュー配信のつもりでパフォーマンスをしてください』と言われ、三十分から六十分の時間が与えられます。参加者は、各々パフォーマンスをします。以上です」

《!?!?!?!?!?》
《なんだそれ……なんだそれ……》
《しかもいきなりやれって言われるのか……》
《ド　ン　引　き》
《リバユニ頭おかしい》
《それを突破した一期~三期も大概頭おかしいと思う》

「俺はフリースタイルと元々作ってた曲やカバーをスマホで流しながら五十分くらいラップして合

格だったな。白羽はギターとアンプ持ち込んでリサイタルやったらしい」

「私は『役者を志す男が自身の演技力を見せる』という形で一人芝居を。覚えていた外郎売《ういろううり》はともかく、他の劇のセリフなどは流石にスマートフォンを使わせていただきましたが、なんとか出来るものですね。キンメさんはタブレット端末で絵を描きつつ、ほぼノンストップでトークをしていたそうです」

《見てぇ……！》
《全員今の活動に近い事やったんだな》
《これ、逆にゲーム実況とかで合格するの難しくない？》
《失敗したらトラウマだな……》

「そして三期生もこれを突破したわけだ。ハードル上げちまった俺らが言うのもアレだけど、面接官とスタッフ含めて四、五人の前でやるのと、パソコンの前でやるのとではまた勝手が違うから、温かい目で新人のデビュー配信は見てほしいとこだな」

「実際、私のデビュー配信は……今にして思いますが、他にもう少しやりようがあったかと」

「あー、他に話す事もないからって四十分くらいで切り上げたやつか。ある意味、お前らしくて良かったけどな」

《初動伸び悩んだ理由だよな》
《一部は「ふーん、面白ぇ男」ってなってドハマりしたけどな！　俺とか！》
《なおキンメはデビューで身バレ。そこから怒涛のトークで三時間という伝説》
《足して二で割りたい二期生》
「誰であれ初配信というのは緊張であったり気負いであったり、良くも悪くも自然体の自分を出せる人は滅多に居ません。そこを念頭に置いたうえで、石楠花ユリアさん、小泉四谷さんのデビュー日をお待ちください。我々も可能な限りサポートはさせていただきます」
《うん、俺が新人だったら執事頼るわ》
《あのとんでもなくヤベー最終選考を突破した奴らとかマジ楽しみだわ》
《その情報でリバユニ自体の見方がちょっと変わったままである》
《専門家の集まりだと思ってたんだけど狂信的求道者の集まりだったみたいな》
「なんか俺らの評価が上がってるんだか下がってるんだかわからなくなってきたな……」
「仕方ないでしょう。我々の尺度での普通がリスナーの皆様の尺度では異常という、ただそれだけの話です」
「分かるような分かんねぇような、って感じだな。最終選考だって、要するに自分が人生懸けてるモノ見せりゃいいだけの話だろ。俺にとってはラップで、廻叉にとっては演劇で」
《簡単そうに言うけど常人にはそれが難しいのよ……》
《人生オールイン出来る何かを持ってるのが少数派なんだよ龍真》
《そういうとこだぞリバユニ》

「そりゃ、普通の面接だと思ったらステラ様居るし、初配信のつもりで好きに動けって言われるし、正直に言えば混乱はしたけど。でもまぁ、俺のやれる事はラップだけだからな。初配信ならなおの事、俺の魅せるべきもん魅せなきゃ意味ねぇよって思ってやったわけだ」
「なるほど。私からすれば、六十分もの『単独公演の舞台』を与えられた事に内心狂喜乱舞しておりましたが」

《怖い》
《執事が芥川の『地獄変』読んだ時のような寒気がする》
《でもそういう奴らしか居ないからこそ惹かれるんだよなぁ》
《普通じゃない奴らが見たいからVtuberのファンになったままであるしな》
「なんだか喋れば喋るほど俺らが異常者扱いされている気がするんで次のネタ行こうぜ」

「そうですね。私は常人扱いされないのはデビュー時からですので気にしませんが」

《草》
《気にしてくれ》
《次はもうちょっと軽い話になってくれればいいな》

「という訳で、次のテーマはこちらです」

『最近増えたVtuber炎上沙汰についての所感』

《やめろお!!》
《申すな！　物を申すな!!》
《この異常者どもめ》
《Yeah!　じゃねぇんだよ龍真！！！》

「阿鼻叫喚とはまさにこの事ですね。しかし、対岸の火事と呼ぶには――あまりに、近い。故に、見て見ぬふりをする事は出来ません。私と龍真さんは批判も非難も覚悟の上です。巻き込むスタッフには陳謝致します。リスナーの皆様も、覚悟の上で御覧ください」

《ヒェ……》
《巻き込む気満々で草》
《なんか、執事今一瞬笑わなかった？　立ち絵の角度の問題？》
《やめて、そんな形で執事の感情が漏れるの見たくない》
《この度し難い異常者どもめ》
《本来なら暴言なのにただの正論になるの草》
《★丑倉白羽@RBU一期生：二人とも程々にねー》
《どうなっちまうんだ、一体……》
《白羽ァ！　身内だろ止めろ白羽ァ！！！》

「はっはっは、見ろ廻叉。コメント欄の加速具合がとんでもねぇぞ」

「そりゃ他所の炎上に口出そうとしてるのを見たら、善良なコメント欄の皆様は慌てますし、止めに掛かるでしょう。とはいえ、先程申し上げました通り対岸の火事として知らん顔をしていると、いざという時に困るのは我々です。私は私で、誤解されやすい振る舞いをしている自覚はあります。龍真さんも、ラップバトルで必要以上のディスをして燃える可能性だってあるでしょう？」

「うぐ……まぁ、参加者はディスりディスられには慣れてっけど、視聴者がそうとは限らねぇしなぁ。幸い今のところ苦情は来てねぇけど」

《あー、確かに二人とも燃える要素はあるわけか……》
《納得できるようなできないような》
《今この瞬間こそ炎上リスクがMAXになってんじゃねぇか？》
「実際、この界隈でも炎上自体は少なからず起きています。今年の初め頃ほどの最大瞬間風速は収まったものの、Vtuberというジャンルは今もネット上のムーブメントとして屈指の勢いがあるコンテンツとなっています。火種一つが大火災になってしまう事を我々はもっと自覚しなければならない、と私は思います」
「そりゃそうだ。むしろ炎上リスクを考えてないVtuberは居ないって思いたいけどな……正直、『桃源郷心中』の件に関しては当事者全員がその辺の理性を失ってたからな……」
《草……生やせるかぁ！》
《初手で地獄の扉開けるのやめーや》
《まとめwikiまで出来てる事件じゃねぇか……》
《知らないから知りたいけど知りたくない……》
《下手すると個人勢全員にダメージ入ったままである大事件だからな》

「ここからは非常に生々しい話にもなりますので、苦手な方は今のうちにミュートやブラウザを閉じる等の対策をお願いいたします。……今年の三月頃ですか、あれは。私がまだデビュー前……というか、龍真さんと白羽さんがデビューした直後くらいでしたか？」

「ああ、よく覚えてるわ……もう名前出しちまうか。桃瀬《ももせ》まゆ・源《みなもとの》・正影《まさかげ》・郷田《さとだ》エレンっていう三人の個人勢が居てな。ここに他五、六人くらいを足した多人数でよくゲーム実況コラボしてたんだよ。確か『バーチャル遊ぼう会』なんて名前だったかな。で、桃瀬と源がちょっと良い仲になってな……」

《うっわ、久々に聞いたわ……》

《正影なぁ……面白い奴だったんだが》

《当時の話されるの嫌がる個人勢も居るからみんな注意な》

《ラッパーVtuber・MC備前：どうも、他五、六人の一人です》

《遊ぼう会メンバー、今も活動してるのマジで少ないはず》

《当事者来ちゃったｗｗｗｗ》

「……備前、来たのか。あー、一応言っておくか。備前にはこのラジオ始まる前に『桃源郷の話して大丈夫か』は確認してある。ネットサイファーの時に当時の話をしてくれてて、今回の企画の前にも改めて話してもらってたからな」

「はい、打ち合わせの際に同席いただきました。その節はご協力、本当にありがとうございます」
《ラッパーVtuber・MC備前：いや、いい加減俺も吹っ切れたとこだし、業界内で教訓として役立ててくれるなら何よりだわ》
《聖人……！》
《備前ニキ登録してくる》
《備前さんの動画だとHipHop用語講座マジおススメ。めっちゃ面白かった》
《ラッパーVtuber・MC備前：みんなありがとう。愛してるぜ》

「備前さんが良い、と仰ったので話を続けますね。桃瀬さんと源さんが良い仲になったタイミングで新しくメンバーとして入って来たのが郷田さんでした。この時点では桃瀬さんも源さんも後輩として郷田さんに接していたのですが……」
「郷田がなぁ……よりによって、源に一番懐いちまったんだよな……で、問題が起きた。よりによって二月十四日に、だ」
《あっ（察し）》
《ラッパーVtuber・MC備前：このちょっと前に桃瀬と正影が付き合ってるって知ったんだよなあ。他の男どもが怨嗟の声を上げてるのを見て、俺は大爆笑してたが》

《いい性格してんな備前さんｗ》
《備前ニキ謎の余裕で草》
《バレンタインデーに修羅場は地獄すぎひん？》

「端的に言うと二股ですね。そこから関係性は一気に悪化。奇しくも三月十四日、お気持ち表明・謝罪文・個人情報の暴露が連続で発生するというこの世の地獄が発生しました。私は後から知りましたが、言葉が出ないとはまさにこの事でしたね」
「ちなみにこれ、当事者全員がそれぞれ一回以上ずつやってるからな。俺と白羽が三月一日デビューだから……二週間でこれが起きた訳だ。後から備前と知り合った時も、この時の事は中々聞けなかったな……界隈全体でタブー視された上に、男女コラボが激減した。特に男性Vtuberへの風当たりは目に見えて強くなったたな」

《地獄やん……》
《草も枯れ果てる不毛な争い》
《個人勢では最大の炎上だと思う》
《オーバーズですら男女コラボ自粛してたもんなぁ》
《ラッパーVtuber・MC備前：火遊びは怖いよな、って話よ。いろんな意味で》
《至近距離で見てた人が言うと笑っていいのか困るわ》

「これ以降ですかね、所謂ユニコーンと呼ばれる男性Vtuberを敵視する一部の過激派が生まれたのは」

「あー、明確にユニコーン呼ばわりされるようになったの最近だけどな。幸いウチの女性陣には誰一人いないけど。ウチの女性陣、瘴気が強すぎるんかね？」

「龍真さん？」

《おいwwwww》
《草》
《瘴気wwwwww》
《★丑倉白羽@RBU一期生：覚えてろよお前》
《ヒエ……》
《さっき白羽がコメントしてたのに何故言ってしまうのか》
《これはギターで殴られるやーつ》

「不適切な発言がありました事を謝罪致します。龍真さんは後日何らかの報いを受ける事になるでしょう。さて、色恋沙汰というのは往々にして理性よりも感情が上回ってしまうものです。とはいえ、あらゆる漫画・アニメ・映画、あるいは楽曲でも恋愛というのは切り離せないものでもあります。Vtuberが恋愛をするなとは、私は思いません」

《報いて》

《あー、演劇やる側からしたら恋愛をテーマにした話なんて山ほどあるもんなぁ》

《でもなぁ……推しに彼氏できたら冷静で居られない気がするわ》

《攻めた事言うなあ》

「そうですね、敢えて強い言葉を使うならば……『恋愛をするなら本気でやれ。視聴者から応援されるくらいの本気の恋愛をしろ』とだけ」

《ヒッ……》

《急に朗読モード入るな心臓止まっただろ》

《これが演劇ガチ勢……！》

《心臓止まったニキは早くＡＤＡして》

《ＡＥＤだろ。なんだ、アダって》

「ぶっちゃけ俺ら恋愛してる余裕なんてあんのか、って話だしなぁ。日々の活動だけで手が足りてねぇのにな」

「まぁその辺は人生と運命の転がり方次第、という事で。次は……『プリンセスラウンジ』の運営による不手際ですか。運営が極めて恣意的に所属タレントへの対応を変えていた、というのが内部告発された件ですね」

《あ、そっちも触れるんだ……》
《度を越した依怙贔屓と脅迫じみた口止めだっけか》
《推しが居た（過去形）》
《過去形ニキ元気出して》

「正直この件に関しては告発側が問答無用で弁護士通したのが驚きましたね。過去にも企業個人問わず告発はありましたが、SNS上やTryTubeでの動画や配信を通じての物が大半でしたし、場合によってはゴシップ系配信者に情報を横流しするという悪手を打ってしまった方もいらっしゃいますし」

「あー、例のアイツとかか。こないだ『ステラ・フリークス、後輩への様付け強要、パワハラ疑惑！』とかいう配信やってたよな。ビックリするほど嘘しか言ってなくて大爆笑したわ」

「何をやっているんですか、あなたは」

「正直痛くない腹探られたところで、くすぐったくて笑うしかできねぇじゃん？」

「そこはその通りではあるんですが」

《龍真何見てんだよ再生数に貢献すんなよ》
《草》
《図太いにも程がある》
《アレで登録者数一万行ってるのが腹立つというか》
《残念ながら需要はあるからな……》

「少なくとも我々の運営は健全というか、個人の好みで扱いが変わるという事はないと思います。ステラ様が最優先なのは当然ですし、実際私なんて彼女の五パーセント未満ですからね。登録者数」

「俺もようやく一万千だしなぁ。曲出すたびに伸びてくれるのは本当にありがたい。この状態でステラ様蔑ろにして俺らに力入れたら外でもない俺らがキレるっつの」

「私たちの事を『星に巣くう寄生虫』と呼ぶ方もいるみたいですが、考えてごらんなさい。星に巣くえる時点でその寄生虫のサイズは龍です。我々、知らぬ間にドラゴンだったようです」

《リバユニはその手の揉め事と無縁よな》
《全体的に大人だしな。大人げないけど》
《うーむ、なんだろうこの『歯車の噛み合ってる独裁』感》
《執事、その反論はおかしい》

《無感情モードでトンチキな事言い出すの腹筋に悪い》
《草》
「あとアレだ。寄生されたまま喰われるようなステラ様じゃねぇって。むしろ俺らが捕らわれてるまである」
「そこは同意します。信者と揶揄される事も多々ありますが、そこは否定しようのないただの事実ですし」

《ええ……》
《こいつら隙あらばステラ信者アピールするな……》
《リバユニがステラ強火担しかいないからしゃーない》
「というわけで、弊社に関してはその手の炎上はおそらく無いと思います。迂闊な発言等さえなければ」
「舌禍ばっかりは防ぎようがねぇからな……」
「何度も言いますが、炎上は対岸の火事ではないという事を我々は肝に銘じて活動しなくてはいけない、という事です。それではここで一曲」
「よっし、そんじゃあ最初の曲はステラ・フリークス最新オリジナル曲『Warning《ワーニング》』！」

《ノリは軽いけど危機感は伝わった》
《ここで何故曲⁉》
《そういえばラジオだった》
《図ったようにタイトルが Warning なの草》

※※※

数週間後に控えた初配信を前に、三摺木弓奈は先輩二人のラジオ配信を聞きながら運営から配送された配信用ツールのマニュアルを読み込んでいた。ツール、とは言っても専用アプリの入ったスマートフォンと、その周辺機器だったので、基本的な使い方は私用のスマートフォンと然程変わりはない。パソコンと連動させる事で、画面上に表示させるように設定すればいいだけだ。

合格者発表の数日後には両親と共に再度事務所に来てほしい旨を伝えられ、契約書及び保護者同意書の取り交わしと共に簡単な講習を受けた。その際にスタッフとの DirecTalker のフレンド登録を行い、自宅からでも質問が出来る環境になったのは彼女にとってはありがたい事だった。パソコン周りの事はある程度までは兄による指導があったので大丈夫だが、配信ソフトや専用アプリに関しては家族に聞いても意味がない。

実際に、練習として現在もそのアプリを起動させている。龍真と廻叉の配信を流しているモニターとは別のモニターには、その姿が映っている。

「……こんにちは、石楠花ユリアです」

薄紫色の長い髪の少女が、自分が喋る動きに同期して口元を動かした。華美ではないが品のあるワンピースに、帽子を被った美しい少女が——自分の新しい姿だとは、まだ思えなかった。

「ねぇ、貴女は、私でいい……？」

未成年である為、事務所に同席して説明を受けた両親もこの姿を、『石楠花ユリア』の姿を知っている。父はその技術に感心し、母は「少し弓奈の面影がある」と評した。スタッフ曰く、最終面接が終わり合格者が決まった直後から石楠花ユリア、そして小泉四谷の配信用2Dモデルの作成に取り掛かったとの事だった。目に隈を作り、どこか窶《やつ》れながらも晴れ晴れと笑うスタッフの姿を見て弓奈は引き攣った笑みを浮かべてしまった事を今更ながらに後悔する。

「凄いね、廻叉さんも、龍真さんも。すごく生き生きしてる。……廻叉さんでも対応できない悩みってあるんだ……」

今まで何気なく見てきた配信、廻叉・龍真の2Dモデルが全く違うものに見える。ぎこちなく画面上で動く石楠花ユリアとは、全く違うとわかる。二人の会話に呼応するように、ちょっとした体の動きや表情の変化を起こし、それが今この場で話している姿を映し出しているように思えた。

『いやもう債務整理の話を何故私に投げたのか理解に苦しみます』

『怖ぇよ!!　なんでお前のとこのリスナー、外貨為替失敗した人からメールが来るんだよ！　どういう層のファン抱えてるんだお前!!』

『私が聞きたいですよ、そんなの。えー、ラジオネーム『誰にも言えない』さん。先ほどの話じゃありませんが私ではなく弁護士に相談してください本当に。あと親や配偶者にはすぐに言いなさい、手遅れになる前に』

当の二人は廻叉のところに来たが扱いに困ったメールを二人掛かりで処理しようとして、失敗したところだった。なお、メールの内容はＦＸの失敗で数千万円単位の借金を背負った男性からの悲痛極まりない相談であった。

「あ、あはは……債務整理ってなんだろうね、お父さんに聞けばわかるかな？」

廻叉の呆れ声と龍真の勢いしかないツッコミに思わず苦笑いを浮かべれば、弓奈と同じようにユリアもどこか困ったような笑みを浮かべていた。弓奈は、少しだけ石楠花ユリアに近付けたように思えた。

そして、三摺木弓奈は石楠花ユリアとして配信デビュー日《生まれ変わる日》を迎える。

※※※

桧田圭祐。二十二歳の大学生二年生。浪人生活の間、息抜きのつもりで始めた動画作成にハマり、音声ソフトを使ったゲーム実況動画を文福茶釜という名義で投稿していた経歴を持っている。再生数や支持者は得たが、彼はトップに立つ事は出来なかった。それ自体は彼自身は気にした事はない。だが、一方で本来の自分をどこか抑えつけている、という自覚はあった。

「生まれ変わるって、いい気分だな。なぁ、君もそう思うだろ、四谷くん」

画面上の配信用２Ｄモデルがニコニコと微笑む。和装に茶色の髪、そして何より特徴的なのは狐面を模したメイクだ。２Ｄモデルをデザインしたイラストレーターが遊び心として書き加えたオプションだが、これを見た時に彼は運命を感じた。自身のやりたい事と、それを表現する姿としてこれ以上の物はないと感じたほどだ。

「ああ、楽しみだなぁ。早く時間が過ぎないかなぁ……」

画面右下へと視線を向ける。カレンダーの日付は九月三十日、現在の時刻は二十時五十一分。Re:BIRTH UNION三期生、小泉四谷デビュー配信まで、残り十分を切ったところだった。

※※※

DirecTalker上、『リバユニ三期の初配信を見守る先輩たちの会』と銘打たれた会話ルームには、一期生・二期生の計四人が既にスタンバイしていた。二期生デビュー時に一期生二人が見守りながら話す為に会話ルームを作った事から、今回も同様に見守り部屋を作ろうと提案したのは丑倉白羽だった。この提案は全会一致であっさりと可決され、配信開始十分前の時点で既に大盛り上がりだった。

「小泉四谷さんって、通話面接の最初に来た人だよね？　動画作成やってた、っていう人」

「だな。理路整然と、分かりやすく人に伝える喋り方が出来るって話だったが……どうも、最終面接でハジけたらしくてな」

「えええ⁉」

キンメの問いに龍真が答える。通話面接の際に声質や喋り方などは把握していたが、最終面接での『エア配信』の内容までは知らなかった。むしろ、龍真が知っている事に驚いたようにキンメは驚きの声を上げた。

「別件で佐伯さんと話す機会があってな。その時に最終面接がどんな感じだったかチラッと聞いたんだよ。通話面接の時の印象のまま純粋に力を発揮したのがユリアで、全く別の顔を見せたのが四谷だった、ってさ」

「意外ですね……どういう形でハジけたのかまでは聞いてないですか？」

「なんだろうな……あの伝わりやすい話し方を、ある意味ではフル活用したとは聞いたんだが、後は初配信でのお楽しみだってさ」

「うーむ、やっぱりリバユニは普通の人は来ないのかなぁ、丑倉以外」

「白羽さん、さりげなく自分を普通のカテゴリーに入れないでください。貴女もまぁまぁ常識外れです」

結局、小泉四谷が見せた別の顔については何一つわからないまま、時刻は淡々と進んでいった。

そして、時刻は二十一時となり、待機中だった小泉四谷の配信が開始された。

※※※

まず、最初に映ったのは蝋燭の炎だった。そして僅かな風の音だけが響いている。そこに、青年の声が響く。

「ようこそ。現実と電脳の狭間へ」

画面に砂嵐とノイズが走る。その蝋燭が映る時間が段々と短くなり、和装に茶髪の青年が映り込んだ。口元だけを弧状に歪ませた笑みを浮かべ、画面の向こう側を見据える。
「僕の名前は小泉四谷。何処にでも居て、何処にも居ない普通の男だよ。ああ、でも……人よりちょっとだけ怖い話が好きなんだ。幽霊だけじゃない、怪物も、呪いも、都市伝説も、古い伝承も、神話も、なんでもだ。ああ、そうだ。一番身近で一番恐ろしい、人間の話も大好きなんだよ」
張り付けたような笑みを浮かべながら青年は燥《はしゃ》いだような声で語り掛ける。コメント欄はその青年の外見と、口調と、その話している内容との乖離からか混乱と困惑の渦に叩き込まれていた。
「そう、例えば、今、目の前に居る君達のような人間が――」
画面は砂嵐で埋め尽くされる。そして、ザッピングをするように様々な画像が入り交じる。
太陽の見えない曇りの日の海
廃道
古い教会
朽ちた日本家屋《かおく》
月と地球
殺人事件を報道する新聞の紙面
ピラミッド
風神雷神図屛風
オッドアイの猫

Re:BIRTH UNIONのロゴ
花と蝶
割れた皿
経文
能面
狛犬
狐面を模した化粧を施された青年――
『小泉四谷』
黒い画面に真っ赤な文字で記されたその名前で、ＯＰ動画は締められていた。

※※※

「……これ、動画だよな？　四谷が作ったっていう」

「……すいません、ちょっとまだ耳がやられてます」

「ご、ごめんて、廻叉くん……だ、だって怖かったんだって……」

「キンメちゃんの絶叫久々に聞いたなぁ、丑倉も耳キーンってなってる」

ホラー要素の高い演出にキンメが悲鳴を上げ、結果的に鼓膜をやられた廻叉と白羽が大ダメージを負っており、龍真の質問は一時的に宙に浮いた。しかし、数秒もすれば麻痺していた聴覚も戻ってきており、改めて今の映像について四人は語り合う。

「確か彼はゲーム実況動画の経験者でしたか。ここまで毛色の違う物も作れるんですね。正直驚きました」

「通話面接の時と大分印象違うよね……でも、こっちの方が素っぽい感じがする」

「だな……真っ当な常識人タイプだと思ったら、ここまでハジけるタイプだったかぁ……」

「編集技術もだけど、BGMやSEの選択が絶妙だね。センスいいと思う」

少なくとも、このインパクトの大きい開幕はリスナーだけでなく同事務所の先輩たちにも小泉四谷の存在を強く刻み付けた様子だった。

※※※

画面が切り替わり、薄暗い和室の背景にコメント欄と小泉四谷の立ち絵が表示された。狐面メイクの無い、通常仕様の物だった。
「というわけで、OP動画を見ていただきました。改めて自己紹介しますね。Re:BIRTH UNION三期生、オカルトマニアの和装男子、小泉四谷です。趣味はオカルト全般、特技は動画編集。さっきのOP動画も、僕が作りました。結構、凝ってたでしょ？」
《凝ってたっていうか怖かった》
《こいつはとんでもねぇ男が入って来たもんだぜ……》
《最後のメイク付きの立ち絵で悲鳴上げたわ》

《超ビビった》
《動画作成勢か！》
《これは期待の新人》
コメント欄の勢いはかなりの速度ではあったが、目で追う限り好意的な印象が多いようだった。
四谷は満足そうに頷くと、今後の抱負を語る。
「まぁでも動画作成の経験はあっても、配信の経験は全くないので色々面倒を掛けるかもしれませんが、迷惑は掛けないように頑張ります。今後の活動は、オカルトトーク配信だったり、動画作成のコツを語ってみたり、ホラーゲームをやったり、ホラーゲームをやったり、ホラーゲームをやったりすると思います」
《草》
《ホラゲーばっかじゃねぇか！》
《これはオカルトマニアですわ……》
《怖がるとかじゃなくて、その手の怪奇が大好き系の方なのか》
《黒魔術とかやってそう》
「あ、黒魔術はやったことないですけど、藁人形や紙人形は作った事あるよ。後は呪うだけって状態ではあるんだけど、幸か不幸か呪いたいほど憎い相手は居ないから安心しようね。ただし迷惑行為を働くリスナーさんは頑張って呪うね」

朗らかに言い切ると同時に、再びコメント欄が阿鼻叫喚の地獄絵図と化す。この僅かな時間で、『小泉四谷ならやりかねない』という共通認識が生まれていた。

「それはさて置き、僕自身の事は追々知っていってもらいたいなって思います。という訳でホラゲーやりまーす！」

《置　く　な》
《やっぱヤベー奴じゃねぇか！》
《これでユリアちゃんが真っ当な子である事を祈るしかなくなったな》
《Vtuberの世界に度し難い狂人がまた一人生まれてしまった》
《初配信開始五分でホラゲーを始めるオカルトマニアの鑑》

※※※

「ごめん、悲鳴上げると思うからミュートするね」

ホラー耐性皆無のキンメが作業部屋内での反応を消す。苦手でありながらも、後輩の初配信は見守るという気概に他の三人が感動するが、配信画面上でケタケタと笑いつつオカルトの衒学《げんがく》趣味を発揮して語り散らかす小泉四谷の姿を見て冷静になった。

「通話面接の際に褒めた理路整然とした解説がこんな形で発揮されるとは、この私も予想できませんでした。最終面接で何があったんでしょうね、彼」

「九割方ステラ様が何か言ったんじゃない？」

「だろうな……まぁ、いずれ俺らも知れるだろ。すげぇな、ホラーゲームプレイしながら実況解説しつつ、ＳＥ入れてるぞ。ホラゲーにレゲエホーン鳴らすと無駄に面白いな」

※※※

ノベルタイプのホラーゲームの第一章が丁度終わるタイミングで、配信開始から五十分が過ぎていた。この後に同期の配信が控えているという事もあり、小泉四谷は名残惜しそうに終了の挨拶を始めた。
「この後は、僕の同期の石楠花ユリアさんが初配信です。僕はこの世界に飛び込む時に真っ当じゃなくなってしまいましたが、彼女はそんな子ではないと思います。打ち合わせでお話ししただけですが、応援したいと素直に思える子です。ユリアさん、大丈夫だよ、頑張って」
《ハードルを上げたのか下げたのか》
《真っ当じゃない認識をしてて助かる》
《デビュー配信で終末論語るとか前代未聞だろ》
《趣味と話が合いそうなので推すね》

《アレだよ、スイカに塩振ると甘みが引き立つみたいな効果を四谷くんは狙ったんだよ》
《スイカに岩塩を塊でぶち込んだようにしか見えないんだが》
《今後に期待込みでチャンネル登録。同期を気遣える良い奴やんけ》

「そんな訳で、丑三つ時か黄昏時か逢魔が時にまたお会いしましょう。小泉四谷でした」

《縁起悪い時間帯ばっかで草》
《刺さる人には無茶苦茶刺さるタイプだな、こいつ》

※※※

同期の小泉四谷のデビュー配信が終了すると同時に、石楠花ユリアこと三摺木弓奈は手の震えを必死に抑えていた。限定公開でのリハーサルも何度もしてきた。機材との接続も、既に十回以上は確認している。後は、自分が意を決して配信開始ボタンをクリックするだけだった。

「小泉さんは大丈夫って言ってくれた。スタッフさんも見てくれている。先輩たちも、廻叉さんも見てくれてる。だから、後は私次第。私次第。私次第……！」

目の前にはパソコン用のキーボードとは別に、楽器のキーボードが置いてある。何年も使ってきた、自分の手に馴染んだものだ。何を弾くかも決めてある。練習も散々してきた。後は、一番信じる事の出来ない自分を信じる事だけだ。マイクがまだミュートになっていることを確認し、画面上で微笑む薄紫色の髪の少女と視線を合わせる。

「大丈夫、三摺木弓奈に出来なくても、石楠花ユリアは出来る。私は三摺木弓奈は信じられなくても、石楠花ユリアを信じてる。だから、大丈夫」

自己暗示を掛けるように、何度も何度も大丈夫と繰り返す。時刻は、丁度二十二時となった。

「生まれ変われ、自分」

三摺木弓奈が配信開始ボタンをクリックすると同時に、彼女は石楠花ユリアになった。

※※※

DirecTalker上、『リバユニ三期の初配信を見守る先輩たちの会』はRe:BIRTH UNION所属の四人が集まっているにもかかわらず、一切の会話が無かった。ネット回線を通して、それぞれの放つ緊張感が綯交《ないま》ぜになったような空気と、沈黙が支配している。理由は、この後二十二時から始まる石楠花ユリアの初配信が理由だった。

小泉四谷の初配信は、いささか予想外な展開ではあったが終始安心して見られていた。元々動画投稿者という来歴もあり、少なくとも『インターネット文化における立ち振る舞い』という点では、一期生や二期生よりも慣れているのが配信内でのトークなどからも見て取れた。軽妙に語られるオカルトや都市伝説、スピリチュアル系の話は内容こそ不穏ではあるが、それらの素養が無い人物にもある程度理解できて、ある程度理解できないという、ある種の理想的な状況に落とし込んだ。元々の説明の上手さや語りの丁寧さが、話す内容の奇抜さを大きくフォローしている好例と言えた。

一方の石楠花ユリアは動画投稿や配信の経験者ではない。それだけでなく、そもそもの社会経験が著しく少ない。高校も不登校――そして自主退学している。勉強は彼女の兄や、その恋人が家庭教師として教えてくれていたとは本人の弁だが、それでも極めて閉ざされた環境に居た事は確かだ。そして、彼女が心を折られ、閉ざしたのは不特定多数の心無い言葉だ。何かあれば学校とは比べ物にならない数のそれが襲ってくる世界に、彼女は飛び込もうとしている。

「時間、だね」

白羽が告げる。待機状態だった配信画面が動き出すが、所謂『蓋絵』と言われる画面のままだ。コメント欄の加速が著しい。比べるべきではないが、彼女の同期である小泉四谷よりも既に同時接続者数が上回っている。正確に言うならば、Re:BIRTH UNIONとしてデビューした中で、最も人が集まっている。

「同接千人超えたな……お嬢、大丈夫かね」

「大丈夫です。ユリアさんなら」

「廻叉くんは彼女の事を推して……いや、買ってるって言った方が正しいね」

「……そうですね。ユリアさんの心の強さを、信じています」

「丑倉これ知ってる。最近話題のてぇてぇってやつだ」

「白羽、混ぜっ返すな。大体、そのフレーズで言うには、お嬢と執事の二人の間にあるモンが重すぎるぞ」

配信未経験者という事もあり、開始予定時刻から数分経っても石楠花ユリアは姿を現さない。緊張感を紛らわすように会話を続けるが、それぞれがどこか上の空だ。配信画面を見る事に脳のリソースを割いているのか、全員声に抑揚が全くない。数分前まではSNSで四谷へと労いの文章を送ったりしていたが、時刻が二十二時になってからは、完全に石楠花ユリアを見守る事に全神経を集中している様子だった。

「っ、始まった！」

キンメが声を上げると、四人は図ったように黙り込んだ。

※※※

Vtuberが用いる配信用2Dモデルは『立ち絵』と呼ばれる事が多いが、石楠花ユリアのそれは『座り絵』とでも言うべきデザインだった。バストアップシルエットでは薄らとしか見えていなかったシンプルなワンピースと、薄紫色の髪、そしてピアノ用の背もたれの無い椅子に腰を下ろしている姿が配信画面上に映る。デザイナーの好意で追加されたオプションのピアノも用意されていた。ゆらゆらと体を揺らし、微笑んでいる少女の姿に、コメント欄が加速した。

《来たー！！！》

《可愛い!!》

《清楚だ……お嬢様だ……》

《ついにリバユニにも清楚枠が……！》

《座ってるの珍しいけど似合ってる》
《ピアノ⁉》
《三期生めっちゃ力入れてるなリザードテイル》
《声出てないけどマイクミュートになってる？　大丈夫？》
ユリアは一切声を出さず、目を閉じる。同時に、ピアノの音色が響く。
《初手生演奏⁉》
《自己紹介の前にいきなり演奏とは恐れ入る》
《クラシックだ》
《素敵》
《初配信一発目でやる曲じゃなくて草》
その曲は、有名なクラシックだった。誰もが、どこかで一度は耳にしたことのある楽曲だった。『ピアノの詩人』とも呼ばれる、フレデリック・ショパンによる『練習曲作品10－3』を、彼女は弾いていた。だが、その名前ではなく別の名前で知られている曲だった。
《初配信の初手で「別れの曲」⁉》

《え、引退……？》
《やめないで》
《でも超上手ぇ……》

彼女が弾いているのは『別れの曲』というタイトルで知られている曲だった。少なくとも、デビュー配信の、それも最初の一曲として演奏するには不適切な楽曲だ。コメント欄は困惑しつつも、その演奏技術に舌を巻くようなコメントが混在し、同接者数が多い事も相まって一種の混乱状態に陥っていた。当のユリアはおよそ五分の演奏の間、一声も放つことはなかった。

《8888888》
《ピアノガチ勢だ……》
《うまいけど、マジで何故別れの曲なんだ……》

「……今までの私に、別れを告げました。初めまして。Re:BIRTH UNION三期生の、石楠花ユリアです」
演奏が終わり、コメント欄が少し落ち着いたタイミングで、ユリアが視聴者へ向けて名を名乗る。飾り気のない、大人しい印象を与える声だった。

《声カワイイ！》
《いきなりエモい事を仰る》
《はじめましてー！》
《あ、好き》
《もう好き》

「わ、コメントが……凄い、たくさんの人が来てくれたんですね。ありがとうございます。……私、ピアノくらいしか自信が無くて、こんなにたくさんの人が集まってくれているのを見て、ちゃんと話せないかもって思ったんです」

《そんなことないよ喋れてるよ》
《自信なさそうなの可愛い》
《守護《まも》らねばならぬ》
《これが……父性本能……!!》
《今の生演奏？　録音とかじゃなくて？》
《自信もっていい腕前に聴こえたけどな》
《中盤のテンポ上がるところでちょっとだけミスってたし、テンポが少し走ってたから生演奏だと思う》

《ピアノ有識者ニキネキ解説助かる》

コメント欄は極めて好意的な反応が多いが、ユリアは薄く微笑む。その微笑みが苦笑いであることは、幸か不幸かリスナーには伝わっては居なかった。

「千人以上の人の前でいきなり話そうとしたら、きっとぐちゃぐちゃになっちゃう気がして。最初に、その、たくさん練習した事のあるこの曲を弾きました。えっと、最初に言った通り、今までのダメな自分とお別れして、Vtuberとして、石楠花ユリアとして、皆さんに出会いたいって思ったんです」

緊張のせいか、どこか拙く、間の多い話し方ではあった。同期である四谷の異様なまでに流暢で軽妙なトークとは、ある意味では真逆だったが彼女らしさという点では正しかった。そして、ネガティブさと前向きな姿勢が掻き混ぜられたような内容も、視聴者はポジティブに受け止めた。

「あの……同期の小泉さんみたいに、ハッシュタグやファンネームも決めたいと思うんですけど、それ以上に、私のピアノを、その、たくさん聴いてほしいって思ってます。弾いてる間は、あまりお話し出来ないですけど、今から二曲くらい、弾いてもいいですか？　そんなに長くないと思います……けど、大丈夫かな……？」

《もっと聞きたい！》

《ピアノそこ代われ》

《幸せにしなきゃ（決意）》
《なんだろう、この気持ちは間違いなくガチ恋なのに「彼女を幸せに出来るのは俺じゃない」って感じてる俺も居る……》
《拗らせニキしっかりしろ傷は深いぞ》
《清らか過ぎてユニコーンが浄化されている……》
《この界隈のユニコーンは清らかじゃないからしゃーない》

「ありがとうございます。それじゃあ、次も有名なクラシックと……Ｊ‐ＰＯＰのインストカバーを。それぞれ、歌はないですけど、聴いてください」

※※※

「ド頭に別れの曲を持ってくるセンスよ……！」

「たぶん練習量が一番多いってのも本当なんだろうね……」

龍真とキンメがほぼ同じタイミングで感嘆の声を上げた。配信未経験者特有の失敗もなく、練習と準備を積み重ねてきた事が、開始十数分で既に伝わっている。二人の声色も、どこか安心したような雰囲気だった。

「次はカノンだね。丑倉のカノンロックとコラボとかしたいなー。……うん、彼女のピアノは優しいね」

「奇を衒わず、真っ直ぐに自分の得意な物を見せようという姿勢もリスナーさん達に伝わっているようで何よりです」

二曲目もクラシック、それも王道中の王道と言える『パッヘルベルのカノン』だった。技巧を見せ付けるでもなく、熱情を込めて暴れるわけでもなく、真摯に楽曲と向き合うような丁寧な演奏に廻叉と白羽も言葉少なに褒める。そのまま三曲目へと流れるように移行する。男性ソロシンガーの大ヒット曲のピアノ独奏アレンジだった。Ｊ‐ＰＯＰというにはやや複雑なフレーズやコードが頻発する楽曲ではあったが、焦ることなく落ち着いて完走してみせた。

「……いやー、いいね。四谷もお嬢も、それぞれすげぇわ、うん」

「誇らしい後輩達だと思います」

龍真が感心したように漏らせば、廻叉も同調する。配信に見入っているのか、黙ったままの白羽やキンメも同じ気持ちだろう、と廻叉は思う。ハッシュタグやファンネームを決めるためにコメント欄と四苦八苦しながらコミュニケーションを取ろうとする様は、やはりまだ配信慣れしていない部分が出ているが、いずれ慣れてくれるだろうと思っている。そして、配信終了予定まで、残り十分となった。

※※※

配信画面にはリスナーとの相談で決めた配信用ハッシュタグや、ファンネーム、ファンアート用タグなどが書き連ねられていた。所々、改行がおかしくなっている部分はあるが、そこはまぁご愛嬌だろう。
「えっと、もうそろそろお別れの時間です。これからも、ピアノを弾く配信をしたり、あとは、ゲームも少しやってみたいなって思ってます。今日、来てくれた皆さんも、また来てくれると嬉しいです」

《絶対来る》
《ゲーム実況楽しみ》
《四谷のインパクトに負けない素敵な子が入ったなぁ》
《初々しい……これが清楚……》
《俺達が今まで清楚と呼んでいたものはなんだったのか》
「それじゃあ、最後にもう一曲だけ弾いてもいいですか？」
その言葉に、コメント欄が再加速する。

《もちろん！》
《アンコール！　アンコール！》
《聴いてて落ち着くユリア嬢のピアノすき》
《ユリアのピアノはいずれ万病に効くようになる》

《腱鞘炎に気を付けて毎秒演奏して（はぁと）》

「わ、コメントが凄い……えっと、この曲は、ボカロの曲です。発表されたのは、私がまだ小さいころで、知ったのは最近です。私が社会に馴染めずに、自分の家に引きこもってしまった時に知った曲です。そのころ、何もしたくなくて、食事も殆ど取れなくて、勿論ピアノなんて弾けなくて……家族に、ずっと迷惑を掛けていました」

《あ、重い……》

《そういえば公式で引きこもりだったな、このお嬢様》

「まるで、自分の事を歌っているんじゃないか、って思えて。弱いだけの自分が、私は大嫌いでした。でも、この曲を聴いて、またピアノを弾いてみたいって、この曲を弾きたい、歌いたいって思いました。そこから、色んな曲を知りたくなって、インターネットで色んな歌を見て回りました。そして、ステラ・フリークスさんの歌に出会いました。三日月龍真さんのラップや、丑倉白羽さんのギターで、知らない音楽を知りました」

《もう泣ける》

《エモい……》

《もう最終回じゃんこんなの……》
《オッサンくらいの年になるとこういうのに弱いんだよ泣いちゃう》
「魚住キンメさんのイラストや、正時廻叉さんの朗読で、人前で表現する事への熱意を知りました。そして、私は――生まれ変わろう、って思ったんです。だから、最初に別れの曲を弾きました。そして、今日ここに来てくれた皆さんに、Re:BIRTH UNIONの皆さんに、バーチャルの世界に生きている皆さんに、そしてVtuberとして生まれ変わった石楠花ユリアに、この曲を歌いたいと思います。聴いてください――」

ピアノの伴奏が始まり、それに合わせるようにしてユリアは歌い始めた。歌詞の内容は、自分の弱さを嫌い、嘆き、それでも憧れへと手を伸ばし、歩き始める少女の歌だった。誰かの為の応援歌ではなく、弱さに負けそうな自分への応援歌。
練習を重ねたとはいえ、初めての配信での生演奏での弾き語りということもあり、少なからずミスも詰まるところもあった。それでも、懸命に歌う姿に、視聴者はただ見守り、成功を祈るようなコメントばかりが連なっていた。最後の歌詞を声に出す時、自然とユリアの手は止まっていた。この歌詞が、この言葉があったからこそ、彼女はこの曲を披露することを選んだ。目の前のマイクに、そしてその向こうに居る視聴者へ、同じように見守ってくれている憧れた人へと向けて歌った。

『また産声上げた心が叫ぶの、私はいまだ始まってないの』

『よろめきながら転びかけながら、憧れを追って歩き始めた』

『我儘だってわかっているけど、貴方の背中についていきたい』

『裸足のままでいつか追い付いて、笑顔で貴方に言うの「ありがとう」』

※※※

配信終了後、DirecTalkerの見守り部屋からは女性の泣き声だけが響いていた。表面上は平静を装っているのは廻叉と龍真だけだったが、廻叉は一瞬嗚咽を漏らした直後、早々にマイクをミュートにしていた。龍真は浸るように黙っていたし、残りの二人は最早大号泣であった。基本的に音楽やイラスト、演劇など感受性が重要となるジャンルに血道をあげている四人であるため、石楠花ユリアの歌と演奏が感性と感情の深いところにまで刺さった様子だった。そもそも、自分達の名前を出して彼女を形成する一助となった事を告げられた時点で、キンメと白羽は既に涙腺の堤防を決壊させきっていた。

「歌もね、ピアノもね、拙いんだ……たぶん、弾き語りなんてやったことないんだよ、ユリアちゃん……でも、今日の為にきっと練習してくれたんだよ……」

「選曲がズルいよぉ……ユリアちゃんのバックボーン知ってたら、知っててあの曲聴いたら、もうダメだよぉ……」

白羽とキンメが泣き声でグチャグチャになりながらも、ひたすらにユリアの歌と演奏を褒め称え

る。廻叉は未だにミュートのままだった。

「……Vtuberって『魂』ってよく言うけど、アレはある意味真理だなって思ったな。お嬢も四谷も、自分の魂を包み隠さず見せてくれたって感じがする。俺、デビュー配信の時はそこまでやれてなかったかもしれねぇわ。……廻叉ぁ、たぶんお嬢絡みだとお前が一番深い所にブッ刺さってるだろ？　今日のところはそのまま退室しとけ。落ち着いてから、お嬢に労いの言葉掛けてやんな」

龍真がぽつりぽつりと、静かに後輩を褒め称え、そして廻叉へと気遣った言葉を掛けた。廻叉はしばらくして、無言でルームから退室する。その姿に苦笑いを浮かべつつ、未だに大号泣中の二人をどうしようかと龍真は思案した。

※※※

最初は、メールでの悩み相談の相手。その時は、伸び悩んでいる新人Vtuberとリスナーという関係だった。関係と呼ぶには余りにも細く、何もなければそのまま途切れて消えてしまいそうな縁の糸だった。

次は、通話面接での対話。その時は、面接官と新人候補生という関係だった。面接官と言えど、彼に合否の決定権はなく、面接を受ける候補生をサポートするためにその場に居るだけの存在だった。か細い縁の糸は、ハッキリとした線に変わった。それでも、彼女が不合格になってしまえば、それで終わりになる糸だった。

そして今は、同じVtuberとなった。

「……おめでとう、ユリアさん。おめでとう、弓奈さん」

正時廻叉が見せてはならない涙を拭い、境正辰は小さく呟いた。

そして、新たに二人の仲間を加えたRe:BIRTH UNIONの日常が、また始まる。

穏やかな日々と、嵐の前の静けさ

Re:BIRTH UNION三期生デビューから一週間が経った。三期生の二人も数回の配信を行い、少しずつVtuberとしての活動を本格化させていた。その先輩である一期生と二期生は文字通りの平常運転に戻っており、それぞれがソロ配信での活動が中心になっていた。一方で、平常通りにならなかった部分がある。

「ゲストとしてのオファーですか？　私に？」

「そうなんだよ。依頼してきたのは、オーバーズの各務原正蔵さん。こないだの凸待ちで話した事あるでしょ？」

「ええ、とても気さくな方でした。その際に声劇の事もお話ししていましたが、そういう企画でしょうか？」

「いや、オーバーズ内の男性陣の学力テスト企画だね。その問題読みと答え読みをやってほしいらしい」

「……答え読み？」

珍しく困惑するような声を出す廻叉に対し、佐伯が通話チャンネルのチャット欄にＰＤＦファイルを添付した。ファイル名を見ると各務原から届いた企画書だった。廻叉がそれをダウンロードしファイルを開くと、一ページ目からあまりにも潔いタイトルが大きめのフォントで描かれていた。

『オーバーズ男子学力テスト　～俺より馬鹿が居るという事実だけで心に平穏が訪れるのです～　』

「どんな手を使ってでも最下位を回避したいという切なる願いが伝わってきますね」

「これが通るのがオーバーズさんらしさだなぁって感じだよね……」

二人揃って迂遠な言い回しになる程に無遠慮な企画名だったが、読み進めると廻叉自身が担当するのは参加者の珍解答を淡々と読み上げる役のオファーだった。場合によっては感情を入れて演技してほしい、とも追記されている。

「ＭＣの方の負担が大きい企画ですし、こういうところで負担を軽減したいというのもあるんでしょうね。というか、元ネタのテレビ番組でいうところのアナウンサー役ですか」

「ああ、流石に知ってたかぁ。基本的にはあんな感じで大真面目にアレな解答を読めばいいと思うし、何か気付いたら補足を入れる形にすればいいんじゃないかな。その辺は、今回のＭＣ役であるところの各務原さんとの打ち合わせで調整してもらって」

最終的に廻叉はこのオファーを受諾することにした。各務原正蔵とは凸待ち企画で話した際に、自分よりキャリアも実績も乏しい相手に対して「自分が好きだった曲を歌ってくれた」という一点で極めて好意的に接してくれた事や、話の回し方がとにかく上手く、人と話すという事自体の経験値の高さが印象深く残っていた。

「外部のVtuberさんのチャンネルに呼ばれるのは初めてですからね。いきなりの大規模な企画ではありますが、恐らく私が適任だと考えてくださった以上は是非受けたいと思います」

「わかった、じゃあ受ける方向で話を進めるから、後は各務原さんと直接連絡や打ち合わせしてね」

通話を閉じると同時に、SNSから各務原正蔵へとDMを送る。恐らく同時進行で佐伯からもメールが送信されている筈だとは思ったが、オファーを受ける旨まで人任せにしたくないという理由でビジネスメールのような文面を送った。

その文面を受け取った各務原正蔵が「堅っ！　文面堅っ‼」とスマホ片手にツッコミを入れたのは、また別の話である。

※※※

SNSを開いたついでとばかりに自分の名前や、配信時に使うハッシュタグ、ファンアート用のハッシュタグを見て回る。所謂エゴサーチという奴であった。チャンネル登録者数が五千人を超えた辺りから、明確に自分に対する言及が増えつつあった。全部が全部良い反応という訳ではないが、理由ある批判や意見は耳を傾けるに値するし、そうでもない単なる誹謗中傷であれば鼻で笑ってから通報し、ミュート表示にしておく。ブロックしてもよいのだが、「ブロックされた」という事実を「自分から逃げた」と解釈した相手が鬼の首でも取ったかのように騒いでいるのをVtuberに限らずSNS上ではよく見かける為、避けていた。

「そもそも私のような小物を何故相手にするのか。小物だから勝てると踏まれているんでしょうか」

独り言のように呟いて、二つの意味で苦笑いを浮かべる。一つはまだ自分がVtuber界隈では新参であり小物にすぎないという事を改めて口に出して認識してしまった為であり、もう一つは「完全にオフなのに正時廻叉の人格に引っ張られている」という事実に気付いたからである。

境正辰は元は地方の小劇団の団員であり、その時も演じた登場人物に引っ張られる事はあったが、公演が終わってしまえば自然と元に戻っていた。しかし、正時廻叉とは一生の付き合いである。ここまで演じる期間が長い役は今までにない。

「演じるというよりも、既にもう一人の私として確立されつつあるという事ですかね。気付けば一人称、私になってますし、敬語の方が喋りやすいですし」

正時廻叉として喋る時よりも砕けた敬語ではあったが、意識しないと所謂タメ口で話さなくなっている自分が居る。境正辰としては、それはそれで構わないと思っているが、両親をはじめとした親族や、Vtuberとは無縁の友人に会った際には気を付けねば、と自戒する。自身がVtuberである事は黙っている正辰としては、本来は身バレの危険性を重要視すべきではあるが、それ以上に急な人格変貌を不審に思われる方が現実的には有りそうな話であった。

「っと、DMの返信が来てましたか」

新着メッセージの通知を確認して、取り留めのない思考から正気に戻る。文面はオファーを受けた事に対する謝辞と、後日行う司会サイドの打ち合わせと、出演予定者全員との顔合わせへの参加依頼であった。無論、直接対面する訳ではなくDirecTalkerを用いた通話での話だった。廻叉は即座に了承し、その後DirecTalkerでのフレンド登録をしておいた。

「しかしMC役の各務原さんを足して、参加者八名ですか……その上、参加していない方を含めてもやはり男性が多いのは少し羨ましいところではありますが。まぁこちらとしても龍真さんや四谷さんが居るとはいえ、やはりオーバーズさんは桁違いですね……」

限界突破を社是とする、と所属Vtuberが無許可で喧伝しているVtuber事務所オーバーズは配信適性があると判断されれば全員デビューさせるという物量作戦で界隈の流れを大きく変えた事務所である。立ち上げ当初は『質より量』『個性的なのはどうせ見た目だけ』と揶揄されたが、それぞれが配信を開始するとその評価を一変させた。先発デビュー組からして、全員が暴力的なまでの個性で視聴者に襲い掛かった。黒魔術の産物としか思えない料理を嬉々として披露する生徒会長・七星アリアを筆頭に、歌唱力・画力・ゲーム・サブカル知識・飲酒量などを配信上のエンタメとして発揮した。

現在、オーバーズの総人数は五十人を超えているが、各々が個人勢のような気軽さでコラボをする事から『石を投げれば配信中のオーバーズに当たる』と言われている。以前の凸待ちではこちらが招く立場だが、招かれる立場は初めてという事もあり、廻叉は緊張感を持ってこの企画に挑もうとしていた。なお、この緊張感は企画前の打ち合わせで雲散霧消する羽目になるが、彼はまだその事実を知らない。

考えを巡らせていると、DirecTalkerに通話の着信が届いていた。各務原からのものかと思い開くと、それは同じ事務所の後輩、石楠花ユリアからのものだった。

※※※

石楠花ユリアのVtuberデビューは中堅未満の企業勢としては大成功と言えるものだった。深窓の令嬢という言葉に相応しい外見。大人しくも芯の強い、だがどこか脆さを感じさせる性格。初配信で披露したピアノの腕前。『別れの曲』で始まり、彼女自身の心情を表した楽曲で締めるという構成力。それらがSNSやVtuberを中心とするまとめサイトなどで話題になり、口コミから初配信アーカイブの再生数が伸び続けていた。同時に、チャンネル登録者数は早くも一万の大台が見えつつある。

当の本人はその自覚があるのかないのか、マイペースに毎日一時間程度の配信を続けていた。ピアノの弾き語りの練習や、質問に答える雑談であったりしたが、本来はゲームをやろうとするも接続設定をミスして断念したり、自己評価の低さから闇を漏れ出させたり、クシャミをしてマイクに頭をぶつけるという古典的過ぎるドジを踏むといった見た目からは見えない一面が現れたりもしていた。視聴者は『存外味わい深いぞ、この令嬢』と好意的に受け止めていた。こうして、ソロ配信を繰り返すことでVtuberという世界に少しずつ慣れていこうとしていたところで、とあるオファーが彼女に送られたことで状況が一変した。

「あの、今よろしいでしょうか……？」

「ええ、大丈夫です。どうしましたか？」

ユリアは緊張を隠せない。何せ、自分がVtuberを志す最大の切っ掛けになった人物だ。現在は先輩という立場ではあるが、気安く話しかけるには躊躇する距離感だった。しかし、マネージャーから廻叉へ相談することを勧められた以上は、連絡をしないという選択肢は無かった。ユリアは今、初配信の時の数十倍は緊張している自覚があった。

「その、実は、『にゅーろねっとわーく』の氷室オニキスさんから、心理テスト企画にゲストとして呼びたい、というオファーがあって……その、まだ先輩達ともコラボしてないのに他の事務所さんと初めてのコラボで、どうしたらいいかわからなくて」

「なるほど……まぁ私も、今度オーバーズさんの企画からオファーを受けていまして。外部コラボはこれが初めてなので、アドバイス出来る事は無いと思うのですが」

「いえ、その、私がどうしたらいいか迷っていたら、マネージャーさんから、廻叉さんが初めての他の事務所さんのオファーを受けた理由とかを聞いて参考にしてみたらどうか、って言われまして……」

「ふむ……」

配信で、日によっては十数時間は聞き続けていた声の主と、リアルタイムで会話をしているという事実がユリアの緊張と混乱を深めていく。自分でもちゃんと説明できているか分からないが、廻叉が真剣に相槌を打つ様子を聞く度に安心していた。

「私の場合は学力テスト企画の問題や参加者の皆さんの解答を読む役割としてオファーをされました。恐らく、私の普段の無機質な喋り方で素っ頓狂な解答を読んだら面白い、という理由ではないかと思います。オファーを受けた理由は、各務原さんのオファーの意図が明確だったというのもあ

ります し、以前の凸待ちでお話しさせていただいた際に信頼できる方だと思ったからですね」

「なるほどです……でも、私、氷室さんとはSNSで御挨拶させていただいたくらいで、その、視聴者として見ていた時の印象しかなくて」

「それはお互い様……というか、氷室さん側の方がもっとあなたの事を知らないと思いますよ」

言われてみればその通りである。自分は視聴者として氷室オニキスというVtuberを知っている。今回オファーを受けた心理テスト企画も既に数回行っている名物企画だ。数名のゲストのうち、必ず一名は他事務所や個人勢を呼ぶことも知っている。

「恐らく、初配信から今日までのユリアさんの配信を見て興味を持たれたのかと。故に、オファーの理由はシンプルに『あなたをもっと知りたい』でしょう。あとはユリアさんが自分を知ってほしいと思うか否か、です」

「そ、それなら……その、どこまで出来るかわからないですけど、受けてみたいです。その、本当は最初は先輩方や同期の小泉さんとコラボすべきなんでしょうけど、いいんでしょうか……?」

「ご心配せずとも、そろそろキンメさん辺りが突発的に誘いそうな気がしますから大丈夫ですよ。四谷さんも独自路線で注目を集めていますし、むしろRe:BIRTH UNIONの良さを他の事務所のファンの方に宣伝する、くらいの気持ちでいきましょう」

「は、はい! が、頑張りますから……その、当日は、見てくれると嬉しいです……」

また背中を押してもらえた、という喜びの半面、背中を押してもらえないと何もできない、という考えもあったが、コラボへの参加に対する思いが前向きになっているのを感じたユリアは、その

場でコラボ参加を決める。ただ、やはり不安がどうしてもあったのか、廻叉に当日の視聴を求めるような言葉が半ば無意識に零れた。甘ったれた事を言っている、とまた自分への評価を心の中で一段階下げるユリアだったが、廻叉の返事を聞くと、頭が真っ白になった。

「可愛い後輩のお願いは、聞き届けるのが先輩の役目です。私だけでなく、キンメさんや龍真さん、白羽さん、四谷さん全員が見ると思いますよ。もしかしたら、ステラ様も見るかもしれませんね。あの方、後輩愛が重すぎてそのうち超新星のような爆発を起こすとか言われてますし……ユリアさん？」

「か、かわ、くぁあ……!!」

「どうしましたか、新種の鳥のような声を上げて」

可愛い後輩、の部分だけを強調して受信した聴覚と脳がユリアの精神に重大なエラーを与えていた。数十分経ってようやく落ち着いたユリアは廻叉にディスプレー越しに土下座せんばかりの勢いで謝罪した。また、これが配信上でない事に心から安堵した。

翌日、正時廻叉並びに石楠花ユリアの初外部コラボ情報が公開された。

正時廻叉、石楠花ユリアがそれぞれに外部コラボへの参加を発表すると同時に、Re:BIRTH UNION公式から一つの企画が発表された。

『十月三十一日、ハロウィン企画――Re:BIRTH VILLAINS』

この短い文章と、真っ黒な背景の中にステラ・フリークスおよびRe:BIRTH UNIONメンバーの目だけが描かれたイラストがSNS上にアップされた。VILLAINSの名の通り、普段の配信で魅せる姿とは全く別の、負の感情を前面に押し出したような眼光はVtuber界隈における物語性を好むファンや、考察を好む層へと突き刺さった。

「デビューしていきなり歌う事になるとは思いませんでしたよ……あと、俺の場合最初からヴィラン寄りのタイプなんですけど、大丈夫ですかね？」

「私もキンメさんも、最初は歌う気はなかったですよ。ですが、我々のトップはステラ様ですからね。彼女の意向には出来る限り応えたいと思っています。なので全員問答無用でヴィランです」

「光栄ではあるけど、俺で良いのかなとも思っちゃうんですよね……」

それぞれがソロの配信を終えた直後、DirecTalkerで正時廻叉と小泉四谷が作業を行いながら通話をしていた。元々は、廻叉が手掛けている連作動画についてアドバイスを貰うつもりで通話を持ちかけたのが切っ掛けだ。元々動画作成を行っていた四谷も、惜しみなく自分のノウハウを伝え、廻叉の作業効率は間違いなく上がったと言える。この調子であれば、来月ごろには第一弾をアップする事が可能だと廻叉は予測を立てていた。

一方で、初配信での宣言通り小泉四谷はホラーゲームの配信を中心に、作中に出てくるオカルト用語の解説を生き生きと話してホラーファンの心を掴んだ他、動画作成講座と称して初配信時に流した動画を『もう一度最初から組み直す』という配信を行った事で、動画作成に興味のあるファンや、動画を中心に活動しているVtuberからも高い評価を得るなど、独自のファン層を開拓しつつある。

そういう活動方針だからこそ、事務所全体の企画とはいえ歌う事になるとは全く思っていなかった様子であり、キャリアの程近い先輩である廻叉へとその悩みと戸惑いを正直に打ち明けた。同期である石楠花ユリアがピアノ演奏や歌唱をメインコンテンツとしているだけに、参加するのは彼女だけでいいのではないか、という想いも少なからずあったようで、公式で全員参加が発表されてなお辞退すら考えていた。

「ステラ様は後輩愛が重い方ですからね。ワガママであると自覚した上で『後輩と一緒に歌いたい』という希望を叶える為に全力を尽くすタイプの方です。どうやって参加を避けるか、ではなく、どうやって参加しても遜色のない歌唱力を得られるか、を考えるべきです」

「そういえば廻叉さんとキンメさん、直で歌唱指導受けたって言ってましたね……」

「おそらく四谷さんとユリアさんもレッスンを受ける事になると思いますよ」

「うわぁ、リバユニに入ったって気分になってきましたよ?」

「それに十二月にも大きいイベントがありますからね。それも歌系のイベントですから……ハロウィンはグループで、年末ソロでそれぞれ一曲ずつ全員が出すことになるでしょうね」

「うーん……正直自信はないですけど、ファンが喜んでくれるなら頑張ります」

既にRe:BIRTH UNION内のスケジュール表には年末の大規模イベントへの参加が決定済みだ。定期配信の合間に楽曲作成に向けて動いている。特に唯一の地方居住の廻叉は今月中にもう一度東京のスタジオに行き録音をする事になっている。

「今月は一週間ほど東京に出ますので、もしかしたら事務所で顔を合わせる事になるかもしれません。よろしくお願いします」

「了解です。まだ直接ご挨拶してないの廻叉さんだけなんで、是非会いたいんですよ」

「私もですよ。一応、収益化が通り次第、上京予定ではありますが……」

「ウチだとステラさんと一期生のお二人が通ってるんでしたっけ……あ、そういえば、廻叉さんって事務所から仕事貰ってるって聞いたんですが。いわゆる案件って奴ですか？」

収益化の話題になったところで、四谷が以前から気になっていたような口調で尋ねる。収益化が通っていない状態にもかかわらずほぼ専業でVtuber活動を行っている廻叉は、運営会社であるリザードテイルからいくつかの仕事を請け負う事で収入を得ている。

「Vtuberとしての仕事ではないですね。企業が会社説明会などで流すものや、結婚式のお祝いビデオにナレーションを入れる仕事を請け負って、出演料という形で収入を得ています。基本的に正時廻叉の名前も、本名も出さないで行っているので、身バレは無いかと。むしろバレたら正時廻叉の仕事として公表するつもりみたいですが」

「あー、声優さんやナレーターさん的な役割を社内で賄えるのは強いですね」

「実際には声優さんを使いたいクライアントさんもいらっしゃるので、私の録音が仮録りというかサンプルみたいな形のまま終わる事もありますけどね」

「でもちょっと安心しました。龍真さんが『廻叉は貯金切り崩して生活してるんじゃないか』って心配してましたから」

「まぁ、その辺はご心配なく。なんとかなっていますから、ね」

そう言って廻叉は収入に関する話題を切り上げる。実際に貯金が残っているのは確かだが、それ以上に実家暮らしという事で生活費を抑えられているというのが実情だった。正時廻叉こと境正辰は、家族に『映像制作会社の社員』という虚実の入り交じった説明をしている。声を出す必要があるという事で、家の中で最も端の方の部屋で壁に安価な防音材を敷き詰めて『仕事部屋兼自室』という形にさせてもらっている。

「あー、ちょっと不躾でしたね。すいませんでした」

「いえ、いいんですよ。恐らく、直接顔を合わせた時になら話せますから。こうしてネットを介在して話している時の私は『正時廻叉』ですから」

「うーん……流石です。なんというか、リバユニの皆さんのプロ意識に圧倒される事が多いです。入って二週間弱くらいの間に、何度もそう思う機会があるっていうか」

小泉四谷はまだVtuber歴が一ヶ月未満ということもあってかどこかアマチュア感が残っており、親しみやすさという形でファンを得てはいるが、一部のファンからは『良くも悪くもRe:BIRTH UNIONらしくない』という評価を得ていた。

「そこは心配しなくても大丈夫だと思いますよ。各々がやりたい事を執拗に突き詰めていく姿勢があればRe:BIRTH UNIONとしてやっていけます」

「そこで執拗って単語が出る辺りがリバユニなんでしょうね……」

四谷の声色が若干引いているような気配を感じたが、廻叉は追及しなかった。少なくとも社長、佐伯、ステラの三人が認めた以上は、Re:BIRTH UNIONとしてやっていけると判断されたのだ。

「逆に言えば、本当に好きな事を追究し続ければいい事務所なんですから。まずはやりたい事をやり尽くしてから考えましょう」

「なるほど……自分もオカルト好きをまだ出し切れてないんで、全部出し切ってみます」

「でも歌は出してもらいます」

「えええ……」

「他の人の『好きな事を追究』に巻き込まれるのも、この事務所ですから」

一つの悩みがある程度解決したと思ったタイミングで別の悩みが発生した四谷は、困惑を隠しきれない声を上げていた。

※※※

翌日の廻叉の雑談配信、という名の今後のイベント等の告知配信は普段以上に盛況だった。事前告知されたハロウィン企画、三期生のデビュー、オーバーズ企画への参加など、ニュースが多かった事もあり、更にはオーバーズ所属の各務原正蔵がSNSで正時廻叉の参加をアナウンスした事で、初見のオーバーズファンが多数居たというのもあった。

「色々とお話しすることがあるので順番に話していきましょう。まずはRe:BIRTH UNIONのハロウィン企画ですね。『Re:BIRTH VILLAINS』と題されたイメージイラストが発表されましたが、皆様いかがでしたか？」

《超カッコよかった》

《目だけで魅せるの好き》
《三期生参加マジ嬉しい》
《やっぱり悪の組織だったか》
《初見です。すごく落ち着く声されてますね》
《ヴィラン化は性癖なので助かる》
公式SNSアカウントから告知されたイラストは、憶測が憶測を呼びVtuber界隈全体へと広がりつつあった。界隈の中でも古参であり、知名度の高さでは群を抜いているステラ・フリークスが当たり前のように参加している事で、普段Re:BIRTH UNIONを見ない層にも伝わっていた。
「詳細は当日までのお楽しみという事でひとつお願いいたします。続きまして私個人としては初の外部コラボが決定しました。オーバーズ所属、各務原正蔵さん主催の学力テスト企画にサブMCとして参加させていただく事になりました」

《おおおおおお》
《ゲストじゃなくていきなりサブMCなの草》
《凸待ちの縁が生きてる》
《★各務原正蔵@OVERS：当日はよろしくお願いします！》
《オーバーズの面々めっちゃ濃いから気を付けて》

《正蔵おじさんおるやんけ⁉》
《オーバーズ所属／秤京吾：俺達の馬鹿がリバユニさんにバレる日が来てしまったか》
《京吾もおるｗｗｗｗ》
《少なくともお前の馬鹿は界隈全体に広まってるぞ》
《京吾にも★つけてやって》

コメントの中に交じるオーバーズ所属の面々にコメント欄の勢いが加速する中、淡々と企画の日時を告知していく。その片手間にコメント管理等のモデレーターの証明である『★』を秤京吾へと付与する。既に配信外での打ち合わせで数人と話してはいたが、その例外の一人が秤京吾だった。
「これはこれは、各務原さんに秤さん。わざわざお越しいただきありがとうございます。こちらこそよろしくお願いいたします。秤さんとは打ち合わせの際にお会い出来なかったので、当日が初顔合わせになりますが、何卒お手柔らかにお願いいたします」

《★オーバーズ所属／秤京吾：気軽に京ちゃんと呼んでも、いいんだぜ？》
《すげぇ、京吾を雑に扱わない人初めて見た》
《一番雑に扱ってるのが京吾本人だけどな》
《愉快な人だなｗ》
《リバユニファン、執事ファンの皆さんすいません。こいつ悪い奴じゃないけど頭悪い奴なんです》

《草》

《★各務原正蔵@OVERS：当日はバッサリ切り捨ててやってください》

《同期に見捨てられてて草》

《京吾大丈夫？　執事の名前読める？》

《★オーバーズ所属/秤京吾：しょうじかいしゃ》

《惜しいの草》

「しょうじ、かいさ、と申します」

《子供に言い聞かせるトーンで草》

《草》

《★各務原正蔵@OVERS：京吾あとで説教な》

《当日はコイツに加えてオーバーズおばかさんの精鋭達が揃ってるんだよなぁ……》

《男子限定で良かった。女子も交ぜたらオーバーズの知的レベルが疑われるところだった》

《★オーバーズ所属/秤京吾：疑いようもなく低いに決まってるじゃないかHAHAHA》

《お前が言うな》

《笑い事じゃないぞ（真顔）》

顔合わせどころか通話すらしていない相手の配信で最早常連の如くコメントで場を温める秤京吾の姿に、廻叉はその確かなエンタメ力を感じるとともに、彼の同期である各務原正蔵の胃の心配をした。コメントの流れがようやく落ち着いたところで話を再開する。

「当日はきっと、より濃密なトークが出来る事を楽しみにしております。そして、今月のトピックといえば弊事務所の三期生デビューでしたね。二人とも、それぞれが個性豊かなメンバーですが、既に配信や動画は見ていただけましたか？」

そんなふうに話を振るとコメント欄が再加速する。コメント欄に目を向けると全体的に高評価だ。四谷に対しては『明るいオカルトマニア』というシンプルかつインパクトのあるキャラクター性を高く評価している声が多かった。また、ＳＥを使ったり自作の配信用ＯＰ動画等の技術に対する称賛も多かった。

一方で、石楠花ユリアに対しては不慣れながらも誠実に配信に向き合う姿勢や、ピアノの腕前、発展途上とはいえ歌声への高評価が目立つ。だが、それ以上にシンプルな「可愛い」評が大半を占めていた。既に彼女はRe:BIRTH UNIONのアイドルだというコメントもあった。なお、一番彼女をアイドル扱いして愛でているのは丑倉白羽と魚住キンメであるという事実を、廻叉は口にしなかった。尤も、それを察しているコメントもあったが、敢えて触れる事はしなかった。

「お二人ともデビューしてまだ時間が経っていないにもかかわらず、自分自身の魅力を発揮されているようで何よりです。是非、二人のこれからを見守ってください。公式企画とは別で、私と三期生の二人とのコラボもあるかもしれません。まだ未定ではありますが、その日を楽しみにしています」

《いい先輩してるわ執事》

《執事と令嬢……そそるじゃない》

《四谷くんとの怪談朗読コラボとかやってほしい》

《執事と令嬢はもう少女漫画なんよ》

《リバユニは基本箱内コラボ多いからいずれ見れるだろうな》

「繰り返しにはなりますが、予定は未定です。ですが、同じ事務所に籍を置く者同士です。未定が予定に変わる日を気長にお待ちいただければ、と思います。それでは、そろそろお時間です。おやすみなさいませ、御主人候補の皆様方」

この配信の翌日、正時廻叉は東京へと向かう。目的はRe:BIRTH UNIONのハロウィン企画と、オーバーズの学力テスト企画配信への参加の為に。

一時的な上京ではあったが、後に正時廻叉の飛躍への足掛かりになったと語られるようになる。それを正時廻叉はまだ知らない。

石楠花ユリアもまた、外部コラボを切っ掛けに知名度を伸ばすとともに、生涯の友を得ることになる事をまだ知らない。

正時廻叉と石楠花ユリアの虚実混在な配信生活は、まだ始まったばかりだった。

正時廻叉のデビュー配信

書き下ろし短編

Re:BIRTH UNION二期生のデビューがＳＮＳ上や告知動画で発表されると、その反応は大半が不安交じりの様子見であった。正時廻叉、魚住キンメのデビューは六月と発表されたが、当時の界隈は二月から三月にかけて起こった、男女関係に端を発する個人Vtuber数名による大規模炎上と引退、失踪事件が尾を引いていた。また、年度末に合わせて学業や仕事を理由とした休業、引退も頻発し、界隈全体に明るい話題が少なくなっていた。一部からは「Vtuberブームは短かった」「結局は一過性の流行」という言説も飛び交っていた。

三月に半ば突貫気味にデビューした一期生、三日月龍真と丑倉白羽は悪いムードの影響が広まりきる前のデビューだったが、男女コンビでのデビューという点から邪推する声も少なからず上がっていた。四月に入り、他事務所のデビューや、オーバーズの看板である七星アリアによる大型コラボ企画の成功、ＦＰＳゲームをメインコンテンツに据えたVtuberチーム『電脳銃撃道場』が法人化し事務所として旗揚げするなど明るい話題も増えてきていた。

だが、当のRe:BIRTH UNION二期生の二人はといえば全く別の理由で不安を感じていた。

「台本固めたのは良いんですけど、リハーサルしたら普通に三十分くらいで終わっちゃうんですよ」

「奇遇だね、私の場合イラスト描く都合もあるけど普通に一時間を大幅に超過しそうだよ」

二人が話し合っていたのは、お互いの配信における持ち時間の事であった。廻叉の台本は、基本的なVtuberのデビュー配信における定番の流れだった。『自己紹介』『ＳＮＳ用のタグ（配信実況用・ファンアート用など）』『ファンネーム』『主な配信コンテンツ』『今後の予定』などだ。それに付随して、人によっては歌ったりゲーム実況を行ったりする。廻叉は演劇を中心に据える戦略でいることもあり、短めの朗読を行うつもりだった。小説ではなく詩や散文を用意していたが、スムーズに配信を進めた場合にはおそらく三十分から四十分ほどで終わる見込みとなっていた。

一方のキンメは定番の流れにプラスしてイラストを描く予定だった。凝ったものを描くつもりは無いが、落書きなどで妥協するつもりも無い。結果、間違いなく一時間では収まらないということが判明した。

「……二人合わせて二時間になればちょうどいいのでは？」

「それだね」

幸い、SNSなどでの告知では先に配信を行う廻叉の開始時間のみ発表されていた。キンメの開始時間は廻叉の配信終了からおよそ十分後、という告知がされていた。

「まぁでも最低限三十分はやってほしいかな。イラストソフト立ち上げるのもあって、多少試運転に時間はかけたいから」

「了解です、お互い頑張りましょう」

「うん、頑張ろうか！」

※※※

《そろそろやな》
《執事で仮面、メイドで人魚……リバユニとは音楽事務所ではなかったのか?!》

《一期生はドラゴンラッパーに自称堕天使系ギタリストだったから、ある意味属性盛りすぎの系譜は受け継いでいるのでは？》
《しかし一期生の突貫デビューから三ヶ月だもんなぁ。ペース速くない？》
《リバユニ運営、まあまあ見通し甘いよね》
《元々は動画作成の会社らしいからな……ステラの歌ならバズるとは予想してたけどVtuberとしての需要がここまで高まるとは思わなかった、って社長がどっかのインタビューで言ってたし》
《わかりやすいイケメンだからなぁ。女受け狙いか？》
《メイドさんはよ》
《龍真さんの事、女受けしないタイプのイケメンって言うのやめろよ!!》
《あれは初配信のフリースタイルラップでB×××HとかF××Kみたいなコンプラワード大量にブチ込んだ龍真が悪い》
《配信終了後のSNSは『今から説教受けに行ってくる』だったからなw》

コメント欄は正時廻叉なるVtuberへの期待と不安と疑念、三ヶ月前にデビューしたばかりの一期生に関する話題などが、なだらかな速度で流れていた。待機画面は、実写素材のテーブルとティーセットに『Re:BIRTH UNION 正時廻叉デビュー配信』という簡素な文字が浮かんでいるだけだった。

画面が切り替わり、ジャズ風のＢＧＭが流れ始める。黒髪に黒目、執事服と右目を覆うオペラ座の怪人風のマスクをした青年が、無表情のまま体をわずかに捩らせるようにしていた。

《きたあああああ》
《おお、なんかクール系ミステリアス……！》
《レイアウトも曲もシックで好き》
《はじめましてええええ！！！》
《早く声を聴かせて！》

「……時刻は、午後七時となりました。お初にお目にかかります。私の名は、正時廻叉。Re:BIRTH UNION二期生として、Vtuberとして本日より活動を開始致します。皆様方におかれましては、以後お見知りおきを」

２Ｄアバターにどこまで反映されるかわからないまま、廻叉は深く頭を下げた。

《おおおおおおおおお》
《イケボだあああああ!!》
《俺、こんな丁寧な自己紹介から入るVtuber初めて見たかもしれん》

《ここまでは知性が溢れている。だが、俺たちだってVtuberを見続けて来たんだ。間違いなくどこかしらアレな部分があるんだ。俺は詳しいんだ》
《初めまして、よろしくお願いします》
《ええやん》
《んー……？　棒読みとも違うよな……？》
《すっげぇ流暢なボイスソフトみてぇな喋りしよる》
「では、改めて自己紹介をさせていただきます。私の名は、正時廻叉。職業としましては……ご覧の通り、執事をしております。とはいえ、現在は特定の主を持たぬ身。端的に言えばフリーです」
《今更だけど「時が廻る」って名前に入ってるのすげぇ意味深》
《それは分かる》
《フリーて》
《いや、もっとフックになる部分あるでしょアンタ》
《執事さん、仮面取れる？》
《廻叉さんにいい御主人様が見つかりますように》
《すげぇ淡々と喋るから聞き取れるけど聞き流しちゃいそうになるな……》

「さて、配信実況用のタグなどは後程決めますので今しばらく、私の自己紹介にお付き合いくださ い。職業としては執事、そして役者を自称しております。今後の配信では長編の朗読なども行っていく予定です。基本的にはパブリックドメインの作品が中心になると思われますので、皆様におかれましては国語の授業の延長のようなものとお考えいただければ」

《ほう、役者とな》
《そっち系かー》
《まぁ確かに声は良いから映えるだろうけど、新人が主力に持ってくるコンテンツとしては若干弱くない？》
《ASMR朗読配信なら需要が生まれると思う》
《ってかそんな無感情ボイスで朗読と言われましても》
《楽しみです》

視聴者のコメントは若干怪訝なものが多い。声質の良さは認められているが、感情を込めない淡々としたトークから朗読と結びつかないという点と、そもそもの需要という部分で弱いのではないかという点に引っかかっているようだった。実際に、プロの声優の朗読動画の再生数はそれなりにある。だが、歌動画やゲーム実況動画などに比べればやや落ちるのが現状ではあった。

「……まぁ口だけでは納得してくださらないでしょう。論より証拠という言葉もございます。この場においては、沈黙は金にあらず。本日は、短めの詩や短編を用意して参りました。暫し、お付き合いください」

コメントの反応を、舞台の客からのリアルタイムの反応であると認識し、廻叉は台本を取り出した。不慣れさゆえか、ペーパーノイズがマイクに乗ってしまうが意に介さず台本の文字を目で追う。本文ではなく、その周囲に大量に書き込まれたト書きを追う。

スイッチが、入った。

「寒い冬が北方から、狐の親子の棲んでいる森へもやって来ました——」

《!?》
《ええ!?》
《手袋を買いにだ!!》
《なんでそんな急に優しい声出すんだよ……》
《うわ、マジか。化けたわ》
《冷静通り越して冷酷さすら感じる声でしゃべっておいて、童話を読むときは完全に優しいお兄さ

んなのズルくない？》
《え、やだ、好き》
新美南吉著『手袋を買いに』――いくつかの候補の中から、廻叉が選んだのは小学校の国語の教科書にも掲載されている児童文学だった。狐の子供が人間の町へと手袋を一人で買いに行く話だ。いわば、初めてのお使いの話である。そして、心温まる優しいお話だ。
廻叉は狐の母親に、狐の子供になりきったかのように声色や喋り方を変化させながら、まるで自分が冬の山、あるいは冬の町の夜に居るかのように語ってみせた。
「――ほんとうに人間はいいものかしら、とつぶやきました。…………ご清聴ありがとうございました」
《8888888888888》
《すげぇよ執事！》
《憑依型の声優さんみたいだった、凄い》
《聞き入ってコメントが出来ませんでした》
《極端に声の高さ変えてる訳でもないのに、なんでお母さんと子供とお店のおじさんが別人みたいに聞こえるんだ……？》

《こりゃすげぇわ。リバユニの新人強い》

※※※

それから数十分後。もう一作の短編の朗読と、タグ決めといった恒例行事を終えると廻叉は僅かに沈黙した。コメント欄は何かトラブルか、と不安そうにしている。

「さて、このタグを決めた段階で本日の台本の内容は全て終了となりました」

《は？》
《草》
《おい!!ｗｗｗ》
《まだ四十分弱やぞｗ》
《どうする？　コメント返しでもする？》

「とはいえ、引き延ばしたところでこの後に控えている魚住キンメさんを無駄に待たせるだけですので、この辺りで本日は終了――否、終演とさせていただきます。またの御来訪をお待ちしております。本日はありがとうございました……」

そう言ってそのまま待機画面へと移り、数分後には配信が終了していた。やるべきことだけをやって、終わったらさっさと閉じるという初配信は、一部からその情緒と躊躇の無さを個性として称賛されていた。

なお、この後行われた魚住キンメの初配信にて、画風からの身バレの発生、キンメ自身による肯定、旧名義での活動終了宣言という事件に次ぐ事件を度胸と器量で乗り切る姿の方が多く話題になった。

こうして正時廻叉の初配信は、話題になりそうでなりきれないまま終わったのだった。

あとがき

思い返せば、成功したり勝ち取ったりした記憶に乏しい人生をこれまで歩んできました。そんな自分が、不惑を目前にしてまさか自分の書いた小説が書籍化されるとは。我が事ながら、今こうして「あとがき」を書いているにも関わらず、実感がまだありません。

改めまして、この度は自著『やさぐれ執事Vtuberとネガティブポンコツ令嬢Vtuberの虚実混在な配信生活』をお手に取ってくださり、本当にありがとうございます。筆者の犬童灰舎と申します。先ほど申し上げました通り、今年（二〇二四年）の三月で三十九歳になります。転生系作品の、転生する前の主人公がだいたいこれくらいの年齢なんじゃないかなあと思うと、自分自身の健康や横断歩道を渡るときに気を付けねばいけない年齢です。

さて、一行目からいきなり辛気臭い話から入ってしまいましたので、明るい話をしましょう。この本を手に取ってくださったということは、皆さんもVtuberが好きなんだという前提でお話しさせていただきます。私がVtuberさんを見始めたのは、確か二〇一八年の初頭ごろでした。とにかく、あの頃の「Vtuberを名乗っているなら大体友達」みたいな雰囲気に惹かれていましたね。それから五年以上経って、ここまで大きな文化になっていることが嬉しく思います。

一方で、自分もVtuberになりたいと思った事は……少しはありました。ただ、自分が見てみたいと思うVtuberになれる気がしませんでした。なので、小説の世界で表現してみようと思って、この作品を書き始めました。少しずつ、小説家になろうでの読者さんが増えて、感想も頂けるようになり……このまま趣味として続けられれば、と思っていたところに、TOブックス様から書籍化のオファーを頂き、こうして書籍として出版することが出来ました。

小説家になろうのジャンル別日間ランキングに埋もれていた私の作品を見つけてくださった担当編集様、文章なのを良いことに個性豊か過ぎる外見になった登場人物たちを華麗に描いてくださった駒木日々様、本当にありがとうございます。また、書籍化の第一報をTwitter（現・X）にて報告した際に祝辞をくださったフォロワーの皆様にも、改めて感謝を。そしていつも取り留めのない趣味の話（プロレスとか競馬とかお笑いとかVtuber関連の話とか）にお付き合いいただいて申し訳ありません。

二巻以降も、また小説家になろうでの連載も引き続き頑張りますので、これからもお付き合いの程、よろしくお願いいたします。

犬童灰舎

私のコラボ配信
こ
と
他事務所からも
Vtuber 続々参戦！？
踏み出そうと
思わせてくれたのは
廻叉さんです！
2024年春発売！

ティアムーン帝国物語
小説
第16巻
2024年 春
発売!
シリーズ累計
200万部
突破!
(紙+電子)
絶賛配信中!
帝国物語
餅月 望——著
Gilse——イラスト
式HPへ!

ティアムーン帝国物語
漫画：杜乃ミズ
コミックス
第8巻
2024年 春
発売!
各配信サイトにて
TVアニメ
ティアムーン
断頭台から始まる、
姫の転生逆転ストーリー
詳しくは公

やさぐれ執事Vtuberと
ネガティブポンコツ令嬢Vtuberの
虚実混在な配信生活

2024年2月1日　第1刷発行

著　者　犬童灰舎

発行者　本田武市

発行所　TOブックス
〒150-0002
東京都渋谷区渋谷三丁目1番1号　PMO渋谷Ⅱ　11階
TEL 0120-933-772（営業フリーダイヤル）
FAX 050-3156-0508

印刷・製本　中央精版印刷株式会社

ISBN978-4-86794-064-8

Printed in Japan